So tödlich die Stille

Thriller

Melisa Schwermer

E-Mail: melisa.schwermer@gmail.com
www.melisa-schwermer.de
Lektorat: Simona Turini
Korrektorat: Jasmin Krieger, Sandra Bethke
Covergestaltung: ZERO Werbeagentur, München
Coverabbildung: FinePic / shutterstock
ISBN-13: 9781094979762

Bei den trüben Sündenquellen,
Die in giftigen Dünsten schwellen –
Trifft der Wandrer voller Bangen
Alles, was schon lang vergangen:
Totenhemden, die sich blähen,
Schemen, die aus Schatten spähen

Edgar Allan Poe, Traumland

Über die Autorin:

Mehr auf: www.melisa-schwermer.de

Melisa Schwermer, geb. 1983 in Offenbach, verschenkte schon als Kind lieber selbst Verfasstes anstatt selbst Gebasteltes an die Verwandtschaft. Nach einer Lehre als Industriekauffrau und dem Abitur am Abendgymnasium studierte sie Germanistik und Philosophie. Mit ihrem Thriller „Injektion" gelang ihr 2014 der Sprung in die Top 20 der Amazon-Kindle-Charts. Nach dem zweiten Teil, „Die Rache", erschien 2015 der Thriller „Abgewiesen", der es bis auf Platz 2 der Kindle-Charts schaffte und sich wochenlang in den Top 10 hielt. „So bitter die Schuld" war sechs Wochen lang in den Top 10 der BILD-Bestsellercharts und mehrere Wochen an der Spitze der Kindle-Charts und wurde außerdem unter die fünf Finalisten des Storyteller-Awards gewählt.

Weitere lieferbare Titel:

So bitter die Schuld

So dunkel die Angst

So kalt der Zorn

Gequälte Seelen

Aus dem Verborgenen

Abgewiesen

Der Tod uns scheidet

Prolog

2013

Trotz Marthas Flehen war in seinem Blick nichts als Kälte. Mit zusammengekniffenen Augen und mahlenden Kiefern starrte er sie an. Der Stoß kam unvermittelt. Er raubte Martha den Atem und brachte sie aus dem Gleichgewicht. Sie taumelte nach hinten und knallte mit der Hüfte an die Tischkante. Mit der Hand stützte sie sich ab, um nicht zu stürzen, doch der wacklige Tisch kippelte und sie fiel ungelenk zu Boden.

»Bitte, lass mich in Ruhe!« Martha kauerte sich zusammen und hielt ihre Arme schützend vor den Kopf.

»Du kommst mit mir und siehst dir das an«, brüllte ihr Mann und packte ihren Arm so fest, dass sie vor Schmerz aufjaulte.

»Du kannst mich nicht dazu zwingen!« Sie versuchte, ihn abzuschütteln, strampelte und wehrte sich aus Leibeskräften, doch er war stärker. Er zerrte sie auf die Füße, umfasste mit beiden Händen ihren Kopf und riss ihn nach oben, sodass sie gezwungen war, ihm ins Gesicht zu schauen.

Die Adern an seinen Schläfen pulsierten vor Anstrengung, so fest hielt er sie. Vielleicht pochten sie auch vor Zorn. »Und wie ich das kann. Du wirst schon sehen.«

Marthas Arme schossen nach oben. Sie griff nach seinen Händen, versuchte, seine Finger umzubiegen, aber ohne Erfolg. »Du tust mir weh!« Sie schloss die Augen und zog weiter an seinen Händen, doch er ließ nicht locker. Immer weiter zog er sie in die Höhe, sodass sie sich auf die Zehenspitzen stellen musste, um nicht den Halt zu verlieren.

Er reißt dir den Kopf ab. Der Gedanke ließ sie panisch werden. Martha schlug nach ihm, trommelte mit ihren Fäusten auf seine Brust und wand sich, doch er schien nur fester zuzupacken.

»Lass ... mich sofort los!« In seinem Griff konnte sie ihren Unterkiefer kaum bewegen, das Sprechen fiel ihr schwer.

»Sieh es dir an«, presste er zwischen den zusammengebissenen Zähnen hervor.

Martha warf ihm einen hasserfüllten Blick zu. Das Geschrei des Babys war ohrenbetäubend. Es lag wenige Schritte von ihnen entfernt auf dem Boden. Sein Kopf war schon ganz rot, die kleinen Lippen zitterten und dicke Tränen kullerten über seine Wangen. Ihr Herz schlug so fest von innen gegen ihren Brustkorb, als wollte es ihn sprengen. »Ist gut, ich tu's ja«, lenkte Martha ein.

»Na also«, sagte er. Seine Finger lockerten sich etwas, sodass sie Bewegungsspielraum hatte. Diese Gelegenheit nutzte sie und ließ sich unvermittelt auf die Knie fallen. Er war so überrascht, dass er sie losließ.

Allerdings dauerte die Verblüffung nur wenige Sekunden, dann stürzte er sich wieder auf sie. Martha warf sich ihm mit voller Wucht entgegen und traf mit ihrer Stirn mitten in seine Weichteile. Stöhnend krümmte er sich über ihr zusammen. Sie wich ihm aus und kroch an ihm vorbei in Richtung des Babys. In ihrem Kopf drehte sich alles. Sie musste schneller sein als er, also rappelte sie sich hoch und rannte.

In ihrer Panik übersah sie den Windeleimer, der mitten im Zimmer stand, blieb mit dem Fuß daran hängen und stürzte der Länge nach hin. Mit der Schulter voran landete sie auf dem Boden und für einen Moment blieb ihr die Luft weg. Ihr Mann hatte sich inzwischen erholt und kam hinter ihr her. Er stieg über sie, bückte sich und nahm das schreiende Bündel hoch.

»Du wolltest nicht hören, also wird es Zeit, dass du dich verabschiedest«, sagte er und machte Anstalten, an ihr vorbei in Richtung Tür zu gehen.

»Das wirst du nicht tun«, kreischte sie und ihre Stimme klang fremd in ihren Ohren.

Obwohl ihre Schulter von dem Sturz schmerzte, war Martha im Nu auf den Beinen. Sie packte ihren Mann am Pullover und zerrte an ihm. Der Stoff dehnte sich, die Nähte knackten. Als der Bund in seinen Hals einschnitt, blieb er stehen.

»Gib ihn mir, sofort.« Sie streckte ihm die Arme entgegen und versuchte, nicht zu sehr zu zittern. »Bitte, gib ihn mir.«

Ihr Mann regte sich nicht. Marthas Blick glitt zum Tisch, auf dem eine Schere lag. Auch er entdeckte sie. Beinahe gleichzeitig griffen sie danach. Marthas Herzschlag schien für eine Sekunde auszusetzen. Gerade, als sie die Klingen mit den Fingern berührte, hatte ihr Mann den Griff erwischt und riss das Werkzeug an sich.

Ein Jaulen entwich Marthas Kehle. Sie stürmte auf ihren Mann zu. Es war ihr egal, ob er das Baby fallen ließ. Sie stieß ihn mit der unverletzten Schulter in den Magen. Prustend taumelte er nach hinten und ließ die Schere fallen. Mit einer fließenden Bewegung hob Martha sie auf und rammte sie ihm in den Oberschenkel. Ein roter Fleck breitete sich auf dem Jeansstoff aus. Ihr Mann schrie schmerzerfüllt auf, riss das Knie hoch und erwischte Martha mit voller Wucht am Kinn. Ihre Zähne schlugen aufeinander. Sie schmeckte Blut. Augenblicklich legte sich ein dichter Nebel vor ihre Sicht und sie verlor das Bewusstsein.

Als sie wieder zu sich kam, dröhnte ihr Kopf. Sie lag auf dem Boden. Neben ihr der umgekippte Windeleimer, dessen Gestank sie würgen ließ. Der Fernseher lief ohne Ton. Auf dem Bildschirm flackerten die Bilder des Videos, das ihr Mann vor wenigen Monaten von ihnen gemacht hatte.

Martha war gerade am Anfang ihrer Schwangerschaft gewesen und sah stolz auf die noch unsichtbare Wölbung unter ihrem Kleid hinab. Ihre Augen glänzten voller Vorfreude. Ihr Mann blickte ernst in die Kamera, während sie ganz mit sich beschäftigt war. Sie wusste, was er sagte, und schloss die Augen, als würden seine Worte sonst trotz des abgeschalteten Tons zu ihr durchdringen.

Sie drehte sich auf die Seite. Durch ihre Schulter zuckte ein unerträglicher Schmerz und ihr wurde trotz der geschlossenen Augen schlecht. Sie stöhnte. Vermutlich hatte sie eine Gehirnerschütterung. Noch einmal versuchte sie sich aufzurappeln, aber ohne Erfolg. Es war, als würden die Schmerzen in der Schulter ihren ganzen Arm lähmen.

Eine Weile blieb sie einfach liegen, bis sie neben dem Gestank des Windeleimers einen anderen Geruch bemerkte. Etwas Metallisches.

Nun riss Martha doch die Augen auf und drückte sich mit dem unverletzten Arm hoch, den Schwindel ignorierend. Sie sah sich um, wobei sie es vermied, wieder in Richtung Fernseher zu schauen. Ihre Hände waren zerschnitten und voller Blut, ebenso ihre Kleidung. Ein Stück von ihr entfernt lag ihr Mann zusammengekrümmt. Eine Blutlache hatte sich um ihn herum ausgebreitet.

Was war geschehen? Sie versuchte, sich die Ereignisse ins Gedächtnis zu rufen, doch in ihrem Kopf herrschte Leere. Es war beinahe so, als hätte jemand eine Schere genommen und die vergangenen Stunden aus ihrem Gehirn geschnitten.

Schere ... Plötzlich durchzuckte eine Erinnerung Marthas Bewusstsein. Ihr Baby! Ruckartig schaute sie sich um, wovon ihr erneut übel wurde. Dann entdeckte sie es. Etwas weiter hinten, in der Tür zum Flur, lag der kleine Körper. Auch dort war Blut. Martha ignorierte das Brennen der Schnitte, den Schwindel und die Schmerzen in ihrer Schulter. Auf Knien kroch sie zu dem Kind. Tränen verschleierten ihr die Sicht.

»Es tut mir leid«, wisperte sie. »Es tut mir so leid. Ich war nicht stark genug. Ich wollte ihn aufhalten ...« Schluchzend beugte sie sich über den kleinen Körper. Ein leises Wimmern ertönte unter ihr, die winzigen

Füßchen traten gegen ihren Bauch. Erschrocken stützte sie ihren Körper ab und lehnte sich nach hinten, um das Baby nicht zu erdrücken.

Er war nicht tot! Ihr Junge lebte!

1. Kapitel

Marthas Arm schien immer länger zu werden, als sie die Einkaufstüte nach Hause schleppte. Bei jedem Schritt schlug ihr die Tragetasche gegen das Bein und behinderte sie beim Laufen. Außerdem schmerzte ihre Schulter. Genervt blieb sie stehen, stellte die Einkäufe ab und lehnte sie so an ihr Schienbein, dass die Tüte nicht umkippte. Sie schloss die Augen, streckte ihren Rücken durch und atmete tief ein und aus. Es ging ihr heute Morgen nicht gut. Wie so häufig in letzter Zeit hatte sie schon beim Aufwachen gespürt, dass es kein guter Tag werden würde. Das hatte sich bestätigt, als sie in die Küche gegangen war, um das Frühstück für den Jungen zuzubereiten.

Sie wusste nicht, wann sie ihm zuletzt etwas zu essen gebracht hatte. In letzter Zeit verhielt er sich still, was schlecht war, denn dann kam es schon mal vor, dass sie ihn vergaß. Jedenfalls hatte sie sich beeilen wollen, obwohl es auf die paar Minuten auch nicht mehr ankam, und die Packung Haferflocken war ihr aus der Hand geglitten und zu Boden gefallen. Dort war sie natürlich so gelandet, dass sie ihren Inhalt vollständig über den klebrigen PVC-Boden verteilte. Nachdem Martha vorsichtig die obere Schicht mit einem Löffel aufgesammelt und in die Schüssel zu dem Joghurt gegeben hatte, war ihr zu spät aufgefallen, dass der letzte Apfel auf der Unterseite verschimmelt war. Natürlich griff sie direkt in die matschige Stelle. Also hatte sie die

Sachen stehen gelassen, ihre Hände gewaschen und war einkaufen gegangen.

Martha seufzte und nahm die Tüte hoch, um ihren Weg fortzusetzen. Wann hatte sie eigentlich zuletzt einen guten Tag gehabt? Sie merkte, dass sie in den letzten Wochen oder gar Monaten – ihr Zeitgefühl trog sie immer öfter, seit sie manchmal ganze Tage im Bett verbrachte – zunehmend ungeduldiger geworden war. Dünnhäutiger. Zickiger, wie es ihr Mann nennen würde.

Egal, was sie anpackte, es ging schief. Ihre Gedanken kreisten nur noch um das, was sie verloren hatte. Sosehr sie auch versuchte, ihren Kopf zum Schweigen zu bringen, es wollte nicht funktionieren. Nichts machte ihr mehr Freude. An manchen Tagen schaffte sie es nicht mal aus dem Bett, sondern lag einfach nur da und wartete darauf, dass die Zeit verging. Alles erschien ihr sinnlos.

Sie hatte wirklich versucht, nicht so schwach zu sein, sich nicht so gehen zu lassen. Hatte alles Mögliche ausprobiert, um aus ihrem Tief zu gelangen, hatte darauf gehofft, dass es besser wurde. Es war nur eine Frage der Einstellung, hatte sie sich gesagt und versucht, ihre Gedanken auf etwas anderes zu fokussieren.

Doch es war nicht mehr so wie früher. Die Phasen, in denen sie sich kraftlos und leer fühlte, wurden immer länger und schlimmer. Statt dass die Erinnerung und der Schmerz langsam verblassten, änderte sich gar nichts. Martha spürte immer deutlicher, dass nichts die Leere in ihr zu füllen vermochte. Und langsam war sie nicht mehr bereit, darauf zu warten. Von wegen, die Zeit heilt alle Wunden. Bei ihr war genau das Gegenteil der Fall.

Mit ihrem Mann konnte sie nicht darüber sprechen, denn sie bezweifelte, dass er verstehen würde, warum sie nach so vielen Jahren immer noch nicht über den Verlust hinweg war. Stattdessen fraß sie alles in sich hinein und wurde immer wütender. Obwohl sie wusste, dass es nicht die Schuld des Jungen war, machte sie ihn tief in ihrem Inneren dafür verantwortlich. Er hatte ihr ihren Schmerz nicht nehmen können. Im Gegenteil. Jeden Tag führte er ihr vor Augen, was sie verloren hatte. Das Kratzen an der Tür zu seiner Kammer berührte sie kaum noch, sein Wimmern blendete sie immer öfter aus.

Schweren Herzens betrat Martha die Wohnung. Direkt hinter der Tür stieg sie über einen umgekippten Gelben Sack. Ihr Mann kümmerte sich nicht mehr um so etwas und Martha sah die Unordnung fast nicht mehr. Es störte sie nicht und an den Geruch hatte sie sich auch gewöhnt. Wichtig war ihr nur, dass sie ein paar saubere Klamotten hatte. Niemand sollte ihr ansehen, wie schlecht es ihr ging. Da sie keine Waschmaschine besaßen und sie auch keinen Strom dafür verbrauchen wollte, besuchte sie regelmäßig die Altkleidercontainer der Gegend und nahm die Sachen mit, die sie ohne Weiteres erreichen konnte. Was sie davon nicht gebrauchen konnte, lag zwischen anderem Unrat überall in der Wohnung verstreut.

In der Küche räumte Martha den Inhalt der Tüte in den einzigen Hängeschrank, von dem man nicht befürchten musste, dass er bei der geringsten Belastung von der Wand krachte. Die Schüssel mit den Haferflocken vom Boden stand noch immer auf der

Anrichte. Martha suchte nach einer frischen Schale, fand aber keine, die auch nur annähernd sauber genug erschien. In den meisten waren mit schwarzem Schimmel überzogene Essenreste, andere waren so verklebt, dass sie sie in der vollgestellten Spüle unmöglich sauber bekommen konnte. Also kippte sie das vorhin zubereitete Frühstück kurzerhand aus. Mit einem leisen Platschen landete die Masse auf dem Boden.

»Was machst du da?«, fragte ihr Mann. Martha hielt in der Bewegung inne. Sie hatte ihn nicht kommen gehört.

»Frühstück«, antwortete sie knapp und merkte, wie ihr Gesicht rot anlief. Obwohl es ihm egal sein konnte, was sie in der Küche anstellte, fühlte sie sich ertappt.

»Ich habe keinen Hunger.«

»Ist auch nicht für dich.«

Er nickte stumm. Sein missbilligender Blick sprach jedoch Bände. Martha umklammerte die Schüssel in ihrer Hand so fest, dass die Knöchel an ihren Fingern weiß hervortraten. Mit der freien Hand tastete sie Halt suchend nach der Arbeitsplatte. Ihre Kiefer mahlten aufeinander, hinter ihren Schläfen pochte es. Es gab so viele Dinge, die sie ihm gerne sagen wollte. Doch sie schwieg, so wie immer, und irgendwann war er ebenso geräuschlos verschwunden, wie er aufgetaucht war.

Mit zitternden Händen machte sie sich daran, das Frühstück für den Jungen zuzubereiten. Haferflocken aus der neuen Packung, einen geriebenen Apfel darüber, etwas Joghurt und Wasser. Der daraus entstehende Brei schmeckte widerlich, vor allem, wenn es das Einzige war, das man zu essen bekam, das wusste sie aus eigener Erfahrung. Aber immerhin hielt er lange satt und beinhaltete alles, was man an Nährstoffen brauchte. Zumindest redete sie sich das ein. Mit der Schüssel und einer Kanne Leitungswasser ging sie zur Kammer.

So nannte sie das Zimmer des Jungen, weil es keinen anderen Namen verdient hatte. Seit sie die Spanplatten vor das Fenster genagelt hatte, gab es nicht mal mehr die Aussicht nach draußen, die dem Raum ein wenig von seiner Trostlosigkeit genommen hatte. Je nachdem, was man für Ansprüche hatte, natürlich. Eine Müllverbrennungsanlage betrachtete nun wirklich nicht jeder als angenehmen Ausblick. Jedenfalls hatte das Fenster dem schmalen Raum einen einigermaßen wohnlichen Charakter verliehen. Nun war er wirklich nicht mehr als eine Kammer mit einem Bett und einer Truhe voll Spielzeug, das sie vom Sperrmüll zusammengeklaubt hatte.

In der Diele stellte Martha die Schüssel mit dem Haferflockenbrei auf dem Boden ab und nahm den Schlüssel vom Türrahmen, wo sie ihn immer versteckte. Warum, wusste sie selbst nicht so genau, denn die Tür war gefühlt nur aus Pappe, man hörte jedes Räuspern hindurch. Wenn man es darauf anlegte, wäre es ein Leichtes, sie mit einem gezielten Tritt aus den Angeln zu bekommen oder ein Loch mittendurch zu machen.

Zögerlich drehte Martha den Schlüssel im Schloss. Plötzlich blieb ihr die Luft weg. Ihr Mann hatte sie von hinten gepackt, umklammerte sie mit den Armen und zog sie von der Türe weg.

Martha zappelte, bis er sie schließlich freigab und wieder abstellte. »Was ist in dich gefahren?« Sie wich vor ihm zurück, wobei sie beinahe über die abgestellte Schüssel mit dem Brei stolperte.

»Was willst du da drin machen?« Er deutete auf die Schale und schüttelte missbilligend den Kopf. »Das Frühstück ist doch nicht etwa für ihn? Er war frech, weißt du nicht mehr? Dass du dich aber auch immer wieder erweichen lässt.«

Martha zuckte verwirrt mit den Schultern. Die letzten Tage war er doch ganz ruhig gewesen. Wie konnte ihr Mann das Gegenteil behaupten?

»Nein, natürlich nicht. Für dich ist er ja auch ein Engel.« Er kam auf sie zu und baute sich bedrohlich vor ihr auf. Der widerliche Gestank von altem Schweiß und ungeputzten Zähnen umwehte ihn und Martha musste würgen. »Aber das ist er nicht, und wenn du endlich mal ehrlich zu dir wärst und nicht so verblendet, wüsstest du das auch. Du musst endlich aufwachen. Das da drin ist kein Kind mehr. Das ist ein Teufel. Wir sollten ihn so schnell wie möglich loswerden.« Er schaute sie mit irrem Blick an. Seine Augen schienen aus den Höhlen zu quellen und an seinen Schläfen traten die Adern hervor.

Martha schüttelte hilflos den Kopf. »Du bist krank«, sagte sie mit ruhiger Stimme, in der Hoffnung, ihn so zur Besinnung zu bringen. »Du musst deine Tabletten nehmen. Bestimmt hast du das gestern Abend wieder vergessen, oder?« Martha ging auf ihn zu, legte die Hand an seine Brust und drängte ihn sanft in Richtung Wohnzimmer.

Er runzelte die Stirn, ließ sich aber führen. Geschickt stieg er über einen Stapel alter Zeitungen, die in seinem

Weg lagen, und ging immer weiter, bis sie bei seinem Sessel ankamen.

»Ich ... ich ... bin krank«, murmelte er. Martha lächelte ihn beruhigend an. Er ließ sich auf den Sessel fallen und gähnte. Martha schenkte ihm eine Tasse Tee aus der Kanne von gestern ein. Sie war noch fast voll, er hatte anscheinend so gut wie nichts getrunken. Dann drückte sie eine Tablette aus dem Blister und legte sie neben die Tasse.

»Nimm das, dann geht es dir gleich besser. Ich gehe nur kurz zu ihm, damit er ruhig ist. Ich bin gleich zurück«, säuselte sie, aber innerlich zitterte sie vor Angst, er würde sich doch wieder in das Monster verwandeln, das sie so sehr fürchtete. Vielleicht wurde es wirklich langsam Zeit, ihn zu verlassen.

Aber sie hatte Pläne. Martha rieb mit den Fingern über ihre Schläfen und seufzte. Dann ging sie zurück zur Kammer. Dort drehte sie zögerlich den Schlüssel im Schloss. Wie immer begleitete sie ein mulmiges Gefühl. Sie wusste nie, was sie dort drinnen erwartete.

2. Kapitel

2013

Die Wunden verheilten schlecht. Zwei Monate waren seit dem Vorfall vergangen und noch immer wollte die Entzündung nicht zurückgehen. Mit einem Gemisch aus Wasserstoffperoxid und Wasser desinfizierte sie die Verletzung zweimal täglich. Noch immer schäumte es, was vermutlich bedeutete, dass sie voller Bakterien war. Sicher brauchte er Antibiotika, aber sie konnte wohl kaum zu einem Arzt gehen, um sich welches für einen Säugling verschreiben zu lassen, ohne das Kind mitzubringen. An manchen Tagen glühte der Junge geradezu vor Fieber und Martha hatte ihre Mühe, die Temperatur mit Wadenwickeln und Fiebersaft in den Griff zu bekommen. Einmal war sie kurz davor gewesen, ins Krankenhaus zu fahren, doch die Angst hatte über die Vernunft gesiegt. Es würde sie zerstören, wenn man ihr den Jungen wegnahm. Das durfte sie einfach nicht riskieren.

Heute war wieder ein schlechter Tag. Seit Stunden weinte der Junge bitterlich und wollte sich nicht beruhigen. Er nahm die Flasche nicht an, was kein Wunder war, wenn man überlegte, welche Schmerzen er durchleiden musste. Martha hatte einige Zeit mit ihm im Zimmer gesessen und ihn so lange hin und her gewiegt, bis sie trotz der Schreie eingenickt war. Als sie wieder aufwachte, lag er neben ihr auf der Matratze.

Offensichtlich war er ihr runtergefallen. Er schrie nicht mehr, aus seinem Mund drang nur noch ein leises Wimmern und seine Augen fielen immer wieder zu. Martha steckte ihm den Sauger der Flasche in den Mund und endlich nuckelte er daran, schluckte sogar.

Als er alles ausgetrunken hatte, deckte sie ihn zu und stand auf. Ihre Beine waren eingeschlafen und es fühlte sich an, als würden sie tausende von Nadeln piken. Sie verzog das Gesicht und rieb sich über die Oberschenkel, um wieder Gefühl in die Beine zu bekommen. Steif wie eine Marionette stakste sie zur Tür. Als sie sie öffnete, lief sie wie vor eine Wand. Der Gestank in der Wohnung war mittlerweile unerträglich. Seit dem Vorfall hatte ihr Mann aufgehört, sich um irgendwas zu kümmern, also blieb alles an Martha hängen, die wegen der Pflege des Jungen zu überhaupt nichts mehr kam.

Auch ihre Verletzungen heilten nur schlecht ab. Anscheinend hatte sie sich eine Rippe gebrochen, denn es schmerzte, wenn sie tief einatmete oder ihren Oberkörper auf eine bestimmte Weise bewegte. Also wurden die Geschirrberge immer größer, in den Töpfen verschimmelten die Essensreste, und der Mülleimer war seit Wochen nicht geleert worden, sodass unten bereits eine miefende Flüssigkeit herauslief.

Vorsichtig zog Martha die Tür hinter sich zu. Das Geräusch reichte aus, um den Jungen aufzuschrecken, und sofort setzte das Geschrei wieder ein. Martha schloss die Augen und massierte sich die Stirn. Sie brauchte dringend eine Pause. Etwas Ruhe. Eine Nacht, in der sie einfach mal durchschlafen konnte. Natürlich hatte sie gehofft, dass der Junge sie so weit ablenken würde, dass sie nicht mehr ständig daran dachte, was sie verloren hatte. Aber anstatt sie über den Verlust hinwegzutrösten, raubte er ihr alles an Kraft, was sie hatte.

»Wird das denn niemals aufhören?«, fragte sie.

»Das würde mich auch mal interessieren.«

Martha fuhr zusammen. Sie hatte ihren Mann nicht kommen gehört. Seit dem Vorfall sahen sie sich kaum noch, er war ihr fremd geworden. Die meiste Zeit verbrachte sie im Zimmer des Jungen und wenn nicht, dann versuchte sie, etwas Schlaf nachzuholen oder sich zumindest ein wenig um den Haushalt zu kümmern. Hin und wieder musste sie schließlich auch etwas essen.

»Wie lange willst du das denn noch durchziehen?«

»Bis er gesund ist, natürlich«, antwortete sie und erntete ein verächtliches Lachen.

»Du lässt dich versklaven. Eine Bedienstete des Teufels.«

»Warum sagst du so etwas? Er ist doch nur ein Baby. Es ist meine Pflicht, mich um ihn zu kümmern. Ich kann ihn doch nicht einfach ...«

»Sterben lassen? Und wie du das kannst. Hört sich das da drin vielleicht nach einem normalen Kind an, das es verdient zu leben?«

Martha schüttelte heftig den Kopf.

»Lass mich vorbei, dann bringe ich es zu Ende.« Er legte seine Hand auf ihre Schulter und versuchte, sie zur Seite zu schieben.

»Nur über meine Leiche«, sagte sie. Der Druck auf ihrer Schulter ließ nach.

»Also gut. Wie du meinst.« Ihr Mann drehte sich um und schlurfte in Richtung Wohnzimmer davon. »Aber sorg dafür, dass er endlich ruhig ist. Sonst kann ich für nichts garantieren.«

Martha stieß die Luft aus, die sie unwillkürlich angehalten hatte. Dann ging sie zurück ins Zimmer des Jungen.

3. *Kapitel*

An manchen Tagen gab der Junge keinen Laut von sich. So wie heute. Dann begleitete Martha die Angst, dass er krank war oder sogar noch Schlimmeres. An anderen wiederum tobte er beinahe ohne Unterlass. Dann brüllte er, wütete und trat gegen die Tür, schlug gegen die Wände. Einmal hatte er eine ganze Nacht lang an der Tür gekratzt und als Martha am nächsten Morgen in die Kammer gegangen war, hatten seine Finger geblutet. Er hatte sich dabei beinahe die kompletten Fingernägel heruntergehobelt. Allerdings bedeutete der Lärm auch, dass es ihm wohl gut ging, denn wie sollte er sonst die Kraft zum Toben finden?

Heute schien trotz der Stille alles in Ordnung zu sein. Der Junge saß zusammengekauert in der Ecke gegenüber dem Bett. Den Kopf hatte er auf seinen Knien abgelegt. Sein Atem ging rasselnd, das tat er immer, seit er diese schwere Infektion gehabt hatte. Er zuckte leicht zusammen, als sie die Tür aufstieß. Die abgestandene Luft strömte ihr entgegen, vermischt mit dem Geruch einer öffentlichen Toilette am Bahnhof. Obwohl sie immer wieder lüftete, schien der Gestank sich in dem Teppich und den Wänden festgefressen zu haben. Im Zimmer war es düster, nur wenig Licht drang durch die Ritzen der Spanplatten, die sie vor das Fenster genagelt hatte.

Martha wartete, bis ihre Augen sich an die Dunkelheit gewöhnt hatten, dann ging sie zum Bett, um den

Nachttopf zu holen, den der Junge als Toilette benutzte. Er war bis oben hin voll und der Gestank raubte ihr den Atem. Die Karaffe, die danebenstand, war ebenfalls vollgepisst, der Inhalt war eindeutig gelblich. Das machte er immer wieder, obwohl sie ihm schon hundertmal gesagt hatte, dass er es lassen sollte. Wütend stürmte sie durch die Kammer, machte den letzten Schritt zu weit und stieß den Krug um. Der Urin ergoss sich über den Teppich.

»So eine Scheiße«, fluchte Martha, ballte eine Faust und schloss die Augen.

Nicht aufregen. Einfach ruhig bleiben, beschwor sie sich im Geiste. Die vielen Gerüche, die auf sie einströmten, brachten sie ins schwanken. Der Junge murmelte etwas. Sie hielt die Augen geschlossen und atmete durch den Mund. Ein Geräusch ließ sie schließlich doch aufschauen. Jemand war über die Schüssel in der Diele gestolpert. Martha starrte in die Ecke, wo eben noch ihr Junge gesessen hatte. Sie war leer. Mit einem Ruck fuhr sie herum. Ihr Blick schoss durch den Raum. Die leere Ecke, die Holzkiste, verstreute Spielsachen, das Bett mit dem Nachttopf und dem Krug, die offene Tür, die Diele voller Unrat. Der Junge war nicht da.

Martha war unfähig, sich zu bewegen, ihre Gedanken überschlugen sich. War das gerade wirklich geschehen? War der Junge entkommen? Warum hatte sie die Tür nicht hinter sich geschlossen, so wie sonst immer? Sie wusste, dass sie ihm eigentlich hinterherlaufen musste, doch sie schaffte es nicht, sich zu bewegen. Ihr Kopf war erfüllt von einem dumpfen Rauschen, durch das die Stimme ihres Mannes drang.

Sie richtete ihren Blick auf ihn. »Was ... warum hast du ihn nicht aufgehalten?«, unterbrach sie seinen Redeschwall.

Sein Blick verfinsterte sich. »Warum sollte ich? Ist doch *dein* Teufelsbalg. Du wolltest ihn, also sieh zu, dass du ihn wiederholst.«

»Aber ... er ist weg!«

»Aber, aber«, äffte er sie nach. »Glaubst du vielleicht, er wird von alleine zurückkommen?«

Martha reagierte nicht. Es war, als hätte sie plötzlich vergessen, wie man sprach oder seine Muskeln dazu bewegte, die Beine zum Laufen zu bringen.

»Das kann nicht dein verschissener Ernst sein! Du stehst hier rum, als würdest du auf den Bus warten. Beweg dich gefälligst!«

»Ich ... er ist ... Plötzlich ist er aufgesprungen und los ...« Sie schaffte es nicht, den Satz zu vollenden.

»Und wie soll uns dein Gestammel weiterbringen?« Er schnaufte und rieb sich übers Gesicht. »Weißt du was? Vermutlich ist es besser so. Lass ihn gehen. Soll der Teufel doch sehen, wie er da draußen alleine zurechtkommt.«

Endlich erwachte Martha aus ihrer Schockstarre. Als wären ihre Beine eingeschlafen, stapfte sie ungelenk zur Wohnungstür. Sie trat auf den Hausflur und lauschte. Vielleicht war der Junge in seiner Panik anstatt nach unten die Treppen nach oben gelaufen. Vom zweiten Stock aus waren die üblichen Geräusche aus der Tierarztpraxis zu hören. Wenn er dort war, konnte sie ohnehin nichts mehr tun. Wie zur Hölle sollte sie seinen Zustand erklären? Ihr fiel das laute Dröhnen der Müllwagen auf, die auf der anderen Straßenseite die Verbrennungsanlage anfuhren. Die Haustür musste offen sein.

Marthas Gedanken rasten, während sie die Treppe hinunterging. Was, wenn den Jungen draußen jemand ansprach? Konnte er die Leute zu ihnen führen?

In ihrem Kopf drehte sich alles, als sie die Haustür erreichte, die tatsächlich offenstand. Martha trat ins Freie. Hilflos schaute sie sich um. Keine Spur von dem Jungen. Unauffällig suchte sie das Gebüsch neben dem Haus ab, falls er sich in seiner Panik dort versteckt hatte. Bis auf kleine schwarze Tüten mit Hundescheiße und einige Coffee-to-go-Becher entdeckte sie nichts.

Sie lief auf die Straße. Ein paar Jugendliche kamen aus Richtung des S-Bahnhofs den Bürgersteig entlang. Vielleicht sollte sie die fragen, ob sie den Jungen gesehen hatten. Aber was konnte sie antworten, wenn sie mehr über ihn erfahren wollten? Wie sah er aus? Abgemagert und blass, in einem zu kleinen Frotteeschlafanzug von der Altkleidersammlung und außerdem barfuß. Er hatte nicht mal einen Namen, den sie rufen konnte. Nein, sie war auf sich allein gestellt, musste ihn ohne fremde Hilfe finden, und zwar schnell.

Aber wo sollte sie bloß anfangen? Verloren schaute sie sich um. Rechts von ihr donnerte ein Müllfahrzeug nach dem anderen vorbei. Ihr erster Impuls war es, dort zu suchen. Das Gelände der Verbrennungsanlage war riesig und bot etliche Verstecke. Außerdem hatte sie den Jungen oft dabei erwischt, wie er vom Fenster aus die

LKWs beobachtete. Er hatte gelernt, wie man den Rollladen nach oben zog, weshalb sie letztendlich die Spanplatten davorgenagelt hatte. Nicht, dass ihn jemand vom Bürgersteig aus entdeckte oder er auf die Idee kam, nach draußen zu klettern.

Martha wartete, bis sie die Straße überqueren konnte. Einer der Laster fuhr so nah an ihr vorbei, dass sie die warmen Abgase im Gesicht spürte. Plötzlich wusste sie, dass der Junge nicht diesen Weg genommen hatte. Er war noch nie außerhalb der Wohnung gewesen. Sie konnte sich nicht mal erinnern, ob er jemals die Kammer verlassen hatte, seit sie hier eingezogen waren. Er kannte die Welt hier draußen nur von seinem Fenster. Ein verängstigtes Kind würde nicht den Weg über diese laute Straße nehmen, so fasziniert er auch aus der Entfernung gewesen war.

Links lag die Haltestelle mit der Unterführung. Die war zwar belebt, aber hier fuhren weniger Lastwagen. Martha bemerkte, dass sie keine Jacke trug, und zog ihre Strickjacke enger um sich, auch wenn sie nicht wirklich fror. Dafür war sie viel zu nervös. Mit schnellen Schritten hastete sie den Bürgersteig entlang. An der S-Bahn-Haltestelle angekommen hielt sie inne. Sollte sie am Bahnsteig nachsehen? Gerade fuhr eine Bahn ein und das Donnern der Räder über ihrem Kopf verursachte ihr eine Gänsehaut. Hier war der Junge bestimmt nicht nach oben gegangen. Selbst wenn, hatte sie kaum eine Chance, ihn unauffällig zu schnappen und mitzunehmen. Dort oben gab es Kameras, und wenn er sich wehrte, war es vermutlich nur eine Frage der Zeit, bis die Polizei bei ihr klingelte.

Also durchquerte sie die Unterführung. Auf der anderen Seite befand sich der Friedhof zu ihrer Linken, rechts begann ein kleines Waldstück. Ein Friedhof war zu gruselig für Kinder. Aber der Junge wusste nicht mal, was ein Friedhof war. Um in den Wald zu gelangen, musste man durch ein dorniges Gebüsch, dahinter bestand der Untergrund aus Stöcken und Steinen. Der Junge war barfuß, also entschied Martha sich für den Friedhof und lief auf die Eingangspforte zu. Beinahe stieß sie mit einer älteren Dame zusammen, die gerade ihr Fahrrad durch das Tor schob.

»Na, hören Sie mal«, sagte sie empört und schaute Martha tadelnd an.

»Entschuldigung. Ich suche meinen Sohn«, erklärte Martha schnell und setzte ihren Weg in normaler Geschwindigkeit fort. Erst als die Frau außer Sichtweite war, rannte sie weiter über das ungepflegte, parkähnliche Gelände. Auch hier gab es Steine, der Weg war aus Kies. Vielleicht hatte sie sich getäuscht und er war doch nicht hier entlanggegangen.

Nach einer Weile erreichte sie wieder ein Tor. War es dasselbe, durch das sie den Friedhof betreten hatte? Wenn dem so war, würde sie es als Zeichen betrachten und nach Hause gehen.

Als sie auf die Straße trat, sah sie auf der anderen Seite ein verlassenes Fabrikgelände. Rechts daneben lag ein verwildertes Grundstück. Etwas weiter hinten floss der Main. Und dann sah sie es. Einen Fitzel Babyblau in der matschgrauen Umgebung. Direkt am Ufer.

Martha schoss die Hitze ins Gesicht. Schnell schaute sie sich um. Niemand außer ihnen beiden war hier, nur etwas weiter hinten war eine Frau an einem Grab zugange. Martha rannte zu dem Bauzaun, der das Firmengelände einzäunte, und fand auch schnell die Lücke, durch die der Junge nach drüben gelangt sein musste. Sie quetschte sich hindurch und lief auf das Ufer zu. Ihr Herz schlug schneller. Das Blau wurde deutlicher und schon erkannte sie einen kleinen Arm, der sich an das Wurzelwerk einer Trauerweide an der Böschung klammerte. Gleich hätte sie den Jungen wieder.

4. Kapitel

Die nasse Kleidung klebte an Marthas Körper. Sie triefte vor Matsch und Schlick, doch das schien niemand zu bemerken. Es kam ihr beinahe vor, als wäre sie unsichtbar, genauso wie der Junge vorhin. Sie erreichte den Vorplatz ihres Hauses, ohne dass sie jemand angesprochen und gefragt hätte, was passiert war. Vor ihrer Haustür bemerkte sie, dass die Klappe des Briefkastens offenstand, ein Brief lugte heraus. Sie nahm den Umschlag, der das Schließen verhinderte, die restliche Post ignorierte sie. Er kam von der Stromgesellschaft. Vermutlich die nächste Mahnung über die Nachzahlung, die sie nicht aufbringen konnte.

In der Diele warf sie den Brief auf den Stapel der anderen ungeöffneten Rechnungen, die auf der Kommode darauf warteten, irgendwann zwischen all dem anderen Müll in der Wohnung zu landen. Sie konnte sich nicht um alles allein kümmern, und wenn der Strom tatsächlich abgestellt wurde, war immer noch genug Zeit, die notwendigen, lästigen Schritte einzuleiten.

Im Bad zog sie die nassen Klamotten aus. Sie hatte gerade die Strickjacke abgestreift und war dabei, sich aus der Hose zu schälen, da hörte sie die Stimme ihres Mannes.

»Hast du ihn gefunden?«, fragte er vor der Tür.

Sollte sie ihm die Wahrheit sagen? Würde das etwas ändern? Noch bevor sie eine Antwort darauf gefunden hatte, entschied ihr Bauch für sie. »Nein«, rief sie und wischte sich mit einem Waschlappen die Matschspritzer aus dem Gesicht.

Anscheinend reichte ihm diese knappe Auskunft, denn er fragte nicht weiter. Nachdem Martha ihre Kleidung ausgezogen und sich einigermaßen vom Dreck befreit hatte, huschte sie eingewickelt in ein Handtuch ins Schlafzimmer. Dort zog sie ein altes Unterhemd an und darüber einen Wollpullover mit großem Rollkragen, den sie auf ihrem Beutezug in der letzten Woche ergattert hatte. Sie spürte jetzt schon ein Kratzen im Hals. Vermutlich hatte sie sich dank der nassen Klamotten eine fiese Erkältung eingefangen.

Sie legte sich auf die freie Seite des Bettes und zog die Decke über ihren Körper. Ihre Beine waren so kalt, dass sie das Gefühl hatte, sie würden nie wieder eine normale Temperatur annehmen. Mit den Händen rieb sie über ihre nackten Oberschenkel, um sie schneller aufzuwärmen, und atmete mit geschlossenen Augen tief ein und aus. Dabei lauschte sie ihren Atemzügen und konzentrierte sich darauf, loszulassen. Es war vorbei. Sie konnte nichts mehr an den Tatsachen ändern und musste die Endgültigkeit ihrer Situation akzeptieren. Je eher sie sich mit diesem Gedanken anfreundete, desto eher würde sie in ein normales Leben zurückfinden können – was sie sich all die Jahre gewünscht hatte. Mit der Zeit entspannten sich ihre Muskeln, sie wurde schläfrig und schaffte es, ihre rotierenden Gedanken zum Schweigen zu bringen.

Irgendwann bemerkte sie eine Veränderung im Raum und öffnete ihr linkes Auge einen Spalt weit. Ihr Mann stand vor dem Bett und schaute auf sie herunter. Sie reagierte nicht auf ihn, tat, als hätte sie ihn nicht bemerkt.

»Sei froh, dass er endlich weg ist«, murmelte er und setzte sich neben sie. Martha konzentrierte sich darauf, langsam und regelmäßig zu atmen. Vielleicht glaubte er dann, dass sie schlief, und ging wieder.

Ihre Hoffnung wurde enttäuscht. Anstatt sie in Ruhe zu lassen, schob er seine Hand unter die Decke und berührte ihren Oberschenkel, streichelte mit seinen warmen Fingern darüber.

»Du bist ja ganz kalt«, flüsterte er anzüglich.

Verschwinde und lass mich in Ruhe, du Ekel, beschwor sie ihn im Geiste.

»Was habt ihr nur da draußen gemacht, ihr beiden?« Seine Hand wanderte höher.

Martha sog scharf die Luft ein.

»Dachte ich es mir doch, dass du nicht schläfst.«

Sie antwortete ihm nicht. Seine Finger berührten ihre Unterhose.

»Was hältst du davon, wenn ich dich ein wenig aufwärme?«

»Als wäre ich in der Stimmung«, zischte sie. Wie kam er darauf, dass sie ausgerechnet jetzt Sex wollte? Er hatte sie seit Jahren nicht angerührt. Es war, als hätte der Junge wie eine unsichtbare Barriere zwischen ihnen gestanden. Seit dem Vorfall damals hatten sie nicht mal mehr gemeinsam in einem Bett geschlafen. Sie hatten nebeneinander her gelebt, wie zwei Mitbewohner, die sich schon lange nichts mehr zu sagen haben und nur eine Wohnung teilen, damit sie sich die Miete leisten können.

»Der Teufel kann uns nichts mehr anhaben.« Er beugte sich über sie, zog mit der freien Hand den Kragen ihres Pullovers herunter und küsste ihren Hals.

Martha überlief ein wohliger Schauer. Ihr Geist wollte nicht, dass er sie berührte, doch ihr Körper sendete andere Signale. Ihre Brustwarzen versteiften sich und sie drückte ihren Rücken durch, reckte sich, ohne dass sie es verhindern konnte, ihm entgegen.

»Er hat uns lange genug ausgesaugt wie ein Parasit. Jetzt sind wir frei.«

Martha griff mit der Hand in seinen Schritt, wo sich eine harte Erektion bemerkbar machte. Sie unterdrückte den Impuls, seine Eier zwischen ihren Fingern zu zerquetschen und massierte stattdessen seinen Penis. Er stöhnte leise auf.

»Wie lange haben wir das nicht mehr gemacht?«, fragte er und drückte seine Lippen auf ihre.

Als sich seine Zunge in ihren Mund schob, schmeckte sie seine faulen Zähne, doch es machte ihr nichts aus. Sie war ausgehungert. Obwohl sie wusste, dass es so falsch war, wie es nur sein konnte, schaffte sie es nicht, das Bedürfnis ihres Körpers zu unterdrücken. Sie ließ sich fallen und ihn gewähren, bäumte sich seiner Hand entgegen, die sich in ihre Unterhose schob.

Irgendwann in der Nacht erwachte sie schweißgebadet. Ihre Hand lag auf ihrem Schritt, die Feuchte war durch die Unterhose gedrungen. Benommen schaute sie sich um. Ihr Mann war nicht zu sehen. Hatte sich genommen, was er brauchte und war wieder verschwunden. Oder hatte sie das alles nur geträumt und er war überhaupt nicht hier gewesen? Ein Sextraum? Nein. Sie war doch nicht mehr in der Pubertät. Der Sex war echt gewesen, da war sie sich sicher.

»Mistkerl«, murmelte sie und schob die Decke weg, um sich abzukühlen. Es fühlte sich an, als hätte jemand die Heizung voll aufgedreht, was unmöglich war, denn die funktionierte schon seit einiger Zeit nicht mehr.

Das ist die Scham, flüsterte eine Stimme in ihrem Kopf. *Weil du hier rumvögelst, nachdem du dein totes Kind am Main liegen gelassen hast. Was bist du nur für eine Mutter?*

Die Stimme hatte recht. Sie war ein furchtbarer Mensch. Wie hatte sie zulassen können, dass diese niederen Instinkte sie übermannten? War das nicht der Auslöser allen Übels gewesen? Was, wenn er ihr wieder seinen Teufelssamen eingepflanzt hatte?

»Das wird nicht noch einmal passieren«, schwor sie sich. Dann drehte sie sich auf die Seite und versuchte, wieder einzuschlafen. Doch die Bilder des Jungen kamen immer wieder hoch und hielten sie wach.

Er liegt dort ganz allein im eiskalten Wasser. Wie konntest du ihn nur zurücklassen?

Aber was war ihr denn anderes übrig geblieben, als ihn zurückzulassen? Sie hätte ihn unmöglich mit nach Hause nehmen können. Jemand hätte sie bemerkt.

Es hat auch niemand gemerkt, dass du mit klatschnassen Klamotten zurückgegangen bist. Was ist, wenn ihn Tiere anfressen? Seinen kleinen Körper zerreißen und überall verteilen?

Martha schüttelte den Kopf. Was für Tiere sollten das sein? Sie hatte noch nie von Alligatoren im Main gehört und auch sonst gab es hier keine Aasfresser.

Und was ist mit Ratten? Ein paar der gierigen Viecher reichen schon. Sie verfüttern deinen Jungen an ihre Kinder. Die machen auch nicht vor Menschen halt. Warum sollten sie? Oder Raben. Nicht umsonst nennt man sie Totenvögel. Wildschweine. Der Wald ist nicht weit entfernt. Fische. Es gibt etliche Tiere da draußen, die sich über einen solchen Leckerbissen freuen.

Mit einem Ruck setzte Martha sich auf. »Nein!«, rief sie. Erschrocken hielt sie die Hand vor ihren Mund. Sie wollte auf keinen Fall ihren Mann wecken. »Das dürfen sie nicht. Sie sollen ihn in Ruhe lassen«, flüsterte sie.

Aber sie werden es nicht tun. Hat er nicht verdient, dass ihm wenigstens das erspart bleibt?

Natürlich hatte er das. Aber was sollte sie tun? Sie konnte wohl kaum mitten in der Nacht noch einmal dorthin gehen und die Leiche holen. Genauso wenig konnte sie die Polizei rufen. Was sollte sie ihnen sagen? Wie sollte sie ihnen erklären, was es mit der Kammer auf sich hatte? Warum sie den Jungen jahrelang eingesperrt und vor der Welt versteckt hatten?

Martha stand auf. Sie musste sich bewegen. In ihrem Kopf hörte sie wieder die Schreie von damals. Wie ein lästiger Tinnitus dröhnten sie in ihren Ohren. Dazwischen die Stimme ihres Mannes. Sie ging ans Fenster und lehnte ihre Stirn gegen die kühle Scheibe.

Sag ihnen die Wahrheit.

Würden die Polizisten ihr glauben, dass sie ihn nur hatte beschützen wollen? Dass sie es damals nur gut gemeint hatte und irgendwann einfach alles aus dem Ruder gelaufen war? Trug sie nicht vielleicht sogar eine Mitschuld, weil sie nicht stark genug gewesen war, den Jungen vor dem schrecklichen Unglück zu bewahren? Weil sie ihr Kind hatte bei sich haben wollen, anstatt es bei Fremden zu wissen? Vermutlich ja. Denn sie hatte so dafür gesorgt, dass er jahrelang in der Kammer vor sich hinvegetiert war.

Wenn sie ihren Mann ans Messer lieferte, dann wäre sie auch mit dran. Sie beide würden ins Gefängnis kommen, möglicherweise für viele Jahre. Galt das, was sie getan hatten, als Mord?

Du hast gar nichts getan. Er *war es. Das müssen sie doch sehen. Wenn du gegen ihn aussagst, kommst du frei. Ganz sicher. Es gibt so etwas wie Zeugenschutzprogramme. Du wirst irgendwo ein neues Leben anfangen können. So, wie du es dir immer vorgestellt hast.*

»Ein neues Leben ...«, wiederholte sie. In der Theorie klang das gut. Sie wäre endlich wirklich frei. Natürlich wären sie keine Familie im herkömmlichen Sinne, aber ...

Plötzlich zuckte ein stechender Schmerz durch ihren Körper. Marek! Sie konnte nicht einfach irgendwo neu anfangen. Wie sollte sie ihr altes Leben vergessen, wenn da immer noch diese Lücke klaffte? Die Lücke, die nicht mal der Junge zu schließen vermocht hatte?

Du musst dich schon entscheiden, was du willst. Noch bist du jung. Du kannst noch einmal schwanger werden. Ein neues Kind bekommen.

Wollte sie das? Nichts auf der Welt würde jemals Marek ersetzen können. Das hatte sie in den letzten Jahren schmerzhaft feststellen müssen.

Dann vergiss den Jungen und konzentrier dich darauf, was dein Herz so sehr begehrt. Die Stimme unternahm plötzlich eine Kehrtwende.

Martha schüttelte den Kopf. Ihr Mann würde da nie im Leben mitspielen. Bisher ahnte er nicht mal etwas von ihren Unternehmungen oder dass sie längst wusste, wo Marek war. Sie hatte schon öfter versucht, das Thema vorsichtig anzusprechen, doch er hatte immer abgeblockt. Damals hatte sie die Entscheidung getroffen. Entweder oder. Sie hatte »oder« gewählt, was sich als Fehler herausgestellt hatte. Jetzt musste sie die Konsequenzen tragen.

Jetzt gibt es kein »oder« mehr.

Martha nickte. Im Endeffekt hatte die Stimme in ihrem Kopf recht. Die Voraussetzungen hatten sich mit dem heutigen Tag komplett geändert. Vielleicht waren die Ereignisse ein Zeichen gewesen. Dafür, dass es an der Zeit war, ihr Vorhaben umzusetzen. Dass sie damals einen Fehler gemacht hatte und nun die Zeit für ihre zweite Chance gekommen war. Dieses Mal würde sie aus ihren Fehlern lernen. Sie würde ihr Kind beschützen.

Entschlossen stand sie auf und ging ins Wohnzimmer. Nur das Standbild des Fernsehers spendete ein fahles Licht. Ihr Mann saß auf dem Sessel neben dem Sofa, die Fernbedienung auf der Armlehne. Er schien zu schlafen, zumindest regte er sich nicht. Neben ihm auf dem Tisch stand noch immer die Tasse mit dem Tee, daneben lag die Tablette. Er hatte sie nicht genommen. Mal wieder nicht.

Es wird sich nie ändern. Du redest dir etwas ein.

Nein! Das konnte sie nicht akzeptieren. Wenn sie so negativ an die Sache heranging, war sie zum Scheitern verurteilt. Aber jetzt war auch nicht der richtige Zeitpunkt, ihn über ihre Pläne zu informieren. Nicht, solange er seine Medikamente nicht nahm. Dann war er unberechenbar.

»Es wird alles gut«, flüsterte sie sich Mut zu und drehte sich um. Im Flur zog sie ihre Jacke an, zog den Kragen des Wollpullovers über Mund und Nase und wickelte ihren Schal darüber. Wenn sie ihren Mann auch nicht verraten würde, musste sie wenigstens dafür sorgen, dass der Junge nicht länger allein in der Kälte lag und am Ende wirklich von irgendwelchen Tieren gefressen oder in den Wald geschleift und dort verteilt wurde. Am Ostendplatz gab es eine Telefonzelle. Wenn sie die benutzte, würde die Polizei den Anruf nicht zurückverfolgen können.

Dort angekommen zog sie den Ärmel ihres Pullovers über ihre Hand, öffnete die Tür zur Telefonzelle und nahm den Hörer. Sie achtete darauf, dass er ihr Ohr nicht berührte. Mit dem Knöchel ihres Zeigefingers wählte sie die Nummer der Polizei.

»Der Polizeinotruf, guten Morgen«, meldete sich eine weibliche Stimme.

»Eine Leiche. Ich habe eine Kinderleiche entdeckt«, sagte Martha mit verstellter Stimme und einem aufgesetzten, osteuropäischen Akzent.

»Wo befinden Sie sich gerade?«, fragte die Frau am anderen Ende der Leitung.

»Sie ist am Main beim Friedhof in Offenbach. Mehr weiß ich nicht.«

Die Frau redete noch irgendwas, doch Martha ließ den Hörer fallen und rannte davon. Sie hatte ihre Schuldigkeit getan.

5. Kapitel

»Hier, fang!«

Fabian schaute auf und konnte gerade noch so der Mandarine ausweichen, die Thomas ihm zugeworfen hatte. Sie schoss haarscharf an seiner Schläfe vorbei und landete mit einem Platsch auf dem Boden.

»Na, wo bist du denn heute mit deinen Gedanken?«, fragte Thomas, senkte den Kopf und bedachte ihn mit einem strengen Blick, als würde er über eine Lesebrille hinwegschauen.

»Bei meinem Vermieter«, antwortete Fabian, bückte sich nach der Mandarine und hob sie auf. Die Schale war an einer Seite eingerissen. Fabian pulte an der Stelle herum und schälte die Frucht.

»Aha. Und weiter?« Thomas schob sich von seiner Mandarine drei Spalten auf einmal in den Mund. Als er draufbiss, spritzte etwas Saft zwischen den nur halb geschlossenen Lippen hervor. »Lass dir doch nicht alles aus der Nase ziehen, Mann«, schob er mit vollem Mund hinterher.

»Und du lern endlich mal essen. Ich muss nicht immer dein halb Zerkautes sehen.«

»Da ist aber jemand mit dem falschen Fuß aufgestanden. Oder ärgert dich dein Vermieter so sehr, dass du jetzt deine Kollegen anpflaumen musst, um den Frust loszuwerden?«

»Das kannst du aber glauben. Trotzdem will ich dein Essen nicht sehen.«

Thomas schluckte angestrengt die Mandarine herunter. Dann streckte er seine leere Zunge raus. »Zufrieden?«

Fabian nickte.

»Okay, dann haben wir ja einen Deal. Du bist dran.«

»Du erinnerst dich sicher noch daran, dass letztes Jahr mein Vermieter gewechselt hat, richtig?« Unwillkürlich ballte Fabian eine Faust, die er aber sofort wieder lockerte. Er hatte sich vorgenommen, sich nicht allzu sehr reinzusteigern, auch wenn der Brief von heute Morgen sein Geduldsfass zum Überlaufen gebracht hatte.

Seit über acht Jahren lebte er schon in der Altbauwohnung an der Rennbahn und hatte nie Probleme mit dem Vermieter gehabt. Bis der kinderlose Mann das Haus im letzten Jahr an den Sohn eines russischen Oligarchen verkauft hatte, weil er sich selbst nicht mehr in der Lage gesehen hatte, sich um die Wohnungen zu kümmern. Der Sohn wiederum wollte nun offensichtlich seinem Vater nacheifern, dem bereits einige Wohnblöcke in Frankfurt gehörten.

»Ach, das Muttersöhnchen, das mit der goldenen Wodkaflasche im Mund geboren wurde?«

Fabian grinste. Thomas hätte es nicht treffender beschreiben können. »Genau der. Sein Vorhaben, die Miete erst mal um einen völlig willkürlichen Betrag zu erhöhen, ist natürlich dank dem Mieterbund gescheitert.«

»Lass mich raten: Aufgeben ist nicht sein Ding?«

»Er will jetzt sanieren, ganz plötzlich. Es geht mit der Heizung los, dann kommen neue Fenster.«

»Und dann flattert die fette Mieterhöhung ins Haus.«

»So sieht's aus.« Fabian schnaufte genervt. Er hatte zwar damit gerechnet, aber trotzdem machte ihn diese Dreistigkeit nicht weniger wütend. Dieser Schnösel würde mit Sicherheit draufrechnen, was sich irgendwie mit dem Gesetz vereinbaren ließ. Schon jetzt war die Miete in Fabians Augen unverschämt hoch. Noch konnte er sie sich zwar ohne Probleme leisten, aber der monatliche Betrag war seit seinem Einzug vor etwa acht Jahren um mehr als zweihundert Euro gestiegen. »Irgendwann ist die Wohnung das Geld einfach nicht mehr wert, auch nicht mit neuen Fenstern oder einer besseren Heizung«, führte Fabian seinen Gedanken laut zu Ende. Was innerhalb der letzten Jahre in Frankfurt mit den Mietpreisen passiert war, ging auf keine Kuhhaut mehr.

Thomas nickte. »Aber finde mal was, das du zahlen kannst, ohne dass du gleich nach Offenbach ziehen musst«, bohrte er zusätzlich in der Wunde.

»Zumal ich die Wohnung lieber behalten würde. Ich mag es, dort zu leben. Die Nachbarn sind nett, vor allem, seit das streitende Pärchen endlich ausgezogen ist. Zumindest eine der Parteien.«

»Na, dann ist das doch die Gelegenheit«, sagte Thomas mit einem Grinsen auf den Lippen.

»Was meinst du?«

»Josi und du ... Ihr seid doch jetzt schon eine ganze Weile zusammen.«

»Gerade mal etwas über ein Jahr.«

»Oder eher anderthalb ...«

»Hm. Jetzt, wo du es sagst.« Obwohl das für Fabian eine lange Zeit war, fühlte es sich dennoch irgendwie noch frisch und unsicher an. Manchmal wunderte er sich noch immer, wenn Thomas ihn auf seine Freundin ansprach.

Es war nicht so, dass er die Beziehung nicht genoss, doch er hatte auch seine Freiheit geliebt. Insbesondere wenn die beiden stritten oder er nicht wusste, wie er auf Josis Launen reagieren sollte, fragte er sich manchmal insgeheim, ob er nicht besser dran wäre, wieder allein zu sein. Seine Mutter hätte ihm für diesen Gedanken vermutlich eine Ohrfeige verpasst. Sie konnte es kaum erwarten, bis auch Fabian ihr einen Enkel schenken würde.

Thomas hatte offensichtlich ähnliche Gedanken. »Für dich ist das echt ein Rekord.« Er lachte und schlug sich auf die Oberschenkel, als hätte er den Kalauer der Karnevalssaison gerissen. »Im Ernst. Deine Wohnung ist groß genug für zwei. Ihre war eh nur als Übergangslösung gedacht. Wie wär's, ihr teilt euch künftig die Miete?« Er schaute Fabian prüfend an, dann lachte er wieder. »Du solltest dein Gesicht mal sehen. Als hätte ich dir vorgeschlagen, wieder bei Mutti einzuziehen.«

»Ich weiß nicht, ob das so eine gute Idee ist. Das kann nicht nur ich alleine entscheiden.«

»Klar ist das eine gute Idee. Schlag es ihr doch einfach mal vor und du wirst sehen, dass sie begeistert ist.«

Das bezweifelte Fabian. Josi betonte oft genug, wie sehr sie die Aussicht auf den Bethmannpark mit seinem

Chinesischen Garten genoss. Die Wohnung hatte sie erst im letzten Jahr bezogen und wäre bestimmt nicht begeistert von der Idee, sie schon wieder aufzugeben. Außerdem war sie vor ihrer Beziehung sieben Jahre mit Elias zusammen gewesen, fünf davon verheiratet. Mit Sicherheit würde ihr das alles viel zu schnell gehen. Fabian ging es auf jeden Fall so, wenn er ehrlich zu sich war.

»Außerdem will der Millionärssohn bestimmt keine Hunde im Haus«, sagte Fabian, obwohl er wusste, dass das Schwachsinn war. Im Erdgeschoss wohnte ein Paar mit zwei kleinen Pekinesen, da würde Lumpi vermutlich nicht weiter auffallen.

»Okay, ich sehe schon. Du hast genug Ausreden.« Thomas hob kapitulierend die Hände.

Bevor Fabian etwas entgegnen konnte, klopfte es und Gesa Anwandler steckte ihren Kopf zur Tür herein. »Störe ich gerade?«, fragte sie.

Fabian schüttelte erleichtert den Kopf und bedeutete ihr, reinzukommen. »Was gibt es?«

»Der Chef bittet euch in die Gerichtsmedizin. Im Main wurde eine Leiche gefunden und Gering hat da etwas, das ihr euch ansehen solltet.«

Keine zwanzig Minuten später fuhren Fabian und Thomas auf den Parkplatz der Gerichtsmedizin in der Kennedyallee. Sie betraten das Gebäude durch den Personaleingang, zogen sich um und wurden in den Obduktionssaal vorgelassen, wo Gering sie bereits erwartete.

Der Leichnam lag auf dem Edelstahltisch, der Körper war mit einem Leichentuch bedeckt, nur der Kopf des Kindes schaute oben raus. Das Gesicht des Jungen war ausgemergelt und wirkte eher wie das eines alten Mannes, das man auf den Schädel eines Kindes gestülpt hatte.

»Guten Tag, die Herren. Schön, dass Sie es einrichten konnten«, begrüßte Gering sie, als wären sie einer Einladung zum Essen nachgekommen. »Lassen Sie uns gleich beginnen, ich habe heute noch einiges auf dem Plan. Das ist das Opfer. Männlich, etwa sechs bis neun Jahre. Todeszeitpunkt schätze ich auf gestern Morgen bis früher Vormittag. Als er gefunden wurde, trug er einen alten Schlafanzug aus Frotteestoff. Das Ding war ungefähr drei Nummern zu klein. Ansonsten weder Schuhe noch Socken oder gar eine Jacke und vor allem keine Unterwäsche.« Gering deutete auf einen weiteren Obduktionstisch, auf dem die Kleidung zum Trocknen ausgebreitet worden war.

Fabian ging hinüber und schaute sich die Sachen an. »Das kann er doch nicht alles im Main verloren haben«, überlegte er laut. Er nahm die Hose an einer Ecke hoch und betrachtete den ausgeleierten Stoff. »Wenn die Strömung so stark gewesen wäre, ihm die Sachen vom Leib zu reißen, dann wäre auch die Hose verschwunden.«

»Zumal er nicht von der Strömung angespült wurde, sondern am Fundort ertrunken ist. Die Kriminaltechnik hat einen Fußabdruck in der Nähe gesichert, der von ihm stammt. Zudem deutet die Fundsituation darauf hin. Der Junge lag nicht vollständig im Wasser. Hier, sehen Sie sich das Foto an.« Gering ging zu seinem Laptop und fuhr mit dem Finger über das Touchpad.

Der Bildschirm erwachte und zeigte ein Foto des Jungen. Auf den ersten Blick sah es aus, als wäre er kopfüber die Böschung heruntergestürzt und mit dem Kopf im Wasser gelandet. Bei genauerem Hinsehen entdeckte Fabian allerdings, dass er mit dem linken Arm in einer Wurzel feststeckte. Der Kopf lag im trüben Wasser des Mains, die Beine waren angewinkelt. Unter ihnen waren etliche Spuren zu sehen, als habe der Junge versucht, sich aus dem Wasser zu befreien und sich gegen seinen Angreifer zur Wehr zu setzen.

»Für mich stellt es sich so dar, als hätte er sich festgehalten, um sich ans Wasser zu beugen. Dabei ist er abgerutscht und hat sich mit dem Arm verheddert, sodass er in dieser Position gefangen war«, widerlegte Gering Fabians Beobachtungen. »Aber das müssen Sie die Kriminaltechniker fragen.«

»Sie tippen nicht auf Fremdeinwirkung?«, fragte Thomas nüchtern.

»Das wird sich noch zeigen. Bisher kann ich nur aus den äußeren Eindrücken Schlüsse ziehen«, blieb Gering berufsbedingt vage.

»Warum ist so ein kleiner Junge alleine am Main, noch dazu ohne Schuhe?«, überlegte Fabian laut.

»Sieht für mich so aus, als wäre er irgendwo ausgebüxt«, sagte Thomas.

»Ist die Frage, wo. Sieh dir die Kleidung an. Wo bekommt man solche Schlafanzüge überhaupt noch? Das Teil sieht aus, als wäre es mit einer Zeitmaschine aus den Achtzigern hergebeamt worden.«

»Nur weil kein Superheld drauf ist, heißt es noch lange nicht, dass das Ding alt ist«, warf Thomas ein.

Fabian hatte keine Lust, sich über das Alter des Schlafanzugs zu streiten, also sagte er: »Ich frage mich, warum bisher niemand dieses Kind als vermisst gemeldet hat. Es ist mindestens seit gestern verschwunden, also bereits eine Nacht.«

»Darauf könnte Ihnen der Junge selbst Hinweise geben«, sagte Gering und zog das Tuch von dem Leichnam.

Fabian machte unwillkürlich einen Schritt zurück, in seinem Hals wurde es eng. Was er hier sah, war vermutlich das Schlimmste, das er bisher in seiner Laufbahn zu Gesicht bekommen hatte. Er ließ seinen Blick über die fahle, fast bläuliche Haut schweifen, die so dünn aussah, dass man meinen konnte, sie würde jeden Moment aufplatzen, weil sie das Gewebe darunter nicht mehr halten konnte. Obwohl die Leiche eine Zeit lang im Wasser verblieben war, war sie so gut wie nicht aufgequollen. Das lag hauptsächlich daran, dass es nicht viel zum Aufquellen gab: Der Junge war abgemagert bis auf die Knochen, seine Rippen, Schultern und Hüftknochen standen spitz hervor und schienen durch die dünne Haut stechen zu wollen.

Er sah aus wie eines der verhungerten Kinder aus Afrika, deren Bilder man so oft in den Medien sah. Nur dass das Grauen hier direkt vor Fabian lag und damit schrecklich real war und nicht nur ein Foto, das man schnell wieder verdrängte, nachdem man die Zeitung zugeklappt hatte.

»Wie Sie sehen, ist der Tote unterernährt und verwahrlost. Außerdem ist er völlig dehydriert, was die Sache mit dem ins Wasser lehnen erklären könnte. Er muss unerträglichen Durst gehabt haben. Die Nägel an den Fingern sind bis aufs Blut abgekaut, die Fußnägel hingegen fast schon krallenartig lang. Die Haare sind verfilzt und die Kopfhaut sowie der restliche Körper übersät von Hefepilzen, die auf schlechte hygienische Verhältnisse zurückzuführen sind. Schon äußerlich sind Mangelerscheinungen zu erkennen, die sich über Jahre aufgebaut haben müssen.«

»Dieses Kind ist nicht ertrunken, es wurde auf Raten umgebracht«, murmelte Fabian. »Kein Wunder, dass es niemand vermisst.«

»Gibt es Hinweise auf sexuellen Missbrauch?«, fragte Thomas.

»Bisher nicht. Die Schwarzlichtanalyse hat keinerlei äußerliche Spuren von Spermien gezeigt. Näheres kann ich natürlich erst sagen, wenn wir ihn aufgemacht haben.«

»Anzeichen anderer Misshandlungen?«

»So weit war ich noch nicht. Die Röntgenbilder können wir uns gleich gemeinsam ansehen. Frische Male oder Verletzungen gibt es keine, ebenso wenig habe ich auffällige Narben entdeckt, bis auf die Finger eben.«

Gering drehte sich um, entnahm einer Mappe die Röntgenaufnahmen und hängte sie an den Lichtkasten. Dann schaltete er die Lampen ein und betrachtete die Bilder stumm und mit zusammengekniffenen Augenbrauen.

Für Fabian waren dort wie immer nichts als Flächen in unterschiedlichen Grauschattierungen zu sehen, die die grobe Form von menschlichen Gelenken und Körperteilen annahmen, wenn man sie im Gesamten betrachtete. Ein frischer oder gar verheilter Bruch war für ihn darauf nicht zu erkennen. Er erinnerte sich noch gut daran, als er sich im Sportunterricht in der Schule, damals noch als übergewichtiger Tölpel, den Oberarmknochen gebrochen hatte. Im Krankenhaus hatte er die Bilder angestarrt und befürchtet, dass er vor den anderen wie ein Weichei dastand, weil er wegen nichts ins Krankenhaus gerannt war. Der Arzt hatte dann aber einen Bruch festgestellt und ihm zum Glück einen für alle Mitschüler gut sichtbaren Gips verpasst.

»Hm«, brummte Gering nach einer Weile. »Wir haben hier einen schlecht verheilten Bruch am Oberarm. Typische Schüttelverletzung, wenn Sie mich fragen. Habe ich ständig bei misshandelten Kindern. Außerdem schlechte Zähne, teilweise sind es schon die zweiten, die aber bis auf die Wurzel verfault sind. Hinweise auf sexuellen Missbrauch habe ich wie gesagt bei der äußeren Beschau keine gefunden.«

»Wenigstens blieb ihm das erspart«, sagte Thomas und atmete erleichtert auf. Auch ihm schien die Sache an die Nieren zu gehen, denn er war die letzten Minuten ungewöhnlich schweigsam gewesen.

»Ich frage mich, wer so etwas macht«, sagte Fabian kopfschüttelnd.

»Das ist schrecklich, aber nichts, das es nicht schon gegeben hätte.« Thomas versuchte, nach außen hin cool zu wirken.

Da hatte er wohl recht. Es passierte immer wieder, dass dem Jugendamt Fälle von Kindeswohlgefährdung entgingen und Eltern ihre Kleinkinder vernachlässigten oder sie gar verhungern ließen. Dennoch war es ein Unterschied, von solchen Vorkommnissen zu hören oder sie selbst bearbeiten zu müssen. Bisher hatte Fabian glücklicherweise nur wenige Fälle mit Kindern zugeteilt bekommen. Er wusste nicht so recht, wie er damit umgehen sollte.

»Dann wollen wir uns mal dem Leichnam widmen«, sagte Gering.

Er trat wieder an den Tisch und entfernte das Tuch komplett. Dann stülpte er wie immer ein zweites Paar Handschuhe über. Als hätte sie gerochen, dass ihre Anwesenheit gefragt war, betrat nun auch die Sektionsassistentin in voller Montur den Raum. Fabian kam sie bekannt vor, doch er wusste nicht, wo er sie hinstecken sollte. Erst als Thomas und die junge Frau sich begrüßten, fiel ihm ein, wo er sie schon mal gesehen hatte. Sie war vor einiger Zeit als Praktikantin bei einem ihrer Fälle dabei gewesen, damals noch als Studentin und unsicher, ob sie diesen Job wirklich ergreifen sollte. Offensichtlich hatte sie ihre Entscheidung gefällt.

Während Gering das Diktiergerät einschaltete, trat Fabian ein paar Schritte zurück. Er wollte nicht zu lange das Bild des Jungen vor sich haben, der mehr einem Skelett als einem Kind ähnelte. Thomas blieb auffällig dicht neben der Assistentin stehen. Fabian hatte schon damals das Gefühl gehabt, dass er ein Auge auf sie geworfen hatte. Wie sagte er immer so schön? Appetit holen war in Ordnung, solange zu Hause gegessen wurde. Ob man sich ausgerechnet in einem Sektionssaal Appetit holen musste, war für Fabian fraglich, aber das war Thomas' Sache.

Gewissenhaft vollzog Gering die äußere Leichenschau und diktierte alle Werte. Dann beugte er sich über den Kopf des Kindes. »Schauen wir uns doch mal die Zähne an«, sagte er und fuhr mit Zeigefinger und Daumen zwischen die Lippen, um sie zu öffnen.

Kaum war der Mund aufgeklappt, zog Gering seine Hand zurück, als hätte er sich verbrannt. Er schaute zwischen Fabian und Thomas hin und her. »So etwas habe ich noch nie gesehen«, sagte er und klang ehrlich schockiert.

Fabians Magen zog sich zusammen. Wenn schon Gering über das, was er sah, bestürzt war, wie sollte es ihm dann erst gehen.

»Kommen Sie her, schauen Sie sich das an«, sagte der Rechtsmediziner und schob seine Finger wieder zwischen die Lippen des Kindes. »Etwas Derartiges ist mir meine gesamte Karriere noch nicht untergekommen.«

6. *Kapitel*

Obwohl sie bereits seit Stunden draußen unterwegs war, spürte Martha die Kälte nicht. Nach ihrem Anruf war sie von Offenbach zu Fuß nach Frankfurt gelaufen und hatte sich die Zeit damit vertrieben, die Außenmauern des Zoos entlangzugehen und Ausschau nach Tieren zu halten. Manchmal sah man im Primatenhaus, das über die Mauer hinausragte, irgendwelche Affen in den Seilen direkt unter dem Glasdach hängen oder in einiger Entfernung die Köpfe von den Giraffen hinauslugen. Damit hatte sie sich schon einige Stunden Wartezeit vertrieben und manchmal, im Sommer, und wenn sie etwas Geld übrig hatte, war sie sogar in den Zoo gegangen und hatte sich die Tiere von Nahem angeschaut.

Ihre Lieblinge waren die Eselspinguine, die fröhlich durch ihre künstliche Polarwelt wuselten und die Besucher mit wilden Schwimmmanövern begeisterten. Sie konnte Stunden damit verbringen, ihnen zuzusehen. Leider war es bereits mehr als ein halbes Jahr her, dass sie sich zuletzt einen Besuch hatte leisten können.

Die Glocke des Schulgebäudes gegenüber ertönte und riss Martha aus ihren Gedanken. Nur wenige Sekunden später wurden die zweiflügligen Türen zum Hof aufgestoßen und trotz des Wetters kamen etliche Schüler nach draußen gestürmt. Hektisch suchte sie die Menge ab, bis sie ihn entdeckte. Er rannte gerade auf die oberste Stufe zu, als ihn ein Mitschüler von hinten an der

Schulter stieß, er ins Straucheln geriet und stolperte. Martha hielt den Atem an. Kurz bevor er die Treppen herunterstürzte, fing er sich, blieb stehen und schaute sich wütend nach dem Grobian um. Der grinste blöde und zeigte dem Jungen den Mittelfinger.

Reflexartig hob Martha die Hand, atmete tief ein, bereit, loszuschreien, riss sich aber gerade noch zusammen. Sie durfte nicht auffallen. Auf dem Schulhof war sie eine fremde Person, die jeder sofort bemerken würde. Also ballte sie eine Faust, verstaute sie in ihrer Jackentasche und beobachtete stumm das Geschehen. Die Mittagspause war nicht lang, gerade mal eine halbe Stunde, und insbesondere bei so schlechtem Wetter blieben viele der Kinder nicht die gesamte Zeit über draußen.

Der Junge war inzwischen die Treppe runter und hatte sich an eine Tischtennisplatte in der Nähe des Zauns gestellt, wo er ein Spiel zwischen anderen Kindern beobachtete. Ob sie es wagen sollte, etwas näher ranzugehen? Sie blieb ja auf der Straße und dort durfte man sich schließlich aufhalten, das konnte ihr niemand verbieten. Immerhin war sie kein Mann, den hätte man vermutlich sofort verdächtigt, etwas Ungesetzliches im Schilde zu führen. Sie zog den Schal etwas weiter ins Gesicht, sodass er ihren Mund verdeckte, und schlug außerdem den Kragen ihres Mantels hoch. Dann überquerte sie die Straße und schlenderte den Bürgersteig entlang. Möglichst unauffällig schielte sie nach rechts. Der Junge feuerte aufgeregt einen der beiden Tischtennisspieler an.

Ein schrilles Geräusch direkt neben ihr ließ sie zusammenfahren. Sie drehte sich um und entdeckte eine winzige Töle in einem Wintermäntelchen, die sie ankläffte.

»Princess, aus!«, wurde das Vieh von einer auf ihr Handy starrenden Blondine angefahren. Sie zerrte an der Leine, doch das Biest warf sich dagegen und schnappte nach Marthas Knöcheln. Sie war verführt, nach dem Mistvieh zu treten, da bückte sich die Frau und nahm die Ratte auf den Arm.

»Ohh, der ist aber süß«, rief ein Mädchen. Es stand auf der anderen Seite des Zauns und hatte ihre Nase durch eine der Maschen gedrückt. »Sieh mal, ist das nicht ein niedlicher Hund?« Sie trat einen Schritt zur Seite, um die Sicht für den Jungen hinter ihr freizugeben.

Martha stockte der Atem, als sie erkannte, wer hinter dem Mädchen stand.

»Pah, das ist doch kein echter Hund. Eher 'ne Katze.«

»Ganz recht«, murmelte Martha und wandte sich ab, obwohl sie den Anblick des Jungen am liebsten in sich aufgesaugt hätte. Aber was, wenn er sie erkannte? Wie sollte sie erklären, dass sie vor der Schule herumlungerte?

Zum Glück setzte sich die Frau mit dem Vieh auf dem Arm in Bewegung, ohne den Kindern am Zaun größere Aufmerksamkeit zu schenken, und auch Martha setzte ihren Weg fort. Als sie sich umdrehte, sah sie noch, wie die beiden Kinder wieder auf dem Schulhof verschwanden. Erleichtert atmete sie aus. Natürlich hatte er sie nicht erkannt. Wie auch? So hatte er sie noch nie gesehen. Wann immer ihre Sehnsucht nach ihm zu groß wurde und sie zur Schule kam, um ihn heimlich zu beobachten, hatte sie sich bemüht, unsichtbar zu bleiben.

Mit weichen Knien ging sie zu dem Wasserhäuschen, das sie öfter besuchte, wenn die Mittagspause der Grundschule beendet war und die Kinder in die Betreuung gingen. Der Weg kam ihr unendlich lang vor, so sehr zitterte sie.

Als sie den Kiosk betrat, war er bis auf die Verkäuferin hinter dem Tresen leer.

»Ach, Sie waren ja schon lange nicht mehr hier«, wurde sie begrüßt. Zwischen ihr und der Angestellten hatte sich in den letzten Jahren so etwas wie eine Freundschaft entwickelt. Nun, es war vermutlich eher ein Stammkundenverhältnis, das aus freundlichem Small Talk bestand, wenn es die Situation hergab. Bedeutungsloses Geplänkel. Aber in Marthas Leben kamen diese kurzen Unterhaltungen einer Freundschaft am nächsten. Sie wühlte in ihrer Tasche nach Geld. Neben den zwanzig Euro, die für den Rest der Woche reichen mussten, fand sie etwas Kleingeld. Es war genug, um sich etwas aufzuwärmen.

»Einmal wie immer«, gab Martha ihre Bestellung auf.

»Und, wie geht es Ihnen so?«, fragte die untersetzte Frau, während sie den Kaffee aus der Kanne in einen Pappbecher schenkte.

»Na ja, es ist momentan nicht so leicht«, antwortete Martha und spürte, wie es eng in ihrem Hals wurde. Sie senkte den Blick und rührte sich zwei Stück Zucker und etwas Milch in den Kaffee.

»Das sieht man. Nehmen Sie es mir nicht übel, aber Sie sehen wirklich mitgenommen aus. 'Ne Mütze Schlaf würde Ihnen guttun.«

Am liebsten wäre Martha im Boden versunken. »Mein Sohn ist krank«, sagte sie und ihre Stimme war nur ein leises Krächzen.

»Oh, ich hoffe nichts Schlimmes?«

»Nein, nein. Das wird schon wieder. Ich bekomme nur wenig Schlaf, weil er die ganze Nacht brüllt.« Sie nahm einen Schluck von der braunen Brühe, die nur lauwarm war. Dabei blinzelte sie die Tränen weg, die sich in ihren Augenwinkeln gesammelt hatten.

»Jesses, so klein ist der noch? Ich dachte, der wäre schon in der Schule, nach dem, was Sie so über ihn erzählt haben.«

Martha schüttelte den Kopf. »Er wird niemals zur Schule gehen«, rutschte ihr raus. »Er ist behindert und braucht ständige Pflege«, fügte sie schnell hinzu, als ihr bewusst wurde, was sie gerade gesagt hatte.

Zum Glück fragte die Frau nicht weiter nach. Behinderungen waren Menschen immer unangenehm. Stattdessen sagte sie nur: »Herrje. Dann wünsche ich Ihnen alles Gute«, und machte sich daran, frischen Kaffee aufzusetzen.

Aber Hauptsache mir noch die alte Plörre andrehen, dachte Martha wütend. Anscheinend war es an der Zeit, sich einen anderen Kiosk zu suchen. Sie hatte ohnehin viel zu viel gesagt und diese Frau war einfach unerträglich neugierig. Was ging sie das überhaupt an, ob ihr Kind zur Schule ging oder nicht? Warum mischte sie sich in die Angelegenheiten fremder Leute ein? Die

Wut in Martha wuchs und verdrängte die Niedergeschlagenheit, von der sie bis gerade eben noch beherrscht worden war. Sie musste sich von niemandem aushorchen lassen, erst recht nicht von einer quasi Wildfremden.

Eine Weile stand sie noch an dem Stehtisch und rührte in den Resten der muffigen Brühe herum. Als zwei Kunden in den Laden kamen, nutzte sie die Gelegenheit und verdrückte sich, ohne sich zu verabschieden. Den noch fast vollen Kaffeebecher ließ sie stehen.

Als sie nach Hause kam, stand in der Küche noch die Thermosflasche, die sie ihrem Mann heute Morgen hingestellt hatte. Sie hob sie an und schüttelte sie. Noch fast voll.

»Du hast schon wieder kaum etwas getrunken«, rief sie.

Keine Antwort. Der Fernseher lief nicht. Vermutlich schlief er, wie so oft am Nachmittag. Als hätte er so viel Anstrengendes zu tun. Sie schnappte sich die Kanne und ging ins Wohnzimmer. Auf dem Fernseher war ein Standbild zu sehen.

Schon wieder schaut er dieses Video. Was hat er nur immer damit?

»Du wirst noch völlig faltig, bevor du fünfzig bist, wenn du nichts trinkst«, sagte sie und stellte die Kanne und eine Tasse auf dem Tisch ab.

»Mh. Egal. Sieht doch niemand.«

Martha schraubte den Deckel ab und schenkte etwas Tee in die Tasse. »Hier, rote Früchte. Ich dachte, den magst du. Und außerdem muss ich dich ansehen, bin ich niemand?«

Er reagierte nicht, also stellte sie die Tasse auf dem Tisch ab.

»Wo warst du?«, fragte er sie, wie so oft, wenn sie von der Schule wieder nach Hause kam.

»Na, wo soll ich gewesen sein? Auf dem Amt«, sagte sie und hoffte, dass er nicht genauer nachfragte. Sie konnte ihm nicht verraten, wo sie wirklich gewesen war. Nicht heute.

Eine Weile stand sie schweigend zwischen ihm und dem Fernseher und wünschte sich, er würde irgendetwas sagen. Etwas zu dem Vorfall. Etwas Tröstendes. Dass es ihm leidtat, dass es so weit gekommen war. Doch er sagte nichts.

Warum mache ich das hier alles überhaupt noch mit?, fragte sie sich, doch sie kannte die Antwort bereits. Sie konnte ihn nicht verlassen. Ohne sie würde er vollkommen zusammenbrechen. Wer sollte dafür sorgen, dass er seine Medikamente nahm? Ja, wie sollte er sie überhaupt bekommen? Er war seit Jahren nicht mehr vor der Tür gewesen, stattdessen rannte sie für ihn zu verschiedenen Ärzten, behauptete, von Schlaflosigkeit und depressiven Verstimmungen geplagt zu sein, sodass sie zumindest irgendwelche Pillen hatten. Wobei das mit den Depressionen in letzter Zeit nicht mal mehr eine Lüge war und sie tatsächlich ebenfalls die Medikamente nahm, die allerdings keinerlei Wirkung zeigten.

Plötzlich fühlte Martha sich schwach und stützte sich auf dem Tisch ab. Die Erkenntnis traf sie wie ein Schlag. Es war ihre Schuld. Alles war ihre Schuld. Es hatte in ihren Händen gelegen, all das zu verhindern, doch das hatte sie nicht getan. Weil sie ihm falsche Medikamente geholt hatte, anstatt ihn zum Arzt zu schleifen, war seine Krankheit in den letzten Jahren immer schlimmer geworden. Stattdessen hatte sie zugesehen, wie er sich immer mehr zurückzog, sich um nichts mehr kümmerte und verlotterte. Weil sie zu sehr mit sich selbst und ihren Befindlichkeiten beschäftigt gewesen war. Irgendwie hatten sie sich gegenseitig runtergezogen. Und was hatte sie davon? Nun war der Junge tot und sie hatte alles verloren. Die Lücke in ihrem Leben war noch größer geworden.

Angesichts dieser Erkenntnis quälte sich ein schmerzhaftes Schluchzen durch ihre Kehle und zerriss die Stille im Wohnzimmer. Sein Blick blieb starr, ging ungerührt an ihr vorbei.

»Sei froh, dass er endlich weg ist. Jetzt sind wir frei«, sagte er leise.

Nein. Das war nicht die Art von Freiheit, die Martha wollte. Im Gegenteil. Sie würde wieder ein Kind haben.

7. Kapitel

»Das gibt es doch nicht, dass niemand dieses Kind vermisst«, sagte Thomas und schlug mit der Faust neben seiner Maus auf den Schreibtisch. »Da ist keine einzige Meldung im System, die auch nur annähernd passen würde.«

Fabian nickte, nahm aber nur halb wahr, was Thomas überhaupt von sich gab. In Gedanken war er immer noch bei dem kleinen Jungen. Wer hatte ihn derart leiden lassen, dass dieses Kind dem Tod nähergestanden hatte als dem Leben? Und wer hatte ihm …

Fabian schüttelte den Kopf. Er schaute auf die Uhr. Bereits nach sechs. »Lass uns für heute Schluss machen und morgen mit frischem Kopf weitersehen. Heute Abend werden wir ohnehin nicht mehr viel erreichen. Die Überwachungsbänder des Verkehrsbundes kommen auch erst morgen.«

»Also gut, ich glaube, du hast recht. So langsam bin ich bei den Suchparametern auch an den Rändern von Gerings vermuteter Altersgruppe angelangt.«

Thomas schaltete den Bildschirm aus und Fabian holte sein Handy aus der Hosentasche. Er schrieb Josi eine kurze Nachricht, dass er sich jetzt auf den Weg machen und Pizza von unterwegs mitbringen würde.

Als auch er gerade seinen Computer herunterfahren wollte, wurde die Tür zu ihrem Büro aufgestoßen und Peitsch kam hereingestürmt. »Perfekt, Sie sind noch da«, sagte er und ließ sich schwer atmend auf einen der

Besucherstühle fallen. »Ich hatte befürchtet, dass Sie schon im Feierabend sind.«

»Wir doch nicht. Immer im Dienst«, sagte Thomas. Der Sarkasmus in seiner Stimme war kaum zu überhören, doch Peitsch hatte offensichtlich gerade keinen Sinn für Späße. Er ignorierte Thomas' Aussage.

»Gibt es schon irgendwelche Erkenntnisse, die Sie mir mitteilen können? Sie wissen schon, die Medien sind bei Kindern immer besonders ungeduldig und möchten am liebsten sofort einen Tatverdächtigen präsentiert bekommen«, sagte er.

»Bisher tappen wir vollkommen im Dunkeln«, sagte Fabian und warf dem bereits schnaufenden Thomas einen beschwichtigenden Blick zu. Fabian wusste genau, wie sehr sein Kollege es hasste, mit der Presse unter Druck gesetzt zu werden. Sie beide wollten so schnell wie möglich in den Feierabend und so wollte Fabian eine Grundsatzdiskussion zwischen dem Kommissariatsleiter und Thomas unbedingt vermeiden.

Peitsch schien diese Antwort nicht zu schmecken. »Wendtner? Sehen Sie das auch so? Sie sind etwas mutiger mit den Prognosen.«

»In diesem Fall nicht. Bisher haben wir nicht viel zu berichten.« Er nickte Fabian zu, der aufstand und die Mappe mit ihren bisherigen Aufzeichnungen nahm. Die klappte er auf und legte sie mit einem Foto des Leichnams am Fundort obenauf vor Peitsch.

»Das Opfer war schätzungsweise zwischen sechs und neun Jahre alt. Genauer kann Gering es aufgrund des katastrophalen Allgemeinzustands nicht eingrenzen.

Er will die Röntgenbilder an einen Experten für Altersbestimmung weitergeben.«

»Auch nach der Obduktion will er sich nicht festlegen? Warten auf Ergebnisse bringt uns in dem Fall nicht weiter.«

»Leider kann ich Ihnen nichts anderes sagen. Der Junge muss über Jahre hinweg Hunger gelitten haben. Zusätzlich sorgt der eklatante Vitamin-D-Mangel durch das Eingesperrtsein für Entwicklungsstörungen. Seine Zähne sind praktisch nicht vorhanden, seine Haut war trocken wie Pergament und sein Körper ... Nun, Sie sehen es ja selbst.«

Peitsch senkte mit hochgezogenen Augenbrauen den Blick, als habe er eben erst bemerkt, dass er eine Akte vor sich hatte. Er blätterte durch die verschiedenen Aufnahmen. »Grauenhaft«, sagte er, nachdem er das Bild des Leichnams auf dem Seziertisch einen Moment betrachtet hatte. »Wirklich unmenschlich, was ihm da angetan wurde. Ist denn bei der Obduktion irgendwas rausgekommen? Bis auf das Offensichtliche, meine ich.«

Fabian schluckte, wobei er das Gefühl hatte, dass sich hunderte winziger Rasierklingen in seinem Speichel befänden. »Der Tod ist durch Ertrinken eingetreten, wie die Kollegen am Fundort schon vermutet haben«, begann er, die Dinge aufzuzählen, die ihn heute Nacht um seinen Schlaf bringen würden. Er warf Thomas einen Blick zu, um ihm zu signalisieren, dass er weitermachen sollte, doch der war mit seinem Handy beschäftigt. »Ob ein Fremdeinwirken vorliegt, ist nicht klar. Es gab keine frischen Verletzungen und keine eindeutigen Fußspuren am Ufer. Nur ein Abdruck des Opfers konnte gesichert werden. Der Fundort ist auch der Ort des Geschehens. Möglicherweise hat der Junge sich an einer Wurzel festgehalten, um aus dem Main zu trinken oder etwas herauszufischen. Genauso gut kann es aber auch sein, dass er sich festhielt, während ihn jemand unter Wasser drückte. Der Boden am Ufer war aufgewühlt, er hat zumindest um sein Leben gestrampelt.«

»Und es ist sicher, dass er nicht angespült wurde?«, erkundigte sich Peitsch. Er deutete auf eine Nahaufnahme des Leichnams. »Ich meine, wo ist seine Kleidung abgeblieben? Es rennt doch kein Kind mitten im Februar im Schlafanzug auf der Straße herum, ohne dass jemandem etwas auffallen würde.«

»Anscheinend trug er nur das, was auf den Bildern zu sehen ist«, sagte Thomas.

Peitsch zog die Augenbrauen zusammen, hob eines der Bilder an und hielt es dichter vor seine Augen. »Davon sind Sie überzeugt?«

»Sind wir. Es konnte wie gesagt ein Abdruck des blanken Fußes passender Größe gesichert werden. Wenn Sie weiterblättern ...«

Peitsch tat, wie ihm geheißen und nickte. »Es gibt weitere Fußabdrücke?«, fragte er, als er das entsprechende Bild in der Hand hielt. »Fremdeinwirkung kann also nicht ausgeschlossen werden.«

»Die zweite Spur führt nicht bis ans Ufer. Der letzte Abdruck wurde hier gefunden.« Fabian suchte das Panoramabild des Fundortes heraus und deutete auf den Baum, an dessen Wurzeln der Junge sich geklammert hatte. Er stand etwa anderthalb Meter vom Ufer weg.

»Sie könnten von einem Spaziergänger stammen. Wir vermuten, dass es die Person war, die heute Morgen den anonymen Anruf getätigt hat.«

»Der Fund wurde anonym gemeldet?«, fragte Peitsch. Anscheinend hatte er sich vorher so gut wie gar nicht über den Fall informiert.

»Heute Morgen gegen acht Uhr dreißig. Die Aufnahmen geben allerdings nicht viel her.« Fabian schob Peitsch das Protokoll hin, das er von dem kurzen Gespräch angefertigt hatte. »Der Anruf kam von einer der wenigen Telefonzellen, die es in Offenbach noch gibt. Ein Wunder, dass die überhaupt funktioniert hat, wenn Sie mich fragen. Diese hier stand am Ostendplatz, also fast in Bieber.«

»Da hat jemand einen weiten Weg auf sich genommen, um anonym zu bleiben.« Peitsch überflog das Protokoll und legte es dann zu den anderen Unterlagen in die Akte. »Finden Sie heraus, ob es dort in der Nähe Geschäfte gibt, die Überwachungskameras zur Straße haben. Vielleicht haben wir Glück. Sie sagten, der Junge trug wirklich nur das, was auf dem Foto zu sehen ist?« Er tippte mit seinem Finger auf die Aufnahme von dem Schlafanzug.

»Korrekt«, bestätigte Thomas. »Keine Schuhe. Die Fußabdrücke stammen von einem blanken Fuß und die Größe passt, wie bereits erwähnt.«

»Und das bei den Temperaturen. Der Junge muss doch jemandem aufgefallen sein. Liegt keine entsprechende Meldung vor?«

»Nichts. Keine offene Vermisstenmeldung innerhalb der letzten acht Jahre, die auf ihn passt.« Thomas deutete auf seinen Monitor, auf dem die Ergebnisse noch geöffnet waren. »Auch keine Anrufe bezüglich barfüßiger Kinder, die bei diesen Temperaturen draußen herumlaufen. Wir gehen davon aus, dass er aus der näheren Umgebung gekommen sein muss. Vielleicht aus der Kleingartensiedlung bei Bieber, was ich aber fast für zu weit halte. Die Füße wiesen kaum Verletzungen auf. Richtung Friedhof wäre auch möglich, da gibt es einige Brennpunkte. Durch das kleine Waldgebiet ist man schnell am Waldhof und Sie wissen ja ...«

»Dann müsste er an der Station Ost vorbeigekommen sein«, schlussfolgerte Peitsch.

»Wir haben bereits die Überwachungsbänder angefordert.«

»Da wäre noch etwas«, sagte Fabian gepresst. Ihm wurde ganz schlecht, wenn er daran dachte. Thomas' Handy vibrierte und er machte sich sofort daran, auf die Nachricht zu antworten. Also musste Fabian wohl selbst die schreckliche Nachricht überbringen.

Während er noch nach passenden Worten suchte, nahm Peitsch ihm die Erklärung ab und blätterte selbst zum letzten Bild in der Akte. Während er es betrachtete, ruckte er mit dem Oberkörper vor und zurück. Schließlich hielt es ihn nicht mehr auf seinem Stuhl. »Oh mein Gott«, stieß er kopfschüttelnd hervor und ging im Raum auf und ab. »So eine miese Scheiße!«

Da Peitsch aufgestanden war, hatte Fabian nun freie Sicht auf das Foto. Es zeigte eine Nahaufnahme von der Mundhöhle des Jungen. Doch es waren nicht die Zahnstummel, die selbst den gestandenen Kommissariatsleiter aus der Fassung brachten.

Unweigerlich heftete sich Fabians Blick auf die Zunge – oder besser das, was davon übrig war. Die Wunde war längst verheilt, doch man erkannte noch, wie der Täter vorgegangen war. Zunächst schien er mit einer scharfen Klinge geschnitten zu haben und war bis zur Hälfte gekommen. Dann hatte der Junge offenbar angefangen, sich zu wehren, oder der Täter hatte die Geduld verloren. Daraufhin war das vordere Stück mit grober Gewalt abgerissen worden, die komplette linke Seite war nur noch ein einziger vernarbter Wulst.

»Das ist ... Mir fehlen die Worte.« Peitsch schüttelte noch immer fassungslos den Kopf.

Fabian schoss ein Wortspiel über fehlende Zungen und fehlende Worte durch den Kopf, das er schnell wieder verdrängte. Ihm war klar, dass sein Hirn ihm einen Streich spielte, weil es nicht wusste, wie es mit diesen dramatischen Bildern klarkommen sollte. Deshalb produzierte es diesen dämlichen und absolut unangebrachten Witz.

»Also gut«, murmelte Peitsch, nachdem er sich augenscheinlich wieder gefangen hatte. »Sie behandeln den Fall so zügig wie möglich und vor allem unter Ausschluss der Öffentlichkeit, soweit das irgendwie möglich ist. Momentan haben wir nur«, er setzte das letzte Wort mit den Fingern in Anführungszeichen, »ein ertrunkenes Kind. Und das bleibt erst mal so. Lassen Sie von unserem Phantomzeichner ein Porträt erstellen, auf dem das Kind nicht ganz so abgemagert aussieht, er wurde ja anscheinend länger gefangen gehalten. Und vermeiden Sie unter allen Umständen, dass die Presse etwas von der Sache mit der Zunge erfährt ...«

»Mit Verlaub, wir sind keine Anfänger«, warf Fabian ein.

»... denn dann hätten wir Täterwissen weitergegeben«, sagte Peitsch und ignorierte Fabians Einwand. »Das kann uns den Fall kosten, wenn wir damit Trittbrettfahrer auf den Plan rufen, also kein Wort. Brauchen Sie Verstärkung für die Befragungen oder die Sichtung der Bänder?«

»Momentan noch nicht. Wir melden uns«, sagte Fabian.

Peitsch schaute noch einmal auf das Foto, dann drehte er sich um. »Sehen Sie zu, dass Sie schnell eine Spur finden. Der Gedanke, dass dieses Schwein frei herumläuft, ist unerträglich.« Damit ließ er Fabian und Thomas allein zurück.

Als Fabian gegen halb acht nach Hause kam, wartete Josi bereits auf ihn.

»Na endlich, ich verhungere«, begrüßte sie ihn an der Wohnungstür, nahm ihm das Essen ab und ging in die Wohnung.

»Ich freue mich auch, dich zu sehen«, rief Fabian ihr hinterher und streifte seine Schuhe ab.

Seit Josi hier regelmäßig übernachtete, hatte sie eingeführt, dass jeder, der die Wohnung betrat, die Schuhe auszog. Anfangs hatte Fabian sich noch dagegen gesträubt, aber Josi hatte ihn überzeugt, indem sie ihn daran erinnert hatte, durch welche Arten von Dreck er den ganzen Tag lief und dass er den mit seinen Schuhen in seine Wohnung trug. Ein Gedanke an die Spucketeiche an Bushaltestellen oder Hausecken, die als

Hundeklo genutzt wurden, hatte gereicht und Fabian war freiwillig dazu übergegangen, zu Hause auf Socken zu laufen. Dass dieselben Dinge vermutlich auch an Lumpis Pfoten hingen, die er selbstverständlich nicht ablegte, wenn er auf die Couch sprang, versuchte Fabian, so gut es ging auszublenden.

In der Küche erwartete ihn ein schwanzwedelnder Lumpi und Josi, die bereits dabei war, die Pizza gerecht auf die beiden Teller zu verteilen. Fabian beugte sich nach unten und tätschelte dem Hund den Kopf.

»Da verhungert aber einer«, sagte er, als das Tier anfing, exzessiv Fabians Hand abzuschlecken.

Josi drehte sich um. »Lumpi, aus!«, schimpfte sie. »Von wegen Hunger. Der hatte vorhin schon sein Abendessen. Es kann ja nicht jeder so lange warten, bis du dich nach Hause bequemst.«

Fabian war gerade dabei, zu einer Rechtfertigung anzusetzen, da sah er das Grinsen in ihrem Gesicht. Anscheinend machte sie nur Spaß. »Wir haben einen neuen Fall reinbekommen«, sagte er trotzdem.

»Dass es einen guten Grund gibt, warum du jetzt erst kommst, habe ich mir schon gedacht, keine Sorge. Jetzt lass uns aber essen, denn im Gegensatz zu Lumpi bin ich tatsächlich am Verhungern.«

Fabian setzte sich und nahm sich ein Stück von der Pizza. Josi hatte ihre Spinatpizza mit schrecklichem Schafskäse und viel zu viel Knoblauch natürlich fair mit seiner Salami-Thunfisch-Pizza gemischt, sodass er sich zuerst über die Sorte hermachte, die er nicht so gerne mochte.

»Mh. Das war nötig«, seufzte Josi, nachdem sie ihr erstes Stück schweigend in sich reingestopft hatten. »Ich dachte, ich kippe jeden Moment um.«

»Ja, ging mir auch so. Mir hing der Magen schon in den Kniekehlen, als Peitsch die Besprechung angesetzt hat.«

»Schwieriger Fall, den ihr bekommen habt?« Josi sammelte mit spitzen Fingern etwas von dem Thunfisch von der Pizza. Fabian fragte sich, warum sie sich überhaupt etwas davon genommen hatte, wenn ihr der Belag nicht zusagte.

»Jeder Fall ist am Anfang schwierig«, murmelte Fabian. »Man bekommt einen Anruf, bei dem einem eine Adresse genannt wird, wo man hinfahren soll. Mehr ist es nicht. Wenn man Glück hat, bekommt man ein paar Infos darüber, was überhaupt passiert ist, oft aber auch nicht. Dann ...«

»Hey, du musst jetzt keinen Vortrag darüber halten, dass eure Arbeit schwierig ist. Das glaube ich dir ungesehen.«

»Du hast halt gefragt.«

Josi ließ das Stück Pizza sinken und schaute ihn von unten an. »Weil man sich eben über seinen Tag unterhält und nicht, weil man grundlegende Informationen zum Beruf des anderen erhalten will.«

»Ich bin ja schon still. Wie war denn dein Tag?« Fabian wusste, wie lahm die Frage in diesem Moment war, aber in seinem Kopf schwirrten die Bilder des Jungen herum. Er war jetzt einfach nicht zu einer gepflegten Konversation in der Lage.

»Wunderbar. Ich freue mich total auf übermorgen, wenn ich Karin endlich mal wieder sehe.«

»Ach, morgen ist das schon.«

»Klingt ja richtig begeistert. Tut mir leid, dass ich mich mit Freundinnen treffe und du einen Abend alleine verbringen musst.«

Fabian biss sich auf die Lippe. Da hatte er mal wieder, ohne es zu wollen, Josis wunden Punkt getroffen. »So war das nicht gemeint. Ich bin ja nicht Elias, der dir den Spaß aus Eifersucht nicht gönnt.« Was Fabian viel eher an der Sache störte, war die Einladung seiner Mutter für morgen. Er hatte sie vorgewarnt, dass Josi bereits etwas vorhatte, aber trotzdem würde seine Mutter sich am Donnerstag sicherlich darüber beschweren, dass er sie nicht mitgebracht hatte. Das Familienessen war ihr heilig und wann immer jemand an diesem monatlichen Termin es wagte, etwas anderes vorzuhaben, nahm seine Mutter es gleich persönlich.

»... und dann betrat das glitzernde Einhorn den Raum.«

Fabian runzelte die Stirn und schaute Josi verwundert an.

»Sieh mal einer an, du kannst mir ja doch zuhören.«

»Natürlich habe ich zugehört. Zumindest die meiste Zeit.«

»Klar. Und was habe ich gerade gesagt?« Josi warf das Stück Pizza zurück auf ihren Teller und verschränkte die Arme vor der Brust.

»Tut mir leid, Frau Lehrerin. Gerade war ich abgelenkt. Aber ich habe nur an meine Mutter gedacht, wirklich.«

»Okay, es sei dir verziehen. Wie wär's, wenn wir die Pizza nehmen und uns aufs Sofa verziehen? Der Punisher hat 'ne neue Staffel auf Netflix und …«

»Schon überzeugt«, rief Fabian und schnappte seinen Teller. Etwas Ablenkung konnte er jetzt dringend gebrauchen.

8. Kapitel

In dieser Nacht wälzte sich Martha von einer Seite auf die andere. Es war, als würden ihre Augen von alleine wieder aufspringen, sobald sie sich nicht darauf konzentrierte, sie geschlossen zu halten. Sie versuchte, ihre Gedanken zum Schweigen zu bringen, doch es funktionierte nicht. War der Anruf bei der Polizei ein Fehler gewesen? Sie hatte geglaubt, dass sie sich besser fühlen würde, wenn sie wüsste, dass der Junge nicht allein in der Kälte lag oder gar vom Main mitgerissen und wer weiß wo an Land gespült wurde. Mittlerweile fühlte sie genau das Gegenteil. Es machte ihr Angst, dass die Polizei den Jungen nun hatte. Die Sache würde morgen früh vermutlich der große Aufmacher in den Zeitungen sein. Sie konnte es sich genau vorstellen: *Wer ist der Tote ohne Zunge?*

Martha wurde schlecht. Die ganze Stadt würde nach der Person suchen, die dem Jungen das angetan hatte.

Welches Monster ist zu so etwas fähig?, würden die Leute sich fragen. Zu Recht. Sie war einfach zu schwach gewesen, ihn zu schützen. Weil er nicht genug gewesen war, um die Leere in ihr zu füllen. Bei dem Gedanken wurde sie wütend. So oft sie sich auch sagte, dass es nicht seine Schuld war, so wenig konnte sie dieses Gefühl abstellen. Damals hatte sie eine Entscheidung treffen müssen und die falsche gewählt. Damit hatte alles angefangen. Sie hätte niemals geglaubt und erst recht nicht geplant, dass die Sache so enden würde, wie es nun geschehen war.

Trotz der Zweifel spürte sie tief in ihrem Inneren, dass sie dem Jungen wenigstens diese letzte Zuwendung schuldig gewesen war. Nur ein Anruf, mehr nicht. Dadurch konnte man sie doch nicht finden, oder? Wie sollte die Polizei denn eine Verbindung zu ihr herstellen? Die Telefonzelle war ein paar Kilometer entfernt und mit dem Jungen hatte sie niemand gesehen.

Plötzlich fuhr Martha im Bett hoch, sodass der Stapel Kleidung neben ihr ins Wanken geriet. Die alte Frau vom Friedhof. Was hatte sie noch zu der gesagt?

Ich suche meinen Sohn.

»Verfluchter Mist«, sagte Martha und rieb sich nervös über die Schläfen. Die Frau war uralt gewesen. Bestimmt konnte sie sich nicht mehr daran erinnern.

Red dir keinen Unsinn ein. Ein totes Kind auf den Titelseiten der Zeitungen. Gefunden nur wenige hundert Meter von der Stelle entfernt, an der du deinen Sohn gesucht hast. Daran würde sich auch ein Demenzkranker erinnern.

»Mist, Mist, Mist!«, fluchte sie. In einem ersten Impuls wollte sie eine Tasche packen und verschwinden, solange es noch dunkel war. Doch das konnte sie nicht. Noch nicht.

Stattdessen stand sie auf, kippte ruhelos eine Tasse schwarzen Tee runter, zog sich an und ging nach draußen.

Eine Stunde später kehrte sie mit einem Stapel Zeitungen unter dem Arm zurück. Sie hatte die Briefkästen der Umgebung nach Tageszeitungen und

Ortsblättchen durchstöbert. Bisher hatte keine der Titelseiten einen Bericht über den Jungen gezeigt. Martha hatte schon geglaubt, nur Exemplare von gestern erwischt zu haben, doch sie trugen alle das Datum von heute. Sie verbarg die Zeitungen unter ihrem Mantel, unter den Arm geklemmt.

Als sie ihren Schlüssel aus der Tasche herauskramte, gerieten sie ins Rutschen. Sie stieß die Haustür auf und presste den Oberarm fest an ihre Rippen, in der Hoffnung, es noch nach drinnen zu schaffen. Kurz bevor sie über die Schwelle trat, entglitten ihr die Zeitungen und fielen zu Boden, wo sie auffächerten und vom Wind auseinandergeblasen wurden.

Martha stieß einen Fluch aus und bückte sich, um sie schnell einzusammeln, bevor sie nach draußen geweht wurden. Ein Paar Schuhe tauchten vor ihren Augen auf und sie schaute nach oben. Eine junge Frau mit einem Sixpack Wasserflaschen in der Hand stand vor ihr. Sie hatte ihr Telefon ans Ohr geklemmt und telefonierte. »Wir müssen Schluss machen«, sagte sie, stellte das Wasser ab und nahm das Handy in die Hand. »Ich melde mich später noch mal, muss jetzt hoch zur Arbeit.«

Martha klaubte eine der Zeitungen auf, wobei sie sich bemühte, die Seiten nicht zu zerknüllen und die Reihenfolge einzuhalten.

»Ja, mache doch gerade so ein blödes Praktikum in einer Tierarztpraxis. Hat mir die Betreuerin von der Maßnahme organisiert. Das ist ein Dreck, schwöre ich dir. Ich muss antanzen, bevor die Praxis aufmacht, und putzen ... Ja, voll mein Ernst. Unmenschlich. Bis später dann, ich darf nicht zu spät kommen.« Sie bückte sich, sammelte eines der Ortsblättchen auf und hielt es Martha hin, während sie mit der anderen Hand den Anruf beendete.

Eine erneute Bö fuhr zwischen die Seiten und zerknickte sie. Martha streckte die Hand aus, um sie dem Mädchen abzunehmen. Dabei fiel ihr Blick auf eine Überschrift. Sie war klein, irgendwo in der Mitte, nicht auf der Titelseite. Der Artikel darunter umfasste nur wenige Zeilen.

Kind im Main ertrunken, lautete die nüchterne Überschrift. Wie automatisch wanderte ihr Finger darauf.

»Alles in Ordnung?«, fragte das Mädchen und drehte die Zeitung in ihrer Hand um, um einen Blick auf die aufgeschlagene Seite zu werfen.

Schnell riss Martha ihr die Zeitung aus der Hand und richtete sich hektisch auf. Dabei stieß sie mit der Schulter an das Kinn des Mädchens.

»Passen Sie doch auf«, murmelte die und ihre Hand fuhr zu ihrem Mund. Sie sah nach, ob sie blutete, dann warf sie Martha einen finsteren Blick zu. »Ich muss hoch, sonst motzen die nur wieder, dass ich so lange für die dämliche Praktikantenarbeit gebraucht habe. Wasser holen! Als könnten die das nicht selbst.«

Martha nahm die Zeitungen entgegen. »Danke«, sagte sie noch, bevor das Mädchen im Haus verschwand. Sie starrte mit leerem Blick zu Boden. Sie war noch nicht bereit, zu lesen, was dort stand. Viel war es allerdings nicht und reißerisch hatte die Überschrift auch nicht geklungen. Sie ging eher unter in der Flut der Nachrichten. Also atmete sie tief durch, setzte sich auf die unterste Stufe und schlug die Zeitung auf, in der sie eben fündig geworden war.

Ihr Puls beschleunigte sich, als sie durch die Seiten blätterte. Der Artikel war so klein, dass sie ihn beim ersten Durchsehen übersah und noch einmal von vorne anfangen musste. Beim zweiten Versuch entdeckte sie ihn zwischen einem Artikel über eine Schlägerei am S-Bahnhof, bei der ein Unbeteiligter eingegriffen hatte und verletzt worden war, und einem Bericht über einen SEK-Einsatz beim Videodreh eines lokalen Rappers.

Am Montag wurde die Polizei in Offenbach über eine leblose Person am Mainufer unterrichtet. Bei dem Toten handelt es sich nach Angaben der Polizei um einen etwa sechs- bis neunjährigen Jungen, der ersten Erkenntnissen nach ertrunken ist. Zum genauen Hergang des Unglücks wurden bisher keine Angaben gemacht.

Kein Wort zu seiner Zunge, kein Hinweis darauf, dass ermittelt wurde, und schon gar kein Aufruf an die Bevölkerung, die Person zu finden, die dem Jungen das angetan hatte. Mehr hatten auch die anderen Zeitungen nicht zu berichten, in einigen fand der Junge überhaupt keine Erwähnung. Martha konnte es kaum glauben. War ein totes Kind wirklich nur Nebensache? Interessierte sich niemand dafür, wo es herkam, warum es gestorben war? Sosehr sie eigentlich erleichtert sein sollte, weil ihre Befürchtungen nicht eingetreten waren, sosehr fühlte sie sich im ersten Moment gekränkt.

Das war *ihr* Junge gewesen. Trotz allem was passiert war, hatte er das nicht verdient.

Doch vielleicht hatte sie recht mit ihrer Annahme. Es war ein Zeichen. Es musste einfach so sein. Sie bekam eine zweite Chance. Niemand interessierte sich für ihren Jungen, weil sie beweisen durfte, dass sie es besser konnte. Damals hatte sie die Strafe für ihre falsche Wahl sofort ereilt und sie hatte mit den Konsequenzen leben müssen. Bis jetzt. Jetzt konnte sie alles wiedergutmachen. Bei der Vorstellung breitete sich ein freudiges Kribbeln in ihr aus.

Sie fühlte sich schlecht, auf diese Weise zu empfinden, doch der Tod des Jungen war zumindest nicht sinnlos gewesen. Er machte den Weg frei für eine Zukunft, in der die Vergangenheit obsolet würde. Es war der Neustart, den sie sich erhofft und nicht getraut hatte, selbst einzuleiten. Martha war vor Aufregung ganz schwindelig. Ihre Geduld würde sich endlich auszahlen.

Um sich etwas zu beruhigen und abzulenken, trennte sie vorsichtig alle Berichte über den Jungen aus den Zeitungen, steckte sie in ihre Manteltasche und warf die Reste in den Altpapiercontainer. Zwar würde sie ein anderes, ein besseres Leben anfangen, dennoch wollte sie dem Jungen gedenken. Sie würde ein kleines Album anlegen und die Artikel zusammen mit den wenigen Fotos, die sie von ihm hatte, einkleben. Es würde eins der wenigen Dinge sein, die sie in ihr neues Leben mitnehmen würde. Sie brauchte nicht viel aus ihrem alten. Es würde endlich alles so sein, wie sie es sich erträumt hatte.

Beschwingt ging sie in ihre Wohnung. Es gab einiges vorzubereiten, aber vorher musste sie dringend frühstücken. In der Küche schaltete sie den Wasserkocher ein, dann ging sie ins Wohnzimmer.

Ihr Mann saß regungslos im Sessel, die Fernbedienung lag auf der Armlehne neben ihm. Der Fernseher war eingeschaltet, die DVD eingelegt und während der Anfangsszene auf Pause gestellt.

»Was soll das?«, fragte sie und spürte, wie sich ihr Magen vor Wut zusammenzog.

»Du weißt, was das soll.«

»Nein. Also ja, aber ich will es nicht sehen. Lass mich damit in Ruhe.« Martha ging zum Tisch und nahm die Tasse, die neben dem Sessel stand. Sie war immer noch randvoll. »Eigentlich wollte ich dich fragen, ob du auch eine Kleinigkeit essen willst, aber der Appetit ist mir vergangen.« Er reagierte nicht. Martha drehte sich ruckartig um. Etwas Tee schwappte ihr über die Finger. Sie umfasste die Tasse fester und schloss die Augen.

Nicht aufregen, sagte sie sich. *Es ist gar nichts passiert.*

Trotzdem bemerkte sie, wie sie ihren Arm hob, ganz automatisch, sie konnte nichts dagegen tun. Sie schleuderte die Tasse an die Wand knapp über dem Fernseher, wo sie mit einem Krachen zerbrach. Ihr Mann zuckte nicht mal zusammen. Martha ging zum Fernseher, packte ihn mit beiden Händen und zog ruckartig daran, sodass er nach vorne kippte und auf den Boden fiel. Ein Riss zog sich über ihr Gesicht auf dem Standbild, weitere kleinere verästelten sich auf ihren Wangen und der Wand neben ihrem Kopf, doch das verdammte Teil funktionierte noch. Tränen der Wut stiegen ihr in die Augen. Warum konnte sie nichts richtig machen?

»Du kannst vielleicht den Fernseher zerstören, aber du kannst damit nicht den Inhalt des Videos löschen«, sagte ihr Mann derart gelassen, dass es sie aggressiv machte.

»Ich habe dir gesagt, dass ich nichts davon wissen will. Warum verstehst du nicht, dass du mich damit nicht ... dass du mich ...«

Martha stürmte aus dem Zimmer. In der Küche blubberte das Wasser im Wasserkocher vor sich hin. Die automatische Abschaltung funktionierte schon lange nicht mehr. Die Scheibe war beschlagen, so lange kochte es anscheinend schon. Wütend zerrte sie am Stromstecker und riss ihn aus der Steckdose, wobei das Gerät umfiel. Nur gerade so schaffte sie es, einen Satz nach hinten zu machen und nicht von der siedenden Flüssigkeit überbrüht zu werden.

Sie ballte ihre Hände zu Fäusten und presste sie auf ihren geöffneten Mund. Dann ging sie auf die Knie und schrie gegen ihre Fingerknöchel, während sie ihre Zähne in den Handrücken rammte. So konnte es nicht weitergehen.

Lass dich nicht ablenken, sagte sie sich und schüttelte vehement den Kopf. *Das hast du schon so oft durch. Du standest vor der Wahl, Pest oder Cholera. Du hast dich entschieden und hast dein Bestes gegeben. Und du hast gelernt. Du wirst keine Fehler mehr machen. Ab jetzt hörst du nur noch auf dich. Wirf den Ballast ab.*

»... Ballast ab«, wiederholte Martha ihre Gedanken murmelnd. »Ab jetzt verlasse ich mich nur noch auf mich. Und ich sage, ein Kind gehört zu seiner Mutter, egal, was geschehen ist.«

9. Kapitel

Fabians Blick driftete ins Leere, seine Augen tränten. Er legte seine Finger auf die Augenbrauen und massierte sie leicht, während er den Kopf in den Nacken legte und versuchte, sich zu entspannen. Dann spulte er das Video dreißig Sekunden zurück und ließ es an der Stelle weiterlaufen, bei der er nicht mehr aufgepasst hatte. Er saß seit fast dreieinhalb Stunden vor dem Monitor, wo er die Bänder der Überwachungskameras des S-Bahnhofs Offenbach Ost sichtete, und sein Kopf brummte. Wieder merkte er, wie sein Blick verschwamm. Er stoppte das Band, lehnte sich in seinem Schreibtischstuhl zurück und schloss die Augen für einen Moment.

Lass uns Stein, Schere, Papier spielen, wer in die Technik darf ... So ein dummer Vorschlag. Am schlimmsten dabei war, dass die Idee von Fabian gekommen war. Natürlich hatte er haushoch verloren und so war es Thomas, der jetzt in der Technik saß und das brandneue Programm zur Gesichtserkennung ausprobieren durfte, das sie gerade in der Abteilung für vermisste Personen testeten. Er selbst musste sich mit den Überwachungsbändern rumschlagen.

Glück in der Liebe, Pech im Spiel, dachte er, doch das stimmte auch nicht so ganz. Mit Josi lief es nicht gerade rosig. Er schaffte es immer wieder, die falschen Knöpfe zu drücken, und sie hatten noch keine Streitkultur für sich entwickelt. Nur ungern erinnerte er sich an ihren ersten großen Krach zurück. Rosenkohl war der Auslöser gewesen. Eigentlich lächerlich, wenn man so darüber nachdachte, aber es hatte gereicht, dass sie ihn mit dem Abendessen sitzengelassen hatte und nach Hause gefahren war.

Fabian hörte Schritte vor der Tür. Schnell wischte er sich übers Gesicht, setzte sich gerade hin und wandte sich dem Monitor zu. Eine Sekunde später ging die Tür zu seinem Büro auf und Thomas kam rein.

»Was gefunden?«, fragte er.

»Bisher nicht«, sagte Fabian, nahm einen Schluck von seinem mittlerweile kalt gewordenen Kaffee und startete das Video zum vierten Mal bei elf Uhr dreiundvierzig und zwölf Sekunden. Er gähnte ausgiebig und Thomas gähnte zurück.

»Kannst mal eine kurze Pause machen, denn ich hab was, das vielleicht interessant sein könnte.« Thomas warf einen USB-Stick auf den Schreibtisch.

»Moment!« Fabian hob die Hand. Er ließ das Video ein paar Sekunden zurücklaufen, verlangsamte es um die Hälfte und startete es erneut. Am rechten unteren Bildrand tauchte in einiger Entfernung zur Kamera am Eingang der Unterführung eine kleine Gestalt auf, die wie ein Strich wirkte, der auf den S-Bahnhof zutaumelte. Dann erkannte man das Kind, das sie gestern auf dem Obduktionstisch gesehen hatten. Es trug wie von der Kriminaltechnik vermutet keine Jacke und war barfuß.

»Da ist er«, sagte Fabian und rief die Umgebungskarte des Bahnhofs auf. »Er ist aus Richtung der Müllverbrennung gekommen.«

Das Kind auf dem Video blieb für einen Moment stehen, schaute sich um und zuckte vor einem

Mann zurück, der an ihm vorbeiging. Dann setzte es seinen Weg in die Unterführung fort.

Fabian klickte auf die Aufnahmen der Kameras, die unter der Brücke hingen, und spulte zur entsprechenden Uhrzeit. Der Junge lief mit eingezogenem Kopf an verschiedenen Passanten vorbei in Richtung Main. Fabian spulte das Video zurück, startete es noch einmal und beobachtete gespannt den Monitor. Niemand interessierte sich für das Kind. Die meisten waren zu sehr mit sich selbst beschäftigt oder schauten auf ihr Handy. Nur einmal blickte ein Mädchen dem Jungen hinterher, stieß ihre Freundin in die Seite, die den Kopf hob, sich aber nicht weiter damit beschäftigte.

Ihr hättet ihm das Leben retten können, wenn ihr nur ein wenig Verantwortungsbewusstsein gezeigt hättet, dachte Fabian, rief sich aber sogleich zur Vernunft. Die Mädchen hatten nicht wissen können, welches Schicksal dem Jungen blühte. Für sie war dieser kurze Augenblick bedeutungslos gewesen, nur eine der Skurrilitäten des Alltags. Vernachlässigte Kinder, deren Familien sich im Winter keine Jacke leisten konnten oder denen ihre Kinder gänzlich egal waren, gab es in dieser Wohnsiedlung zur Genüge, ein weiterer kleiner Junge fiel da kaum auf.

Thomas übernahm die Maus und klickte das Video vom Ende des Tunnels an. Als er es um elf Uhr vierundvierzig startete, kam der Junge wie erwartet aus dem Tunnel und ging in Richtung Friedhof. Dort trat er durch ein offenes Tor und verschwand aus dem Sichtbereich der Kameras.

»Gut, jetzt kennen wir seinen Weg, aber sehr viel weiter bringt uns das ehrlich gesagt auch nicht.« Thomas machte Anstalten, das Video anzuhalten, doch Fabian hob eine Hand. Er stellte wieder die normale Geschwindigkeit ein und beobachtete die Passanten. Viele Leute waren es nicht, die den Weg nach Norden nahmen. Eine ältere Dame fuhr mit dem Rad die Straße entlang, stellte es dann an der Mauer ab und betrat ebenfalls den Friedhof. Kurz nach ihr kam eine etwas jüngere Frau aus dem Tunnel. Sie hatte einen Kurzhaarschnitt, war auffallend dünn und trug nur eine Strickjacke, die sie eng um ihren Körper geschlungen hatte und mit den Armen vor der Brust festhielt.

Ihre Bewegungen wirkten fahrig, sie stürmte geradezu die Straße entlang. Dann stoppte sie abrupt auf der gegenüberliegenden Straßenseite zum Friedhof. Dort stand sie regungslos Richtung Norden gewandt, als hätte jemand das Video gestoppt.

»Du Fuchs«, sagte Thomas und stieß Fabian mit dem Ellenbogen in die Seite. »Hallo, junge Frau. Sind Sie zufällig auf der Suche nach einem barfüßigen Jungen?«

»Warum geht sie nicht weiter?«, fragte Fabian. Die Frau bewegte sich immer noch nicht, stand einfach nur da. Fabian erhöhte die Abspielgeschwindigkeit. Die Zeitangabe sprang auf zwölf, dann rannte sie plötzlich los. Auch sie bog auf den Friedhof ab, wo sie mit einer älteren Dame zusammenstieß, dann war sie verschwunden.

»Sehr seltsam«, sagte Fabian. »Sie hat nicht telefoniert und die Temperaturen laden auch nicht gerade dazu ein, in einer Strickjacke einfach mal zehn Minuten in der Gegend rumzustehen.«

»Wenn sie auf der Suche nach dem Jungen war, warum ist sie dann nicht sofort hinterher? Was hat sie da gemacht?«

»Zur Sicherheit sollten wir die Technik schauen lassen, ob sie ein Bild von ihr hinbekommen.«

»Vielleicht war sie zu spät zu einer Verabredung und hat gehofft, dass der andere noch kommt«, schlug Thomas vor.

»Und dann entscheidet sie sich zu einem spontanen Besuch auf dem Friedhof? Das glaube ich kaum. Eher hat sie vielleicht darüber nachgedacht, wie es weitergeht. Oder sie war in einer Art Schockstarre. Wenn der Junge wirklich zu ihr gehört hat, dann kann sie das ganz schön in Schwierigkeiten bringen.«

»Könnte auch sein.« Thomas ging zu seinem Schreibtisch und steckte dort den USB-Stick an seinem Computer an. Dabei grinste er siegessicher. Was er hatte, war anscheinend gut. »Schauen wir uns doch mal an, was die Technik uns Feines geliefert hat.«

Fabian rollte mit seinem Stuhl auf die andere Seite, wo er den Rest des kalten Kaffees aus seiner Tasse runterkippte.

»Wir haben die Suchparameter etwas erweitert, deshalb war ich so lange weg. Bei den Vermissten gab es nämlich keinen Treffer. Aber wir haben die Missbrauchsfälle mit reingenommen und bums, dieses Programm hat uns was geliefert.« Thomas klickte auf die Datei, die sich auf dem Stick befand, und ein Dokument öffnete sich. Er scrollte zu einem Foto. Fabian lehnte sich über den Schreibtisch, um es besser erkennen zu können. Der Junge auf dem Bild schien einige Jahre jünger als ihr Opfer, Fabian schätzte ihn zwischen zwei und drei. Er war ebenfalls sehr dünn und hatte eine breite Nase. Mehr Ähnlichkeiten konnte Fabian auf den ersten Blick nicht ausmachen.

»Also, wenn das Programm es sagt. Ich wäre jetzt nicht drauf gekommen, dass das unsere Leiche sein könnte. Was ist die Geschichte dazu?«

»Das Foto ist etwa vor acht Jahren aufgenommen worden. Kindeswohlgefährdung. Das Jugendamt Offenbach hat damals Anzeige gegen die Eltern, Martha und Pavel Bosniak, erstattet.« Thomas klickte eine der auf dem USB-Stick gespeicherten Dateien an und ein weiteres Bild öffnete sich. »Der Junge war knapp zwei Jahre alt. Wie in unserem Fall fiel vor allem auf, dass er völlig unterernährt war. Außerdem wurden bei der nachfolgenden Untersuchung durch den Amtsarzt ein abgeheilter Bruch im Oberarm sowie eine ältere Nasenbeinfraktur festgestellt.«

»Scheiße, Mann. Der arme Wurm.« Fabian schaute sich das Bild noch mal genauer an und sein Herz verkrampfte. Wo andere Kinder in dem Alter feiste Wangen voller Babyspeck hatten, war das Gesicht des Jungen eingefallen. Die Nase war etwas schief, darunter waren geschwungene Lippen mit einer kleinen Narbe zu erkennen. Trotz seines jungen Alters hatte das Kind schon einiges durchmachen müssen.

»Könnte er das sein?«, fragte Fabian.

Thomas nickte. »Schau mal hier.« Er klickte mit der Maus auf einen Button, der einen Vorgang startete, bei dem das Foto aus der Akte mit dem Foto des ertrunkenen Jungen aus dem Main verglichen wurde. Nicht nur die Nase und die eingefallenen Wangen wurden durch farbige Kästchen markiert, auch die Form der Augen und der Schwung der Lippen war fast gleich.

»Was ist aus dem Fall geworden? Haben wir dazu Infos?«

»Das Kind wurde vom Jugendamt aus der Familie genommen, dem Vater der Prozess gemacht. Er bekam Bewährung und die Auflage einer Therapie, die Mutter durfte das Kind regelmäßig besuchen.«

»Und hat die Familie den Jungen zurückbekommen? Er müsste zehn sein, das ist eigentlich etwas zu alt für unseren Fall.«

»Denk mal dran, was Gering gesagt hat. Die Entwicklung kann durch die Unterernährung stark verzögert sein. Im Endeffekt reden wir doch hier maximal über ein Jahr, das wir danebenliegen«, sagte Thomas.

»Also gut. Und was ist mit ...« Fabian suchte nach einem Namen in dem Dokument, »Marek Bosniak?«

»Die Akte wurde nach der Verurteilung nicht weitergeführt, es gab keine weiteren Vorfälle dieser Art. Laut Aussage der Mutter gingen die Misshandlungen nur von ihrem Mann aus und sie war nicht in der Lage, sich gegen ihn zur Wehr zu setzen. Über den Verbleib des Kindes oder wie die Sache mit dem Jugendamt weiterging, haben wir leider keine Informationen.«

»Dann müssen wir uns wohl direkt an das Jugendamt wenden, wenn wir mehr erfahren wollen.« Fabian seufzte.

Behörden stellten sich bei Anfragen von der Polizei oft quer und führten von Datenschutz über Schweigepflicht alle möglichen Gründe an, ihre Mitarbeit zu verweigern. Wenn man dann noch den entsprechenden Sachbearbeiter auf dem falschen Fuß erwischte, konnte man sich auf einen Papierkrieg einstellen.

»Bei Mord werden die sich wohl nicht so anstellen«, sagte Thomas, der Fabians Gedanken erraten hatte.

»Wollen wir es hoffen.«

10. Kapitel

2013

Nach einer Weile hielt Martha es zu Hause nicht mehr aus. Das Geschrei machte sie wahnsinnig und sie verbrachte Stunden damit, ohne Ziel durch die Gegend zu laufen. Irgendwann erwischte sie sich dabei, wie sie vor einem Kindergarten stand und die Kinder beobachtete. War der Junge eines davon? An diesem Tag war ihr die Idee gekommen. Wie viele Kindergärten konnte es schon geben, die infrage kamen? Wenn sie nur ausdauernd genug war, würde sie ihn irgendwann wiederfinden. Sie würde ihn nicht zurückbekommen, aber sie wüsste wenigstens, wie es ihm ging. Denn wenn sie ehrlich zu sich war, vermisste sie ihn. Sie hatte einen Fehler begangen, den sie nie wieder gutmachen konnte, das wusste sie, und die Strafe dafür würde sie akzeptieren. Aber das musste nicht bedeuten, dass sie ihren Jungen nicht mehr sehen durfte.

Von da an verbrachte Martha ihre Zeit damit, Kindergärten abzuklappern. Bei Wind und Wetter wartete sie meist mehrere Tage hintereinander vor dem jeweiligen Gelände auf die Eltern, die ihre Kinder brachten. Sie begann bei den Einrichtungen, die in ihrer Nähe lagen, allerdings ohne Erfolg. Nach einigen Monaten war sie so viel mit dem Rad unterwegs gewesen, dass sie ihre Schwangerschaftspfunde fast vollständig abtrainiert hatte. Mittlerweile war es

Frühsommer und die Temperaturen machten ihr trotz ihrer verbesserten Fitness zu schaffen. Hatte sie anfangs noch ihre Haare zur Tarnung unter einem Kopftuch verdeckt, brauchte sie jetzt dringend eine andere Lösung. Als sie eines Nachmittags völlig verschwitzt mit einem Platten vom Waldkindergarten an der Offenbacher Stadtgrenze kam, wagte sie den radikalen Schritt, über den sie bereits nachgedacht hatte, und schnitt sich die Haare ab.

Als sie die Schere ansetzte und überlegte, mit welcher Länge sie ihr Aussehen so weit verändern konnte, dass man sie nicht direkt erkannte, erschien ihr Mann im Türrahmen zum Bad.

»Was machst du da?«, fragte er überflüssigerweise, da sie gerade eine dicke Strähne zwischen den Scherenblättern hielt.

»Wonach sieht es denn aus?«, fragte sie und betrachtete sich eindringlich im Spiegel. Ihre Wangen waren gerötet, etliche Pickel zierten ihre Stirn, trotz der Gewichtsabnahme wirkte ihr Gesicht aufgedunsen, als hätte sie sich Cortison gespritzt. Vermutlich würde weder ihr Junge noch die Frau, die sich jetzt um ihn kümmerte, sie auf Anhieb erkennen. Auch ohne neue Frisur. Dennoch war es sicherer, wenn sie diesen Schritt ging. Sie drückte die Scherenblätter zu und die erste Strähne fiel ins Waschbecken.

»Ich sehe schon, dass du dir die Haare schneidest. Aber warum?«

Martha trennte die nächste Strähne auf Höhe ihres Ohrläppchens ab, dann noch eine und eine weitere. Sie schüttelte den Kopf, um sich an das neue Gefühl zu gewöhnen.

»Hallo? Ich rede mit dir!«

Sie zuckte mit den Schultern. »Warum nicht? Ist doch mein Kopf, da werde ich wohl entscheiden können, was für eine Frisur ich mir mache. Wenn es dir nicht passt, kann ich nichts dafür. Musst mich nicht so angehen deswegen!«

Ihr Mann trat einen Schritt ins Bad, streckte seine Hand aus und berührte die gekürzten Haare. »Du bist es, die gerade jedes Wort auf die Goldwaage legt. Ich habe dir eine ganz normale Frage gestellt. Wie kommst du plötzlich darauf?«

»Muss man denn verdammt noch mal immer alles erklären können? Kann ich nicht einfach machen, was ich will, ohne mich dafür rechtfertigen zu müssen?«, gab sie zickig zurück. Sie hatte eigentlich keinen Grund, so zu reagieren, aber da er nicht wusste, dass sie seit geraumer Zeit auf der Suche nach Marek war, konnte sie ihm kaum den wahren Anlass für den neuen Haarschnitt nennen.

»Soll ich dir helfen?«, fragte er, ihren Ausbruch ignorierend.

Martha überlegte einen Moment, ihn wegzuschicken, drückte ihm dann aber die Schere in die Hand. Wenn sie auch nur eine annähernd ansehnliche Frisur haben wollte, kam sie nicht drum herum, ihn Hand anlegen zu lassen. Am Hinterkopf müsste sie sich sonst blind die Haare abschneiden, was dann zwangsläufig auch genau so aussehen würde. Außerdem stritten sie sich in letzter Zeit ständig, was nicht zuletzt daran lag, dass ihr

Geduldsfaden immer dünner wurde. Die Suche nach Marek zermürbte sie und je mehr Kindergärten sie erfolglos abklapperte, desto mehr Frust baute sich in ihr auf, den sie an ihrem Mann ausließ.

Nach einer halben Stunde hatten sie gemeinsam ein einigermaßen passables, aber für ihren Geschmack viel zu kurzes Ergebnis. Das Gesicht, das ihr aus dem Spiegel entgegenstarrte, erschien ihr noch runder als zuvor und trotzdem fand sie, dass sie noch immer aussah wie sie selbst. Nur eben mit kürzeren Haaren. Vermutlich musste eine neue Farbe her.

Am nächsten Tag stand sie in der Drogerie vor dem Regal mit der schier unendlichen Auswahl und suchte nach einem Ton, der zu ihr passte. Ihr Inneres weigerte sich allerdings, eine Entscheidung zu treffen. Sie hatte ihr Blond immer gemocht, es war selten, dass man in ihrem Alter noch derart hell war, ohne zu färben. Außerdem würde diese Veränderung nur neue Fragen ihres Mannes nach sich ziehen. Nach einigem Hin und Her entschied sie sich schließlich für die radikalste Variante und kaufte drei Packungen eines tiefschwarzen Tons namens *Blue Midnight,* den es im Angebot für nur zwei Euro fünfzig gab.

Wieder zu Hause schmierte sie sich das Mittel mehr schlecht als recht auf den Kopf und färbte dabei gleich ihre halbe Stirn mit. Hoffentlich ging das wieder ab, denn sie wollte, nein, sie *konnte* die Suche keinesfalls noch länger hinauszögern. Es war mehr als ein Jahr her, dass sie Marek zuletzt gesehen hatte und sie befürchtete, dass sie ihn gar nicht wiedererkennen würde, wenn sich die Zeit bis zum Wiedersehen noch länger hinzog.

Dass diese Sorge völlig unbegründet war, stellte sie etwas mehr als einen Monat später fest. Sie hatte sich mittlerweile mit ihrer neuen Frisur angefreundet und fand die dunkle Farbe zu ihren hellen Augen gar nicht so schlecht. An diesem Morgen hatte sie sich die Haare besonders ordentlich geföhnt, so als hätte sie gespürt, dass es ein ganz besonderer Tag werden würde. Martha ahnte davon noch nichts, als sie in Frankfurt – dorthin hatte sie ihre Suche mittlerweile ausgeweitet – gegenüber einer neu eröffneten Kita stand und nervös an ihrem Daumennagel herumpfriemelte.

Viel Hoffnung hatte sie nicht, aber sie wollte auch nicht einfach aufgeben und sich später vorwerfen, dass sie nicht alles versucht hatte, um Marek zu finden. Also wollte sie zumindest noch in dieser Stadt alle Kindergärten abklappern. Die Sonne brannte auf ihre schwarz gefärbten Haare und sie überlegte, ob sie sich ein Eis gönnen sollte, als sie aus dem Augenwinkel einen dunkelgrünen Wagen wahrnahm. Sie hob den Blick und sah einen Mini mit geöffnetem Verdeck. Am Steuer saß eine blonde Frau. Im Kindersitz auf der Rückbank hockte ein kleiner Junge mit einer Schirmmütze. Marek!

Marthas Herz schien aus ihrer Brust springen zu wollen, so schnell schlug es mit einem Mal. Sie wollte loslaufen, ihn an sich reißen und mit nach Hause nehmen, doch sie beherrschte sich. Allerdings nicht völlig: Wie automatisch bewegten sich ihre Beine und trugen sie auf die andere Straßenseite, wo sie wie beiläufig an dem Wagen vorbeiging, während Marek von der Frau, die ihn damals zu sich genommen hatte, aus dem Kindersitz befreit wurde.

Tränen schossen Martha in die Augen, die sie nicht länger zurückhalten konnte, nachdem die beiden aus ihrer Sichtweite verschwunden waren. Plötzlich schien all die Anstrengung der letzten Monate auf sie niederzuprasseln, ihre Kraft war aufgebraucht. Sie sank in die Knie, schlug sich die Hände vors Gesicht und heulte hemmungslos. Sie hatte ihn endlich gefunden.

11. Kapitel

»Bitte, nehmen Sie doch Platz.« Mit einem aufgesetzten Lächeln wies Mareike Bechtold auf die Stühle vor ihrem Schreibtisch. »Ich habe mir den Fall schon mal angesehen, zu dem Sie mehr Informationen brauchen, und ich fürchte, dass ich Sie enttäuschen muss.«

»Das werden wir gleich feststellen«, sagte Thomas, der sich einen Stuhl rangezogen hatte.

Fabian blieb stehen. Er konnte sich ein Seufzen nicht verkneifen. Das ging ja schon gut los. Sie waren nicht mal angekommen und die Dame vom Jugendamt wollte sie am liebsten schon wieder loswerden. »Wie kommen Sie darauf, dass Sie uns enttäuschen müssen?«, fragte er und schielte auf die Mappen, die sie auf ihrem Schreibtisch bereitgelegt hatte. »Momentan sind wir auf der Suche nach Anhaltspunkten zu dem Kind. Wo kommt es her? Wer ist die Mutter? Jeder Hinweis kann uns weiterhelfen, selbst wenn wir danach eine Person als Täter ausschließen können.«

»Gut, wenn man das von dieser Seite aus betrachtet.« Über den Rand ihrer Lesebrille warf sie ihm einen ernsten Blick zu. Dann nahm sie einen der Ordner und schlug ihn auf. »Also, am Telefon sagten Sie, dass Sie ein totes Kind haben, das Ähnlichkeit mit Marek Grieser hat. Das habe ich richtig verstanden?«

»Grieser? In unseren Unterlagen steht, er hieße Bosniak.«

»Ja, er hat zwei Jahre nach den Vorfällen auf Bitten der Pflegemutter ihren Nachnamen angenommen. Sie wollte nicht, dass er im Kindergarten oder in der Schule irgendwelche Nachteile hat, wenn die Kinder schon am Namen erkennen, dass er kein leibliches Kind der Familie ist.«

»Also gut.« Fabian setzte sich nun doch. »Wie Sie bereits sagten, hat der Junge, dessen Leichnam gestern am Main gefunden wurde, eine verblüffende Ähnlichkeit mit Marek Grieser, vormals Bosniak. Wir setzen gerade testweise ein Programm zur Gesichtserkennung in der Abteilung für verschwundene Personen ein. Da keiner der Vermisstenfälle zu dem Leichnam passte, haben wir die Suche auf Fälle von Kindesmisshandlung ausgeweitet und das System spuckte Marek Bosniak aus.«

Mareike Bechtold seufzte leise und schlug die oberste Akte auf. »Dann muss ich Ihnen ... Nein, ich darf Ihnen sagen, dass der Junge lebt und wohlauf ist. Er ist noch immer in der Pflegefamilie, in die er vor etwas mehr als acht Jahren gekommen ist. Ich weiß, das hilft Ihnen in Ihrem Fall nicht weiter, aber ich bin doch erleichtert, dass Ihr Opfer keines«, sie malte mit ihren Fingern Anführungszeichen in die Luft, »*meiner* Kinder ist. So komisch es auch klingen mag, immerhin ist ja trotzdem ein Kind tot.«

Fabian nickte. »Verständlich. Können Sie uns trotzdem etwas detaillierter beschreiben, was damals vorgefallen ist?«

»Aber sicher. Frau Bosniak fiel uns auf, weil sie zwei Vorsorgeuntersuchungen hintereinander verpasst hat. Die Krankenkasse schrieb sie an und wies darauf hin, dass sie die nächsten Untersuchungen bitte wahrnehmen soll, was sie ebenfalls unterließ. Daraufhin wurden wir darüber informiert und ein Mitarbeiter hat der Familie einen Besuch abgestattet. Er fand unter anderem eine völlig verwahrloste Wohnung vor. Und ...«

»Außerdem hat er eine massive Kindeswohlgefährdung festgestellt, das Kind wurde aus der Familie entfernt und der Vater auf Bewährung verurteilt«, fasste Fabian die bisherigen Erkenntnisse ungeduldig zusammen.

Die Frau hinter dem Schreibtisch warf ihm einen tadelnden Blick zu, nickte aber. »In der Tat. Ist das zu glauben? Und das soll ein Rechtsstaat sein, in dem wir leben. Wegen Steuerhinterziehung ...«

»Ja, das wird oft als Argument hervorgeholt, wenn es um härtere Bestrafung geht«, fiel ihr Thomas ins Wort. »Dabei blendet man dann gerne aus, dass die Höchststrafen für Kindesmissbrauch wesentlich höher liegen als bei Steuerhinterziehung. Genau genommen doppelt so hoch. Für eine Steuerhinterziehung bekommen Sie höchstens fünf Jahre, bei Kindesmissbrauch drohen Ihnen zehn.«

Mareike Bechtold zog pikiert die Lippen zusammen. Es gefiel ihr offensichtlich überhaupt nicht, dass Thomas ihre Ansichten durcheinanderbrachte. »Nun, dann müssten diese Strafen auch angewendet werden.«

»Dafür sind nicht wir zuständig, und das ist auch gut so. Aber wir sind nicht hier, um über das Strafrecht und seine Anwendung zu diskutieren, so fruchtbar eine solche Unterhaltung auch sein könnte«, versuchte Fabian, das Thema wieder auf den eigentlichen Grund ihres Besuches zu lenken. Unter dem Tisch trat er heimlich nach Thomas, damit auch er sich jeglichen weiteren Kommentar in diese Richtung sparen würde.

»Richtig. Also, was genau wollen Sie wissen, wenn Sie bereits bestens über den Vorfall informiert sind?« Sie blätterte in der Akte, ohne wirklich hinzuschauen.

»Uns interessieren vor allem das weitere Vorgehen und das Verhalten der Familie. Was ist passiert, nachdem das Kind von seinen Eltern getrennt wurde? Gibt es Geschwister? Kam es zurück zu seinen leiblichen Eltern, nachdem der Vater seine Auflagen erfüllt hat?«

»Das Kind ist ein er, sein Name ist Marek. Und nein, er kam nicht zurück zu seinen leiblichen Eltern. Die Umstände haben es leider nicht erlaubt. Dazu zählte auch ein psychologisches Gutachten, das ergab, dass die Eltern vorerst nicht in der Lage sind, sich angemessen um das Kind zu kümmern. Außerdem schien von Frau Bosniak aus nicht gerade besonders großes Interesse zu bestehen.«

Fabian zog die Augenbrauen hoch. »Sie hat sich nicht bemüht, ihr eigenes Kind zurückzubekommen?«

»Zunächst schon. Das Vormundschaftsgericht sprach ihr ein wöchentliches Besuchsrecht unter Aufsicht hier bei uns im Amt zu, das sie auch wahrgenommen hat. Es ist wichtig, dass Kinder, denen so etwas zugestoßen ist, wieder Urvertrauen lernen. Sie sollen, wenn irgend möglich, nicht die Bindung zu den leiblichen Eltern verlieren.« Sie drehte die Akte so, dass Fabian und Thomas den Inhalt erkennen konnten. Vor ihnen lag eine Tabelle mit Notizen und Unterschriften. »Wurde alles dokumentiert. Nach dem Eindruck unseres

Mitarbeiters ging sie liebevoll mit ihrem Sohn um. Auch von seiner Seite gab es kein auffälliges Verhalten ihr gegenüber, nichts, was auf Angst oder ein Trauma in Verbindung mit ihr hingedeutet hätte. Was aber noch keine zuverlässige Schlussfolgerung bezüglich begangener Misshandlungen treffen lässt, denn Kinder hängen meist bedingungslos an ihren Eltern, egal, was die ihnen angetan haben. Gerade in diesem jungen Alter. Da wir aber eine Aussage der Mutter hatten, die den Vater beschuldigte und uns sowie der Staatsanwaltschaft keine gegenteiligen Indizien vorlagen, kam man zu dem Schluss, dass die Kindeswohlgefährdung allein von Herrn Bosniak ausgegangen war. Frau Bosniak war anscheinend nicht in der Lage, sich gegen ihn zur Wehr zu setzen. Unter der Bedingung, dass ihr Mann weiterhin die Bewährungsauflagen einhält und regelmäßig Therapiesitzungen besucht, wurde ihr dann eine Lockerung der Maßnahme zu gegebenem Zeitpunkt in Aussicht gestellt. Das heißt, dass sie ihren Sohn für einige Stunden im Monat allein und außerhalb unserer Räumlichkeiten hätte treffen können.«

»Was ist schiefgegangen?«, fragte Thomas.

Mareike Bechtold schüttelte den Kopf und zog die Akte wieder zu sich. »Das kann ich Ihnen leider nicht sagen.«

»Hören Sie mal, es geht hier um ein totes Kind ...«

»Nein. Ich kann es Ihnen nicht sagen, weil ich es nicht weiß. Die Besuche hörten schlagartig auf. Von einer Woche auf die andere kam sie nicht mehr.«

»Und was haben Sie daraufhin unternommen? Haben Sie herauszufinden versucht, warum sie ihren Sohn nicht mehr sehen wollte?«, fragte Fabian.

»Selbstverständlich. Briefe blieben unbeantwortet, einen Telefonanschluss gab es nicht. Irgendwann sind die Briefe dann zurückgekommen. Absender unbekannt verzogen. Da es Marek in seiner Pflegefamilie gut ging und bis heute geht, verzichteten wir nach einer angemessenen Zeit darauf, weitere Nachforschungen anzustellen.« Sie schlug die Hände vor der Brust zusammen, als wollte sie damit die Unterhaltung beenden.

»Und Sie sagen, der Junge lebt bis heute in der Pflegefamilie?« Fabian massierte seine Augenbrauen. Marek war offensichtlich nicht ihre Leiche. Was aber nicht bedeutete, dass der tote Junge nicht zu den Bosniaks gehörte. »Hat Frau Bosniak jemals versucht, wieder Kontakt mit ihrem Sohn aufzunehmen?«

»Nicht über uns. Es über die Pflegefamilie laufen zu lassen, wäre zu diesem Zeitpunkt nur schwer möglich gewesen. Zum Schutz des Kindes kannte sie den aktuellen Wohnort nicht.«

»Haben Sie die Frau je selbst erlebt?«

Mareike Bechtold nickte. »Ich war bei einigen Besuchsterminen dabei. Damals hatte ich gerade hier angefangen und habe in ihrem Fall während meiner Einarbeitung quasi hospitiert.«

»Welchen Eindruck hatten Sie von ihr? Liebte sie ihren Sohn?«

»Wie ich bereits sagte, war ihr Umgang ein in meinen Augen auffallend liebevoller. Sie nutzte die Zeit, um mit ihm zu spielen, ihn zu umarmen und sich mit ihm zu unterhalten. Nun, wie man sich eben mit einem anderthalbjährigen Kind unterhalten kann. Ich habe da schon ganz andere Dinge erlebt, das können Sie mir glauben.« Sie nickte zur Bekräftigung ihrer Worte. »Da saßen Mütter auch schon die kompletten zwei Stunden nur in der Ecke unseres Besuchsraumes, während ihre Kinder in der anderen gespielt haben. Da gab es weder Körperkontakt noch sonstige Zuwendung. Im Gegensatz zu Frau Bosniak. Wenn es nur um sie gegangen wäre, ich und auch die Familienhilfe hätten keinerlei Bedenken gehabt, ihr mehr Freiheiten mit ihrem Sohn zu gewähren.«

»Um so verwunderlicher, dass sie sich plötzlich zurückgezogen hat«, murmelte Thomas.

»Gibt es aktuellere Fotos von Marek?«, fragte Fabian. Ihm ging die Ähnlichkeit der beiden Kinder, die trotz des Altersunterschiedes unverkennbar war, nicht aus dem Kopf.

»Lassen Sie mich mal sehen«, sagte Mareike Bechtold, nahm die zweite Akte und blätterte darin herum. »Ah, hier haben wir es ja. Das wurde vor zwei Jahren aufgenommen.« Sie nahm ein Foto aus der Mappe und legte es vor Fabian und Thomas.

Ein aschblonder Junge mit dunkelbraunen Augen blickte ihnen entgegen, die stark geschwungenen Lippen unter der breiten Nase zu einem Grinsen verzogen. Das Kind auf dem Foto war wohlgenährt und sah glücklich aus, doch es war, als würden sie direkt in das Gesicht ihres Opfers schauen. Derselbe Mensch, nur eben zu besseren Zeiten.

Thomas räusperte sich und kratzte sich am Kopf. »Würden Sie uns die Adresse der Pflegefamilie mitteilen?«, fragte er.

Mareike Bechtold schaute ihn mit aufgerissenen Augen an. »Aber ... Sie glauben doch nicht? Marek kann doch nicht der Junge aus dem Main sein.«

»Nein«, sagte Fabian. »Aber vielleicht sein Bruder. Ein DNS-Test könnte uns darüber Aufschluss geben. Deshalb müssen wir dringend mit dem Vormund reden.«

»Ehm, also ...« Mareike Bechtold blätterte nervös durch den Inhalt der Mappe. »Ehrlich gesagt, weiß ich gar nicht, was der Datenschutz da sagt. Sie wissen doch, diese neue Verordnung, die im letzten Jahr in Kraft getreten ist. Wir hatten erst die Schulung und Frau Grieser ist ja nicht verdächtig ...«

»Hören Sie, wir können uns selbstverständlich einen Beschluss holen, damit wären Sie auf der sicheren Seite«, redete Fabian beruhigend auf sie ein. »Aber einfacher wäre es, wenn Sie kooperieren. Und schneller ginge es auch. Wir untersuchen hier nicht weniger als den Tod eines Kindes. Wie wäre es, Sie rufen Frau Grieser einfach an und fragen sie, ob sie damit einverstanden wäre, uns zu empfangen?«

Mareike Bechtold nickte erleichtert. Ihr Gesicht hatte eine rötliche Farbe angenommen. »Ja, das ist, glaube ich, besser. Ich will nichts falsch machen, wissen Sie. Bei den Daten ist man heute so hinterher ...«

»Dann lassen wir Sie jetzt einen Moment allein und Sie telefonieren, in Ordnung?«, sagte Thomas und stand auf.

»So machen wir es.«

Thomas und Fabian traten auf den Flur.

»Könnte ein Treffer sein«, sagte Thomas. Fabian nickte. Die Bilder, die Misshandlungen, der Nahrungsentzug. All das passte. Und doch ...

»Ich frage mich nur, warum sie zugelassen hat, dass ihr Mann ein zweites Kind misshandelt.«

»Na ja, sie kann sich offensichtlich nicht gegen ihn durchsetzen. Vermutlich ist er dafür verantwortlich, dass sie damals die Besuche nicht mehr wahrgenommen hat. Dann hat er ihr noch ein Kind gemacht und alles ging von vorne los.«

»Könnte so gewesen sein«, sagte Fabian, doch er hatte seine Zweifel. Meist waren die Dinge nicht so einfach, wie sie erschienen.

12. Kapitel

2013

Gegen Mittag kehrte Martha zurück zum Kindergarten. Die letzten Stunden hatte sie in einem Café rumgebracht und sich auf dem Weg einen billigen Sonnenhut in einem Ein-Euro-Shop geholt. Jetzt wartete sie darauf, dass die ersten Eltern ihre Kinder abholten. Der grüne Mini tauchte nicht auf. Nervös lief Martha auf der gegenüberliegenden Straßenseite auf und ab und setzte sich ab und zu auf die Bank einer Bushaltestelle, um nicht zu sehr aufzufallen. Irgendwann zogen dunkle Wolken auf, es donnerte. Ein Sommergewitter ging über der Stadt nieder und der Wind wehte den Regen unter das Dach der Bushaltestelle. Martha war bis auf die Knochen durchnässt und fröstelte, als der Mini endlich auftauchte.

Die Blondine stieg aus, spannte einen Schirm auf, der ihr von einer Bö beinahe aus der Hand gerissen wurde, und hastete die Stufen zur Kita hinauf. Martha holte ihr Fahrrad, das sie hinter der Bushaltestelle an einen Laternenpfahl angeschlossen hatte. Ungeduldig starrte sie auf den Eingang und wartete, dass die Pflegemutter mit Marek wieder herauskam. Eine ganze Weile passierte gar nichts, dann wurde die Tür geöffnet. Gespannt hielt sie den Atem an. Ein ihr unbekannter Mann mit einem Kind an der Hand erschien. Sie stieß die Luft aus. Immer noch nichts. Waren die beiden überhaupt noch da? Vielleicht hatten sie einen anderen Weg nach draußen genommen. Nein, das war Unsinn, denn der Mini stand noch dort, wo die Frau ihn vorhin abgestellt hatte.

Martha trat von einem Bein aufs andere. Sie zitterte. Ob vor Kälte – die Temperatur war mit dem Regen deutlich runtergegangen – oder vor Anspannung wusste sie nicht. Was dauerte denn da bitte schön so lange?

Endlich tat sich etwas. Marthas Hände umklammerten den Lenker ihres Fahrrads. Die Tür des Gebäudes wurde aufgestoßen und eine schlanke Hand erschien. Marthas Herz klopfte bis zum Hals. Da waren sie. Kurz nach der Frau trat ihr Junge auf den obersten Treppenabsatz. Die Frau spannte den Schirm wieder auf, bot ihm die Hand an, doch er schüttelte den Kopf.

Richtig so, dachte Martha und lächelte. Am liebsten wäre sie sofort losgestürmt, doch sie musste vorsichtig sein. Wenn sie jetzt entdeckt wurde, wäre die Warterei umsonst gewesen.

Die Frau nahm den Jungen trotz seines Kopfschüttelns an die Hand und ging mit ihm die Stufen zum Bürgersteig herunter. Er protestierte lautstark und ließ sich eher von ihr ziehen, als dass er sich selbst bewegte.

Ja, zeig es ihr, feuerte Martha ihn in Gedanken an. Gleichzeitig beunruhigte sie das Verhalten ein wenig. Seit wann war er so wehrhaft? Würde er sich auch so verhalten, wenn ...

Die Hand des Jungen immer noch fest in ihrer Faust schaute die Frau nach links und rechts und machte sich dann auf den Weg zu ihrem Auto. Martha senkte den Kopf und setzte sich in Bewegung, das Fahrrad fest umklammert. Den Regen, der ihr ins Gesicht gepeitscht wurde, spürte sie kaum. Sie war nur auf ihren Plan konzentriert. In unauffälligem Abstand folgte sie den beiden auf ihrer Straßenseite zu dem Parkstreifen. Die Frau griff in ihre Jackentasche und die Rücklichter des dunkelgrünen Minis blinkten.

Es dauerte eine gefühlte Ewigkeit, bis die Frau das Kind angeschnallt hatte. Martha stand in einiger Entfernung hinter einem Baum und tat, als würde sie etwas in ihrer Handtasche suchen. Dann klappte die Wagentür zu und Martha schwang ihr Bein über den Sattel. Der Mini fuhr aus der Parklücke und nahm Fahrt auf. Martha trat in die Pedale. Der Regen hatte sich zu Hagel gewandelt und die Körnchen schnitten ihr ins Gesicht wie kleine Messer, doch sie ignorierte den Schmerz und kümmerte sich auch nicht um die nassen Kleider, die an ihrem Körper klebten.

Die Ampel in etwa zweihundert Metern Entfernung sprang auf Gelb, dann auf Rot. Der Mini hielt an. Martha lächelte. Das Glück war offensichtlich auf ihrer Seite. Als sie ebenfalls die Ampel erreichte, dauerte es nicht lange, bis es grün wurde und sie der Frau weiter geradeaus folgen konnte. Der Mini wurde schneller und die Distanz zwischen ihnen vergrößerte sich. Martha strengte sich an, nicht zu weit zurückzufallen. Sie senkte den Oberkörper und strampelte, was das Zeug hielt. Plötzlich schoss von rechts ein Wagen aus einer Seitenstraße. Sie konnte gerade noch ausweichen, sonst hätte der Fahrer ihren Vorderreifen erwischt. Das Auto kam mit quietschenden Reifen zum Stehen und auch Martha hielt an. Ihr Herz raste vor Schreck und ihre Hände zitterten.

Das wäre beinahe ins Auge gegangen. So sehr sie auch ihren Plan umsetzen wollte, sie musste besser aufpassen.

Der Fahrer des Autos winkte entschuldigend in ihre Richtung, gab Gas und fuhr davon. Martha schaute sich nach dem Mini um. Der bog gerade an der nächsten Kreuzung nach links ab und verschwand aus ihrem Sichtfeld. Sie hatte keine Chance, ihn noch einzuholen. Enttäuscht stieg sie vom Rad und schob es an den Straßenrand. Zwar hatte sie nicht damit gerechnet, es heute zu schaffen, die beiden bis nach Hause zu verfolgen, aber etwas mehr Strecke hatte sie sich schon erhofft. Dann musste es eben beim nächsten Mal klappen. Sie würde ihr Ziel erreichen, da war sie sich sicher. Sie musste einfach.

13. Kapitel

Mit einem lauten Zischen entlüftete der Lkw direkt neben ihnen die Bremsen, bog auf das Gelände der Müllverbrennung ein und kam vor der Schranke zum Stehen. Der Fahrer wechselte ein paar Worte mit dem Mann im Pförtnerhäuschen, dann wurde die Schranke geöffnet und der Laster befuhr das Gelände, wobei er eine Fahne von Müllgestank hinterließ. Fabian und Thomas überquerten die Straße und gingen auf den Glaskasten mit Wellblechdach zu, in dem der Pförtner saß.

Mareks Pflegemutter war zurzeit nicht in der Stadt und konnte sich erst am nächsten Tag mit Fabian und Thomas treffen, also hatten sie entschieden, sich in der Nähe des Fundortes umzusehen. Als sie an der Eingangspforte ankamen, zückte Fabian seinen Ausweis. Da der Pförtner ihnen keine Beachtung schenkte, klopfte er an das Fenster. Der Mann schreckte von seinem Handy hoch und schaute erst Fabian und dann den Ausweis in dessen Hand an. Daraufhin schob er die Scheibe ein Stück auf.

»Wie kann ich helfen?«, fragte er nach vorne gelehnt. Sein Atem kondensierte in der kalten Luft.

»Wir ermitteln im Fall des Jungen, dessen Leiche gestern am Main gefunden wurde. Sie haben sicher schon in den Nachrichten davon gehört«, sagte Thomas und deutete hinter sich in die Richtung, in der das Ufer und somit die Fundstelle lag.

»Mh.« Der Mann schüttelte kurz den gesenkten Kopf. »Schlimme Sache, wirklich. Habe heute Morgen im Radio davon gehört. Aber überrascht war ich nicht, muss ich ehrlich sagen.«

»Wie meinen Sie das?«, fragte Fabian. »Kannten Sie den Jungen?«

»Nein, das nicht. Also nicht, dass ich wüsste. Aber hier in der Gegend passiert so einiges. Die Großfamilien halten sich doch Kinder wie Sklaven. Manchmal habe ich das Gefühl, die bekommen nur welche, um sie dann klauen zu schicken, solange sie noch nicht strafmündig sind. Sich an Kindern zu bereichern, so dreist muss man erst mal sein. Und davon abgesehen verschließt unser werter Staat mal wieder die Augen. Hartz 4 aber BMW, und da wundert sich keiner vom Amt. Und unsereiner schafft sich zehn Stunden am Tag den Buckel krumm und kann gerade so seine Miete zahlen. Jedenfalls wundert's mich nicht, dass denen mal eins abhandenkommt. War nur eine Frage der Zeit, wenn Sie meine Meinung hören wollen.«

Daher wehte also der Wind. Fabian machte sich gar nicht erst die Mühe, Notizen dazu zu machen. »Haben Sie eine bestimmte Familie im Kopf?«

Der Mann verließ das Häuschen und zündete sich eine Zigarette an. Seine Fingerspitzen waren vom Nikotin ganz gelb. »Ich will niemanden ans Messer liefern, aber wenn Sie schon so fragen. Dahinten, da wohnen ein paar Rumänen. Zehn oder mehr Kinder haben die. Zwischen zwanzig und neugeboren alles dabei.« Er zog gierig an seiner Zigarette und inhalierte den Rauch. Unwillkürlich atmete Fabian mit ein. Eine Marotte von ihm, seit er vor etwas mehr als drei Jahren das Rauchen aufgegeben hatte. Sogar heute fiel es ihm noch schwer, nicht einfach loszuziehen und sich eine Schachtel zu kaufen, besonders in Stresssituationen. Als der Mann den Rauch wieder ausstieß, drehte er sich weg, um nicht direkt angepustet zu werden.

»Die Gören von denen hab ich hier auch schon das ein oder andere Mal beim Klauen erwischt. Da hinten auf dem Wertstoffhof wühlen sie in den Containern auf der Suche nach was Wertvollem. Einmal hätte Dolly einen von ihnen beinahe erwischt.«

»Dolly?«, fragte Thomas.

»Der Werkshund. Eine stattliche Schäferhündin, die die Abendschichten auf den Rundgängen begleitet. Das wäre ein Spaß gewesen, hätte die denen ein Stück Hintern rausgebissen.« Der Mann lachte heiser, was sofort in ein Husten überging.

»Ist Ihnen zufällig vorgestern zwischen zehn und elf Uhr am Vormittag ein Kind aufgefallen, das hier vorbeigekommen ist?« Fabian hatte genug von den Hasstiraden gehört.

Der Pförtner schnaufte verächtlich und nickte hinter sich. »Sehen Sie, was hier los ist? Glauben Sie, ich hätte Augen dafür, was sich so auf der Straße herumtreibt? Rundherum wohnt eh nur Pack, das nicht weiß, wie man sich zivilisiert verhält. Da hätte ich viel zu tun, würde ich mir jeden merken. Ich könnte Ihnen nicht mal sagen, wer von denen auf das Gelände eingestiegen ist. Sehen doch alle gleich aus.«

»Würden Sie sich dennoch das Bild ansehen und uns sagen, ob das Kind Ihnen bekannt vorkommt?«

Fabian klappte die Plastikmappe auf und nahm eines der Bilder heraus, das die Überwachungskamera gemacht hatte. Den Unterkörper hatten sie abgeschnitten, die bloßen Füße waren ein Detail, das bisher nicht veröffentlicht worden war. Er hielt dem Mann das Bild hin. »Vielleicht haben Sie diesen Jungen ja schon mal irgendwo gesehen.«

»Ist das der, der ... na, den Sie gefunden haben, meine ich.« Er betrachtete das Foto eine Weile schweigend. »Das Foto ist aktuell? Von einer Überwachungskamera, hm? Das sieht man sofort. Also gesehen habe ich ihn noch nicht, aber könnte schon zu den Rumänen gehören.«

»Was ist mit dieser Frau?« Fabian hielt ihm einen weiteren Ausdruck hin. »Die vielleicht schon mal gesehen?«

Dieses Mal warf der Mann nur einen kurzen Blick auf das Foto und zuckte dann mit den Schultern. »Nee. Aber die könnte auch zu denen da drüben gehören. Würde passen.« Er hatte wieder seinen abfälligen Tonfall angenommen. »Wissen Sie, die Eltern machen sich da ein gutes Leben, während die Kinder rumlaufen, als wären sie der Altkleidersammlung entsprungen. Dass die Erwachsenen nicht im Pelz durch die Straßen flanieren, ist alles.«

Fabian lag die Frage auf der Zunge, inwiefern das nun zu der Frau auf dem Foto passte, denn sie wirkte alles andere als gut situiert, doch er verkniff sich den Kommentar. Er hatte wenig Lust, sich eine weitere Hasstirade über die Nachbarschaft der Verbrennungsanlage anhören zu müssen. »Wird das

Gelände videoüberwacht?«, erkundigte er sich stattdessen.

Der Pförtner drehte sich um und fuchtelte mit der Hand in Richtung der Anlieferung. »Da hinten bei der Halle, da hängen einige Kameras. Und beim Wertstoffhof, Sie wissen schon, wegen den Zigeunern.«

Sinti und Roma, korrigierte Fabian ihn in Gedanken. *Gerade eben waren es außerdem noch Rumänen.* Der Mann konnte sich wohl nicht so recht entscheiden, welche Identität das ›asoziale Pack‹ wirklich hatte, über das er herzog. »Hier vorne zur Straße gibt es keine Kameras?«, hakte er nach und betrachtete das Pförtnerhaus.

»Doch. Aber nur eine, und die zeigt auf die Schranke. Da werden Sie nix von der Straße zu sehen bekommen, wenn Sie darauf hinauswollen.«

»Würden Sie uns trotzdem die Aufnahmen der letzten drei Tage zukommen lassen?«, bat Thomas.

Der Mann pfiff durch die Zähne. »Da haben Sie Glück. Die Aufnahmen werden immer nur für sieben Tage gespeichert und dann mit den neuen überschrieben. Natürlich nur, wenn es keine Vorfälle gab. Donnerstags werden die Aufnahmen immer überspielt, Sie hätten also keinen Tag später danach fragen dürfen.«

Er versicherte ihnen, dass er die Aufnahmen fertig machen würde und sie verabschiedeten sich.

»Und schauen Sie bei den Rumänen ruhig genauer hin«, rief er Fabian und Thomas noch zu, als die beiden auf die andere Straßenseite gingen. »Die haben immer irgendeinen Dreck am Stecken, wenn man nur tief genug buddelt.«

»Was hältst du davon?«, fragte Fabian, während sie den Weg in Richtung S-Bahn einschlugen. »Ist Bosniak ein rumänischer oder wahlweise ein Name aus dem Sinti-und-Roma-Umfeld?«

Thomas zuckte die Schultern. »Gut möglich, dass der Name passen könnte. Ehrlich gesagt glaube ich aber nicht, dass das Opfer aus einer Großfamilie stammt. Hätte der mit seinen Geschwistern draußen gespielt oder auf dem Gelände geklaut, wäre der Zustand des Jungen jemandem aufgefallen. Der Pförtner hat vermutlich irgendeinen Hass auf die Familie.«

»Sehe ich ähnlich«, sagte Fabian und rieb sich die Hände. Es nieselte und langsam kroch ihm die Kälte in die Knochen. »Und warum sollten sie das eine Kind einsperren, während der Rest nach draußen darf? Das ergibt wenig Sinn.«

Thomas blieb stehen und deutete auf einen verwilderten Weg, der zum nächsten Wohnblock hinter dem Gelände der Verbrennungsanlage führte. »Sollen wir trotzdem mal rübergehen, wenn wir schon da sind? Vielleicht erkennt von denen jemand die Frau.«

Fabian schaute auf die Uhr. »Wir haben noch etwas Zeit, bis wir Peitsch auf den aktuellen Stand bringen müssen. Warum also nicht.«

Sie passierten den Abfallbetrieb. An einigen Stellen im Zaun waren Löcher hineingeschnitten, die von innen mit einzelnen Elementen eines Bauzauns und Kabelbindern geflickt waren.

»Warte mal kurz«, sagte Thomas. »Muss mal eben hier ... die Nachricht beantworten.« Er zückte sein Handy und tippte eine schnelle Nachricht. »Und?«, fragte er dann und schaute Fabian erwartungsvoll und mit einem Grinsen auf den Lippen an. »Bist du in Sachen Wohnung weitergekommen?«

Fabian seufzte und vergrub die Hände in den Hosentaschen. »Irgendwie war noch nicht der richtige Zeitpunkt.«

Thomas tippte eine weitere Nachricht. Als er damit fertig war, griff er in seine Jackentasche und holte eine Packung Salbeibonbons hervor. Er steckte sich eines davon in den Mund und hielt Fabian die Tüte hin. »Auch eins?«

Fabian schüttelte den Kopf. »Wem schreibst du denn da?«, fragte er.

»Na, Jana«, sagte Thomas energisch. »Sie ist auf so einer bescheuerten Fortbildung. Irgendwas mit Verkaufspsychologie. Keine Ahnung, was sie damit will.« Sie setzten ihren Weg fort.

»Der richtige Zeitpunkt ist übrigens immer genau jetzt«, ging Thomas auf Fabians ›Problem‹ ein. »Es ist ja nicht so, dass du sie etwas Unangenehmes fragen würdest. Jede Frau ist doch darauf aus, so schnell wie möglich mit ihrem Kerl Tisch und Bett zu teilen.«

»Wenn du dich da mal nicht täuschst. Josis Beziehung vorher war nicht einfach und ... Ich glaube, sie ist noch nicht bereit, das zwischen uns so wirklich festzumachen. Zumal ihre Scheidung immer noch läuft.«

»Nicht bereit, nicht bereit. Das ist doch nur eine Ausrede, die Männer eigentlich benutzen. Wer nicht wagt, der nicht gewinnt. Glaub mir, sie wird auf keinen Fall Nein sagen, wenn du ihr anbietest, zu dir zu ziehen.

Und die Scheidung ist doch völlig Wurst. Wir haben doch nicht mehr Neunzehnsechzig.«

»Wenn du meinst«, murmelte Fabian. Er war sich da nicht so sicher. Thomas kannte Josi nur flüchtig von ein paar gemeinsamen Abendessen, er hatte keine Ahnung, wie sehr sie noch an ihrer Beziehung mit ihrem Noch-Ehemann zu knabbern hatte. Nicht, weil sie noch Gefühle für ihn hätte. Das hoffte Fabian zumindest. Der Kerl war einfach krankhaft eifersüchtig und hatte Josi nach und nach immer mehr eingenommen, bis er ihr zum Schluss am liebsten verboten hätte, überhaupt noch alleine nach draußen zu gehen.

Er hatte das Gefühl, dass sie ihre momentane Freiheit genoss und nicht darauf aus war, schon wieder mit einem Mann zusammenzuziehen. Und auch Fabian selbst war sich nicht sicher, ob er wirklich schon mit Josi unter einem Dach wohnen wollte.

Sie hatten beide ihre Eigenheiten, wegen denen sie sich hin und wieder in die Haare kriegten. Bisher war Josi im Streitfall meist nach Hause gefahren, um sich der Situation irgendwie zu entziehen. Wie sollte das werden, wenn sie nur noch eine Wohnung hatten und Josi nicht mehr gehen konnte? Würden die kleinen Meinungsverschiedenheiten dann in einen richtigen Streit ausarten? Aber in einem Punkt hatte Thomas recht: Wenn Fabian die Frage nicht aussprach, würde er auf keine seiner Zweifel eine Antwort erhalten. Manchmal musste man einfach ins kalte Wasser springen.

Während Fabian seinen Gedanken nachhing, tippte Thomas weiter munter auf seinem Smartphone herum.

Er musste Jana wirklich sehr vermissen, so handybesessen hatte Fabian ihn noch nie erlebt. Mittlerweile hatten sie die Rückseite der Verbrennungsanlage erreicht. Sie blieben stehen und Thomas steckte endlich das Telefon weg. In einiger Entfernung entdeckten sie einen Haufen Sperrmüll, den jemand vor einem der Wohnblöcke abgeladen hatte. Ein paar Kinder hatten sich eine Art Fort aus alten Matratzen gebaut. Ein Teenager stand in der Nähe und rauchte. Fabian und Thomas gingen auf sie zu. Der Jugendliche entfernte sich im selben Maß, in dem sie sich den Kindern näherten.

»Hallo«, begrüßte Fabian einen Jungen, der über die Matratzen-Wand lugte. Er trug nur eine dünne Jacke und weder Schal noch Mütze. Seine Haare wirkten fettig, aber sie konnten auch einfach nur feucht vom Nieselregen sein. Der Junge blickte ihn aus großen Augen an, reagierte sonst aber nicht weiter auf die beiden.

»Ihr habt euch hier ja einen tollen Spielplatz gebaut«, sagte Thomas und ging in die Hocke. Der Junge schwieg beharrlich. Eines der anderen Kinder sagte etwas in einer osteuropäischen Sprache, woraufhin der Rest kicherte.

»Kannst du uns verstehen?«, fragte Fabian. Die Schultern des Jungen zuckten leicht. Er verstand sie also. »Sieh mal, ich habe hier ein Bild. Magst du dir das mal ansehen?« Fabian hielt ihm die Fotos der Frau und des Kindes hin. Die Reaktion des Jungen ließ nichts erkennen, allerdings hatte er auch nur sehr kurz hingesehen.

Thomas nahm Fabian die Ausdrucke ab. »Hast du viele Geschwister?« Der Junge drehte sich zu den anderen Kindern um. Einige waren im selben Alter, andere schienen jünger oder auch älter zu sein. »Das hier auf dem Foto, ist das vielleicht einer deiner Brüder?«

Bevor sie eine Antwort bekamen, stürmte aus dem Wohnblock hinter den Kindern eine rundliche Frau. Sie trug einen weiten Rock, eine Strickjacke und brüllte etwas in derselben Sprache, in der sich die Kinder unterhielten. Die Gruppe aus dem Matratzenfort inklusive des kleinen Jungen, mit dem Fabian und Thomas zu sprechen versucht hatten, setzte sich in Bewegung und trabte auf das Haus zu. Die Frau schickte noch einen wütenden Blick in Fabians und Thomas' Richtung und verschwand dann hinter den Kindern in der Tür. Auch der rauchende Teenager war weg.

»Hier lernt man schon früh, dass mit den Bullen nicht geredet wird«, sagte Thomas achselzuckend und stand auf.

»Ich hatte auch nicht den Eindruck, als würde er etwas wissen. Was aber nicht bedeutet, dass unser Opfer nicht aus dieser Familie stammt.«

»Da hast du recht. Wir sollten trotzdem einen Blick auf sie werfen. Man kann nie wissen.«

Die beiden gingen rüber zum Haus und fotografierten die Klingelschilder. Auf dem Präsidium würden sie den Namen durchs System jagen, um zu sehen, ob eine der drei Familien, die in dem Haus lebten, schon einmal in Kontakt mit der Polizei gekommen war.

»Also, heute Abend fragst du sie?«, fragte Thomas, als sie bereits auf dem Weg an der Müllverbrennung vorbei zurück zum Wagen waren.

Fabian schaute ihn einen Moment verwirrt an, da er keine Verbindung zu der potenziell rumänischen Großfamilie herstellen konnte. Erst dann verstand er, dass es wieder um Josi ging, und verdrehte die Augen.

»Wenn sich die Situation ergibt«, murmelte er.

»Die Situation ergibt sich nicht, wenn du es nicht willst. Du ziehst den Schwanz ein und wartest so lange auf den richtigen Moment, bis es zu spät ist. Ins kalte Wasser zu springen, ist nicht immer einfach, aber danach fühlt man sich oft besser.«

»Ich ziehe nicht den Schwanz ein. Ich lasse mir nur nicht von dir sagen, wann ich mit Josi darüber spreche«, sagte Fabian bestimmt. »Davon abgesehen wird sie mich sicher nicht verlassen, bloß weil ich sie nach den paar Monaten noch nicht gefragt habe, ob wir zusammenziehen wollen.«

Thomas lachte laut auf, als hätte Fabian einen fantastischen Witz gemacht. »Mit ›zu spät‹ meinte ich eher den Zeitpunkt, wenn du die Mieterhöhung im Briefkasten hast. Dann bist du nämlich wirklich unter Zeitdruck.« Er legte Fabian die Hand auf die Schulter und schaute ihn fast väterlich an. »Willst du dir jetzt eine Wohnung für dich alleine suchen, um dann in einem Jahr doch mit ihr zusammenzuziehen? Und was sendest du für ein Signal, wenn du jetzt anfängst, nach was Kleinem zu schauen? Es geht hier doch nicht ums Heiraten, Junge. Zusammenziehen ist nichts Schlimmes.«

»Ja, ich habe deinen Punkt schon verstanden«, wiegelte Fabian ab. Thomas war ja schlimmer als seine Mutter. »Trotzdem ist es meine Sache, wann ich mit ihr darüber spreche und ich will auch nicht, dass gerade du mir da irgendwelchen Druck machst. Ich frage sie, wenn für mich der richtige Zeitpunkt gekommen ist. Basta.

14. Kapitel

Martha bückte sich, um die Kiste wegzuziehen, die vor der Schranktür stand. Mit ihrem Gesicht zerstörte sie dabei ein Spinnennetz. Angeekelt wischte sie sich mit der Hand über Mund und Nase und prustete durch die Lippen. Eine kleine schwarze Spinne, deren Zuhause sie gerade kaputtgemacht hatte, huschte über ihre Hand. Sie zerquetschte sie mit dem Finger. Ein kleiner gelblicher Fleck blieb mit den Beinchen auf ihrer Haut zurück.

Im Schrank fand sie, wonach sie gesucht hatte. Sie nahm das Brecheisen, schob die Kiste wieder an ihren Platz und verließ den Keller. Auf dem Weg nach oben begegnete ihr die Praktikantin aus der Tierarztpraxis.

»Oha«, sagte sie und schaute mit großen Augen auf die Eisenstange in Marthas Hand. »Wo wollen Sie denn einbrechen?« Sie lachte, als hätte sie gerade den Witz des Jahrhunderts gerissen.

Martha schenkte ihr ein gezwungenes Lächeln und ging, ohne zu antworten, an ihr vorbei nach oben. Musste sich diese Göre denn überall einmischen? In der Wohnung marschierte Martha zielstrebig in die Kammer. Wenn sie Marek erst mal hatte, würden sie nicht mehr lange hierbleiben können, aber auch für die kurze Zeit hatte er etwas Besseres verdient als die stinkende, dunkle Kammer. Die Sicherheitsvorkehrungen würden sie nicht mehr brauchen, denn sicher würde Marek einsehen, dass er bei seiner Mutter am besten aufgehoben war. Er war ein vernünftiger Junge.

Die Spanplatten ließen sich leichter vom Fenster lösen, als sie erwartet hatte. Das Brecheisen hinterließ dabei zwar einige Macken in der Wand und am Fensterrahmen, aber das sollte sie nicht weiter stören. Der Vermieter würde keine Gelegenheit bekommen, sich darüber zu beschweren. Nachdem sie alle Platten entfernt hatte, öffnete sie das Fenster, um die über Jahre abgestandene Luft rauszulassen. Im Hellen wurde der katastrophale Zustand des Zimmers erst richtig deutlich.

Überall auf dem einst hellblauen Teppich waren Flecken, sodass man die ursprüngliche Farbe kaum noch identifizieren konnte. In der Ecke, wo der Junge meistens gesessen hatte, war die Tapete braun. Bei genauem Hinsehen konnte sie ein paar Haare erkennen, die an einem besonders dunklen Fleck klebten. Anscheinend hatte er hier immer seinen Kopf angelehnt. In einer Ecke in der Nähe des Bettes hatte sich Schimmel gebildet. Die Bettwäsche starrte vor Dreck, Martha konnte sich nicht erinnern, wann sie sie zuletzt gewechselt hatte. Es war warm gewesen, der Junge hatte nachts arg geschwitzt, es dürfte also irgendwann im letzten Sommer gewesen sein.

Als Martha die Spielzeuge aufsammelte und in der Holzkiste verstaute, zog ihr ein frostiger Luftzug in den Nacken. Sie richtete sich auf, um das Fenster zu kippen. Auf keinen Fall durfte sie krank werden. Unten auf der Straße entdeckte sie zwei Männer, die auf das Pförtnerhäuschen an der Einfahrt zur Müllverbrennungsanlage zugingen. Sie klopften an die Scheibe, zogen etwas aus der Hosentasche und hielten es an das Fenster. Martha durchfuhr ein eiskalter Schauer. Waren das Polizisten? Hatten sie sie schon gefunden?

»Ah, du hast also damit abgeschlossen«, ertönte hinter ihr die Stimme ihres Mannes und sie fuhr herum. Er stand im Türrahmen und betrachtete abschätzig das Chaos, das sich ihm darbot. »Hier sieht's ja schlimmer aus als in einem Schweinestall. Zum Glück brauchen wir den Raum nicht mehr.«

Martha zuckte mit den Schultern. Sie konnte ihm kaum sagen, was sie damit vorhatte. Ihr Blick wanderte wieder zum Fenster. Die Polizisten – sie war sich mittlerweile sicher, dass die beiden Männer dort unten welche waren – reichten dem Pförtner gerade ein Stück Papier. Der schaute es sich einen Moment an und zuckte die Schultern. War das womöglich ein Phantombild von ihr? Hatte die Frau vom Friedhof sich doch an die Polizei gewandt? Aber wenn sie ein Bild von ihr hatten, warum war dann nichts in den Zeitungen zu finden gewesen?

»Was gibt es denn da draußen so Interessantes?«, fragte ihr Mann. Sie hatte gar nicht gemerkt, dass er zu ihr ans Fenster gekommen war.

»Pst«, machte sie, als könnten die Leute auf der Straße sie hören. Dann deutete sie auf die Männer. »Das sind Bullen«, flüsterte sie.

»Aha. Ich sehe gar keine Uniformen.«

»Na, die bei der Kripo tragen doch auch keine.«

»Und woran willst du es dann erkannt haben?«, fragte er emotionslos.

»Sie suchen nach uns. Zeigen dem Pförtner Fotos oder so was. Wir sind am Arsch!« Sie musste sich zügeln, nicht vor Panik laut zu werden.

»Also, erstens weiß ich nicht, wie du darauf kommst und zweitens liegst du nicht ganz richtig. Wenn überhaupt suchen sie nach dir.«

»Wie meinst du das? Es ist doch ... Er war doch unser ...«

Er schüttelte mit einem verschlagenen Grinsen den Kopf. »War das Ganze hier vielleicht meine Idee? Ich war von Anfang an dagegen. Wie oft habe ich dir gesagt, dass wir den kleinen Teufel loswerden müssen? Du wolltest nicht hören, dann kannst du es jetzt auch nicht mir in die Schuhe schieben.«

Martha starrte ihn fassungslos an. »Aber du kannst doch nicht behaupten, dass ich alleine dafür verantwortlich bin.« Aus dem Augenwinkel sah sie die Brechstange auf dem Boden. Ihre Hand zuckte unbewusst in die Richtung. Ihr Mann bemerkte es sofort. Tadelnd hob er den Zeigefinger.

»Eine ganz dumme Idee«, sagte er und bückte sich nach der Stange. »Vergiss das lieber ganz schnell. Du hast damals deine Entscheidung getroffen, jetzt musst du auch die Konsequenzen tragen.« Damit drehte er sich um und ließ sie stehen.

Martha zitterte vor Wut und Enttäuschung. Das konnte er doch nicht wirklich ernst meinen! Sie hätte die Gelegenheit gehabt, ihn ans Messer zu liefern, doch sie hatte es nicht getan. Und was machte er? Einem Impuls folgend lief sie los und sprang auf seinen Rücken. Mit den Fäusten trommelte sie auf ihn ein.

»Du Arschloch!«, schrie sie. »Ich bin dir scheißegal. Wie kannst du nur so sein?«

Er blieb stehen, packte ihre Beine, mit denen sie sich an ihm festklammerte, und warf sie ab. Sie landete unsanft auf dem Boden und knallte auf den Rücken. Die Luft blieb ihr weg. Vor Schmerzen krümmte sie sich zusammen. Ihr Mann ging ungerührt aus dem Zimmer. Martha blieb zurück. Sie rollte sich auf die Seite, vergrub ihr Gesicht in den Händen und begann hemmungslos zu weinen.

15. Kapitel

Je länger sich der Tag hinzog, desto intensiver dachte Fabian über das nach, was Thomas gesagt hatte. Dass er sich die Wohnung nicht mehr lange würde leisten können, war eigentlich klar. Aber war das die richtige Motivation, um mit seiner Freundin zusammenzuziehen? Natürlich hatte er auch schon mal darüber nachgedacht, bevor er die Nachricht über die Sanierung bekommen hatte. Aber es war mehr ein flüchtiger Geistesblitz gewesen, der Gedanke, dass es doch einfacher wäre, wenn sie sich nicht zwischen den beiden Wohnungen entscheiden musste. Aber irgendwie waren diese Überlegungen immer mit einem Nutzen verbunden gewesen. Wollte er wirklich sein Leben mit ihr verbringen oder wollte er es schlichtweg leichter haben?

Vielleicht hatte Thomas auch recht mit dem, was er gesagt hatte. Manchmal brauchte man eben einen ordentlichen Schubs, um das Richtige zu tun. Ob da nun noble Gründe zugrunde lagen oder ob man sich nicht vollständig von Eigennutz freisprechen konnte, würde irgendwann keine Rolle mehr spielen, wenn sie erst eine Familie gegründet hatten.

Und da lag bereits der nächste Hund begraben. Fabian fand ja schon den Gedanken beängstigend, sich mit Josi eine Wohnung zu teilen. Aber in der Regel war das nur der erste Schritt für eine Reihe von Dingen, die man als Paar irgendwann tat. Würden sie ihre Konten zusammenlegen und nur noch aneinanderhängen, Pizza essend auf dem Sofa? Würde sie als Nächstes einen Antrag erwarten oder gar Kinder wollen? Fabian fühlte sich alles andere als bereit dazu, Vater zu werden. Erst recht nicht jetzt, wo sie den Fall mit dem kleinen Jungen bearbeiteten. Schon der Gedanke an die Verantwortung, die er für ein fremdes Lebewesen würde übernehmen müssen, schnürte ihm den Hals zu. Klar, um Lumpi kümmerte er sich auch, aber der war zumindest noch irgendwie selbstständig und nicht komplett auf ihn angewiesen. Trotzdem empfand er es manchmal als Last, obwohl er den kleinen Kerl mittlerweile mehr als gern hatte. Aber ein eigenes Kind ... Noch dazu in diese Welt, in der es von abscheulichen Verbrechen nur so wimmelte.

Jetzt komm mal runter, versuchte Fabian, sich zu beruhigen. Man konnte Dinge auch totdenken und genau das machte er gerade. Je mehr er darüber nachdachte, was alles auf das Zusammenziehen folgen könnte, desto weniger würde er sich trauen, das Gespräch zu führen. Josi war seine erste Freundin, mit der es wirklich ernst wurde. Zweifel waren da vermutlich völlig normal. Er musste die nur irgendwie ausblenden und – wie Thomas es formuliert hatte – ins kalte Wasser springen. So eine große Sache war es doch gar nicht.

Auf der Fahrt durch den Frankfurter Feierabendverkehr überlegte sich Fabian, wie er dieses Gespräch am besten angehen sollte. Er wollte keine große Sache daraus machen, es sollte auf keinen Fall eingeübt und wie ein typischer Heiratsantrag aus einem Liebesfilm rüberkommen. Allerdings konnte er es auch nicht einfach nebenbei beim Fernsehen fragen, denn sie sollte schon wissen, dass es ihm etwas bedeutete, vor allem, dass sie ihm etwas bedeutete.

Vielleicht konnten sie am Wochenende gemeinsam zum Frühstücken in ein Café gehen. Er und Thomas würden vermutlich an dem Fall arbeiten müssen, aber dafür sollte vor dem Dienst noch etwas Zeit bleiben. Dort würde er ihr den Vorschlag unterbreiten. Nicht fragen, ob sie das wollte, nein, sie würden gleichberechtigt darüber sprechen und gemeinsam eine Entscheidung treffen. Mit diesem Gedanken fühlte er sich wohler. Als er endlich eine Parklücke fand, stellte er den Wagen ab und ging zu seinem Wohnhaus.

»Was hältst du davon, wenn wir am Samstag gemütlich ins Morpheus gehen und da frühstücken?«, fragte er später am Abend, als er und Josi auf dem Sofa saßen und die vierte Folge *Punisher* auf Netflix schauten.

Josi, die ihren Kopf an seine Schulter gebettet hatte, schaute auf. »Hm, lass mich mal überlegen«, sagte sie und rieb sich in bester Wickie-Manier das Kinn. »Wenn es in Nürnberg ein Morpheus gibt und du so früh losfahren willst, um dort mit uns zu frühstücken, gerne.«

»In Nürnberg?«, fragte Fabian und überlegte, ob und wann sie darüber gesprochen hatten, dass Josi dieses Wochenende wegfahren würde. Hatte sie eine Fortbildung und vergessen, ihm davon zu erzählen? »Was machst du denn da?«

Josi schenkte ihm einen strengen Blick. »Einhörner zählen.«

Fabian verzog das Gesicht und schüttelte den Kopf. Nun verstand er gar nichts mehr. »Was bitte?«, fragte er, da sie keine Anstalten machte, ihn aufzuklären.

»Na ja, wir können wohl schlecht ins Morpheus gehen, wenn ich nicht da bin. Außer eben, du kommst nach Nürnberg.«

»Das hab ich schon verstanden. Aber was hat das mit Einhörnern zu tun?«

»Nichts natürlich.« Josi lachte und knuffte ihn in die Seite. »Ich fahre mit Karin übers Wochenende runter. Sie übernachtet nach dem Mädelsabend bei mir und nimmt mich am nächsten Tag dann mit. Sonntag komme ich mit dem Zug zurück. Davon habe ich dir gestern Abend erzählt. Du erinnerst dich an das Einhorn?«

Da klingelte etwas. »Dunkel.«

»Schön. Da hast du noch steif und fest behauptet, du hättest zugehört.«

»Dachte ich auch. Aber anscheinend nicht gut genug«, gab Fabian kleinlaut zu. »Es tut mir leid, aber du weißt doch. Der aktuelle Fall ... Manchmal hab ich da einfach nicht den Kopf für solche Details.«

Josi zog die Augenbrauen hoch. »Details? Wir haben eine normale Unterhaltung geführt. Ich habe nicht versucht, dir irgendeine erziehungswissenschaftliche Theorie zu erklären.«

Fabian biss sich auf die Lippe. »Ist ja schon gut, ich hab was Dummes gesagt. Tut mir leid. Aber wie gesagt, wir haben da gerade diesen verdammt harten Fall und es ist wichtig, dass ich mich voll und ganz darauf konzentriere. Da ist ein ...«

»Der Fall, der Fall«, unterbrach Josi ihn. Sie schnaubte, stand auf und ging ans Fenster. »Fabian, mir ist klar, wie wichtig dein Job ist und wie sehr er dich einnimmt. Das musst du mir nicht immer wieder unter die Nase reiben. Tut mir leid, dass ich als Erzieherin nicht solche wichtigen Dinge zu erledigen habe wie du. Ich muss nicht ständig die Welt retten und kann natürlich nicht nachvollziehen, wie anstrengend das sein muss.«

»Nein, so war das doch gar nicht gemeint! Ich will doch nur erklären, warum ich gestern Abend nicht bei der Sache war. In meinem Kopf war so viel los, da ging das irgendwie an mir vorbei.«

Josi drehte sich um. Sie hatte die Arme vor der Brust verschränkt. »Das gibt mir nicht gerade das Gefühl, wichtig in deinem Leben zu sein, wenn du mir nicht mal zuhörst. Ich meine, es ging immerhin darum, dass ich das Wochenende wegfahre und du hättest dich am Samstag dann gewundert, wo ich bin.«

»So ein Unsinn«, rief Fabian. »Natürlich bist du mir wichtig. Sehr sogar. Darüber habe ich heute erst mit Thomas gesprochen.«

Ein Anflug von einem Lächeln huschte über Josis Gesicht, das sie sofort unterdrückte. »Aha. Mit Thomas.«

»Ja, ich habe ihm die Sache mit meinem Vermieter erzählt. Du weißt schon, dass der alles renovieren will.«

Wieder zog Josi die Augenbrauen hoch und schaute Fabian skeptisch an. »Irgendwie fehlt mir da gerade der Zusammenhang.«

»Warte«, sagte er und hob die Hand. »Wir haben darüber spekuliert, wie lange es wohl dauert, bis er die Miete anpasst und ...« Fabian rieb sich nervös mit den Händen über die Hose. Sollte er das wirklich ausgerechnet jetzt fragen? Was war aus der Idee mit dem gemütlichen Frühstück geworden? Er würde keinen zweiten Versuch bekommen, wenn das jetzt in die Hose ging. Aber wenn Thomas recht hatte, konnte gar nichts schieflaufen. Er gab sich einen Ruck und führte den Satz zu Ende. »Also ich dachte mir, das wäre doch eine gute Gelegenheit, zusammenzuziehen. Hier wäre genug Platz für dich und Lumpi.« Er lächelte Josi an. So nervös war er lange nicht mehr gewesen.

Deren Miene verfinsterte sich allerdings eher, als dass sie sich über diesen Vorschlag freute. »Sagst du mir gerade, dass du mit mir zusammenziehen willst, damit du dir weiterhin die Miete für die Wohnung leisten kannst?«

»Nein! Natürlich nicht! Also eigentlich schon, aber Thomas hat mich darauf gebracht ...«

»Es war also nicht mal dein Gedanke, dass wir zusammenwohnen könnten, sondern Thomas musste dich darauf bringen?«

»Jetzt dreh mir doch nicht jedes Wort im Mund rum«, rief Fabian aufgebracht und sprang vom Sofa auf. So, wie Josi vor ihm stand und auf ihn herabblickte, kam er sich vor wie ein kleiner Junge, der von seiner Mutter beim Lügen erwischt worden war.

»So war das überhaupt nicht gemeint«, sagte er mit Nachdruck. »Natürlich will ich mit dir zusammenziehen und ich brauche Thomas nicht, um auf diese Idee zu kommen. Er hat nur angesprochen, was mir selbst schon eine Weile im Kopf rumging.« Das entsprach nicht vollständig der Wahrheit, aber er konnte jetzt wohl kaum zugeben, dass er zwar darüber nachgedacht, den Gedanken aber immer wieder verworfen hatte. So richtig mit der Idee angefreundet hatte er sich erst nach den Gesprächen mit Thomas gestern und vorhin. Mittlerweile fand er die Vorstellung, sich mit Josi und Lumpi eine Wohnung zu teilen und jeden Morgen neben ihr aufzuwachen, wirklich schön. Doch es sah momentan so gar nicht danach aus, als würde etwas daraus werden.

Josi stand mit dem Hintern an die Fensterbank gelehnt, die Arme noch immer vor der Brust verschränkt. Sie dachte offenbar gar nicht daran, auf seinen Vorschlag einzugehen, und schüttelte stattdessen unentwegt den Kopf.

»Willst du denn gar nichts dazu sagen?«, fragte er vorsichtig nach.

»Momentan kann ich noch nicht fassen, dass du wirklich so wenig Feingefühl besitzt.« Sie stieß sich von der Arbeitsplatte ab und nahm ihr Handy vom Küchentisch.

»Und jetzt gehst du nach Hause. So wie immer, wenn es anstrengend wird.«

Josi warf ihm einen Blick zu, den er nicht deuten konnte. Darin lag irgendwas zwischen Wut und Enttäuschung. »Ja, ich glaube, es ist besser, wenn ich erst mal verschwinde, bevor wir uns noch richtig in die Haare kriegen. Wir sehen uns morgen Abend, wenn ich Lumpi abhole.«

Bevor Fabian etwas erwidern konnte, war sie aus der Küche gestürmt. Er hörte die Wohnungstür, dann war es still. Seufzend rieb er sich übers Gesicht. Dann trat er wütend gegen den Mülleimer, dessen Deckel scheppernd zu Boden fiel. Warum konnten sie nicht einfach mal eine Sache zu Ende diskutieren? Wenn Josi dazu nicht in der Lage war, wollte er auf keinen Fall mit ihr zusammenziehen. Dann würde er sich eben eine neue, bezahlbare Wohnung suchen. Auch wenn die vermutlich sehr viel kleiner ausfallen würde.

16. Kapitel

Als Martha in die Einfahrt trat, sprang der Bewegungsmelder an und sie wurde von zwei taghellen LED-Leuchten angestrahlt. Schnell machte sie einen Satz nach vorne, sodass sie hinter dem geparkten Wagen in Deckung gehen konnte. Solange das Licht noch an war, schlich sie sich in geduckter Haltung in Richtung Garten. Am Heck des Autos angekommen schielte sie über den Kofferraum. Im Haus schien sich niemand für den ausgelösten Bewegungsmelder zu interessieren. Vielleicht hatte auch keiner mitbekommen, dass das Außenlicht angesprungen war. Jedenfalls entdeckte sie niemanden, der neugierig aus dem Fenster schaute. Das hatte sie auch schon anders erlebt. Sie war schon oft hier gewesen, immer dann, wenn sie Marek nirgendwo anders angetroffen hatte und die Sehnsucht nach ihm zu groß geworden war. So wie heute, als sie es einfach nicht ausgehalten hatte, tatenlos zu Hause rumzusitzen.

Martha zupfte sich den Schal etwas weiter ins Gesicht und zog den Kopf zwischen die Schultern. Dann huschte sie geduckt auf das etwa hüfthohe Tor zu, das in den Garten führte. Dort verschmolz sie in ihrer schwarzen Kleidung mit der Dunkelheit. Trotz des Risikos, entdeckt zu werden, führte der sicherste und einfachste Weg in den Garten von Mareks Pflegemutter über die Einfahrt des Eckhauses.

Obwohl sie nur ein paar Schritte gerannt war, blieb sie einen Moment an der Rückwand der Garage stehen und schnappte nach Luft. Die Aufregung schnürte ihr die Kehle zu und ließ ihr Herz rasen. Im Haus blieb weiterhin alles ruhig. Jetzt trennten sie nur noch zwei Zäune von ihrem Ziel. Der erste war ein Kinderspiel, sie musste nur einen Bogen um das Gehege mit dem Getier machen, wegen dem sie sich beim ersten Versuch, in den Garten hinter Mareks Fenster zu gelangen, beinahe verraten hatte. Die Viecher hatten angefangen zu fiepen und zu kreischen, als würde jemand versuchen, sie abzustechen, und die Bewohner des Hauses waren nach draußen gekommen.

Jetzt wusste sie, dass sie weiter hinten entlanggehen musste. Dort stieg sie auf den Rand eines Hochbeetes, zog sich an der oberen Kante des mannshohen Sichtschutzzauns aus Holz hoch und wuchtete ihren Körper darüber. Bisher hatte diese Aktion immer reibungslos funktioniert, aber dieses Mal ging sie im wahrsten Sinne des Wortes in die Hose: Irgendwie verfing sich der Stoff ihrer weiten Jeans an einer Latte des Zaunes und anstatt einfach herunterzugleiten, hing ihr linkes Bein für einen Augenblick fest, während der Rest ihres Körpers sich bereits auf den Weg nach unten machte. Mit einem in ihren Ohren lauten Ratschen riss der Stoff schließlich und sie landete unsanft und völlig unkoordiniert auf der anderen Seite. Beim Aufkommen fing sie sich mit den Händen ab, um nicht mit dem Gesicht auf die Erde zu knallen. Ein stechender Schmerz schoss ihr ins linke Handgelenk. Zu allem Überfluss stieß sie mit dem Knie auf einen spitzen Ast, der sich in ihr Fleisch rammte.

Nur mit Mühe unterdrückte sie einen Schmerzensschrei und rollte sich mit zusammengebissenen Zähnen auf der kalten Erde des Beetes zusammen. Sie massierte die pochende Stelle an ihrem Bein, bis der Schmerz einigermaßen nachließ.

Du bescheuerte Kuh, schalt sie sich und Tränen der Wut sammelten sich in ihren Augen. Wie konnte sie nur so ungeschickt sein?

Martha wischte sich mit der rechten Hand übers Gesicht, rappelte sich mühsam hoch und humpelte über die Wiese. Der nächste Zaun war nur aus Maschendraht und reichte ihr etwa bis unter die Rippen. Ungelenk kraxelte sie daran hoch, hielt sich an dem Pfosten fest und schwang mit einem leisen Stöhnen ihre Beine darüber. Endlich stand sie im Garten und vor Mareks Fenster. Zu ihrer Überraschung konnte sie nicht wie sonst in sein Zimmer sehen, sondern fand sich vor einer Wand aus Metall wieder.

»Verdammt«, fluchte sie leise. Die letzten Male war der Rollladen von Mareks Zimmer offen gewesen und einmal hatte sie ihn sogar dabei beobachten können, wie er nachts heimlich am Handy seiner Pflegemutter gespielt hatte. Hatte sich denn die ganze Welt gegen sie verschworen? Sie konnte doch nicht einfach unverrichteter Dinge wieder abziehen.

Martha schlich sich im Schatten der Hecke, die das Grundstück am hinteren Ende begrenzte, in Richtung des hell erleuchteten Wohnzimmers. Auf dem Sofa in dem Zimmer saß eine ältere Frau. Die Mutter von Frau Grieser, so wusste sie von den Fotos. Sie hatte eine aufgeschlagene Zeitschrift auf dem Schoß und blätterte darin herum. Vermutlich war Mareks Pflegemutter mal wieder beruflich unterwegs. Warum das Jugendamt ihren Jungen einer Person gab, die eigentlich viel zu beschäftigt war, um sich um ihn zu kümmern, war ihr ein Rätsel. Zumal es entgegen dem, was man ihr damals erzählt hatte, keinen Ehemann gab. Jedenfalls hatte Martha in der Zeit, in der sie Marek nun beobachtete, nie einen gesehen und es gab auch keine Bilder im Haus, die darauf schließen ließen, dass der Partner verstorben war.

Die Frau im Wohnzimmer war inzwischen aufgestanden und kam auf sie zu. Martha machte sich in ihrem Versteck ganz klein, drückte sich rückwärts noch etwas tiefer in die Hecke und hielt unwillkürlich den Atem an. Mit einem leisen Quietschen wurde die Schiebetür aufgeschoben und die ältere Dame trat hinaus, gefolgt von einem kleinen Hund, der auf die Wiese rannte. Sie kramte eine Schachtel Zigaretten aus der Tasche ihrer Strickjacke und zündete sich eine an. Gierig sog sie an dem Glimmstängel, der ihr Gesicht für einen Moment in einen leichten Orangeton tauchte. Beim nächsten Zug hielt sie plötzlich inne, runzelte die Stirn – soweit Martha das im fahlen Licht der Terrassenbeleuchtung erkennen konnte – und trat einen Schritt auf den Garten zu. Sie streckte ihren Kopf nach vorne und schaute mit zusammengekniffenen Augen ins Dunkel. Genau in die Richtung des Gebüschs, in dem sie sich versteckte.

Erst jetzt bemerkte Martha, dass der kleine Hund direkt vor ihr stand, sie anschaute und mit dem Schwanz wedelte.

»Ja, geh fein Pipi machen«, rief die Frau mit einer verstellten Stimme, als würde sie mit einem Baby – oder eben einem kleinen Tier – sprechen. »Ja fein«, setzte sie noch einmal hinzu, als wäre es eine besondere Leistung für den Hund, sein Geschäft zu erledigen.

Die Töle warf ihrem Frauchen einen Blick zu, dachte jedoch gar nicht daran, der Aufforderung nachzukommen, sondern setzte sich stattdessen vor Marthas Füße.

»Geh pissen, du Scheißvieh«, flüsterte sie mit zusammengebissenen Zähnen. Der Hund sprang auf, schnaufte und drehte sich einmal springend im Kreis.

»Ja, fein! Was hast du da Tolles gefunden? Ein Eichhörnchen?« Die Frau machte einige Schritte auf die Wiese. Die Fußhupe drehte sich um, rannte zu ihrem Frauchen und wieder zurück zu Martha.

Verschwinde endlich, flehte sie das Tier in Gedanken an.

Ihr Herz raste und ihre Gedanken überschlugen sich. Mit dem schmerzenden Handgelenk und dem verletzten Knie konnte sie auf keinen Fall flüchten. Wenn sie jetzt entdeckt wurde, hatte sie keine Chance, ungesehen zu entkommen. Warum war sie nur so dumm gewesen, heute Nacht hierherzukommen? Weil sie sich wie immer nicht unter Kontrolle hatte. Es nicht abwarten konnte.

Die Töle war mittlerweile eine Runde durch den Garten gerannt, was immerhin dazu geführt hatte, dass seine Besitzerin sich wieder ein Stück in Richtung Terrasse zurückgezogen hatte. Martha atmete auf. Vielleicht geschah gerade das, was passieren sollte. Ihr Leben schien ihr in der letzten Zeit ständig Zeichen zu senden. Vielleicht war das die Gelegenheit, Marek zu sich zu holen. Was sollte ihr die Alte schon entgegensetzen? Der Hund jedenfalls würde sie garantiert nicht aufhalten. Selbst mit einem verdrehten Handgelenk und einem aufgerissenen Knie sollte es ihr doch möglich sein, die Frau und das kleine Vieh zu überwältigen. Dann könnte sie sich Marek schnappen und ...

Ja, und was dann? Wie würde er wohl reagieren, wenn sie ihn mitten in der Nacht aufweckte und versuchte, ihn mitzunehmen? Würde er freiwillig das Haus verlassen, in dem ihm alles geboten wurde, was sich ein Kind nur wünschen konnte? Was hatte sie ihm im Austausch anzubieten? Und was, wenn er sich wehrte, wenn er laut wurde? Darauf war sie nicht vorbereitet.

Enttäuscht ließ sie die Schultern sinken und entspannte ihre Hände, die sie zu Fäusten geballt hatte. Die alte Frau hatte sich mittlerweile wieder abgewandt und war gerade dabei, ihre Zigarette auszudrücken. Dann verschwand sie im Innern des Hauses und ließ nun auch den Rollladen zum Wohnzimmer herunter. Marthas Chance war vertan. Zumindest für diese Nacht.

17. Kapitel

»Mama?«

Martha schreckte aus dem Schlaf hoch. »Was? Was ist los?« Sie brauchte einen Moment, um sich zu orientieren und zu merken, dass sie in ihrem Schlafzimmer war. Ihr Herzschlag beschleunigte sich. Hatte sie die Stimme gerade wirklich gehört? Sie rieb sich über die Augen und schaute sich um. Der Kleiderberg auf der Matratze neben ihr blickte bedrohlich auf sie hinab. Am Fuß des Bettes meinte sie, einen Schatten an der Wand zu sehen.

»Warum bist du einfach wieder gegangen?«

»Marek?«, flüsterte sie. »Es tut mir leid. Ich wollte dich nicht alleine lassen.« Sie lauschte der Stille, die in der Wohnung herrschte.

Von draußen war das Brummen der Verbrennungsanlage zu hören, Regen prasselte leise gegen die Fensterscheibe. Sonst war da nur das Rauschen ihres Blutes in ihren Ohren.

»Marek?«, fragte sie erneut, dieses Mal etwas lauter. Der Schatten regte sich nicht, auch nicht, als sie sich aufsetzte und zu ihm lehnte. Natürlich nicht. Ihre Fantasie hatte ihr einen Streich gespielt. Marek war nicht hier. Sie war allein.

Seufzend ließ sie sich zurück ins Kissen fallen. Der Stapel Kleider geriet ins Wanken. Wütend gab Martha ihm einen Schubs, sodass der obere Teil sich raschelnd in Richtung Boden verabschiedete. Das Gefühl war nicht gerade befriedigend, also trat sie nach und strampelte so lange mit den Beinen, bis sie die Kleider vollständig auf dem Boden verteilt hatte. Ihr verletztes Knie pochte und fühlte sich feucht an. Anscheinend war die Wunde wieder aufgegangen.

Außer Atem lag sie da und wischte sich die Tränen der Wut aus den Augen. Sie konnte nicht länger warten, so viel war klar. Sie musste mit ihrem Mann reden. Und dafür musste er die Wahrheit erfahren.

Martha stand auf. Im Wohnzimmer schlief ihr Mann vor dem Fernseher, der wieder an seinem Platz auf der Kommode stand. Ihn jetzt zu wecken und dieses Gespräch zu führen, wäre keine gute Idee. Aber sie konnte sich genauso wenig einfach wieder ins Bett legen und darauf warten, bis er aufwachte. Sie musste sich irgendwie ablenken, wenn sie nicht durchdrehen wollte. Vielleicht sollte sie etwas aufräumen und sich so die Zeit vertreiben. Das würde ihn sicherlich milde stimmen. Sie nahm die Thermoskanne, die auf dem Wohnzimmertisch stand. Die Tasse daneben, die sie ihm eingegossen hatte, war noch voll. Auch vom Inhalt der Kanne schien nichts zu fehlen. Martha räumte beides in die Küche und schüttete den Tee in den Abfluss. Dann kochte sie eine frische Kanne, trank eine Tasse davon und versuchte, in das Chaos in der Küche etwas Ordnung zu bringen.

Beim Spülbecken machte sie den Anfang. Sie füllte es mit heißem Wasser und stellte fest, dass in der Spüliflasche nur noch ein kläglicher Rest war. Viel würde sie damit nicht sauber kriegen, doch immerhin hatte sie nach einer Weile einen Stapel von fünf Tellern hinbekommen, die wieder einigermaßen benutzbar waren, außerdem ein wenig Besteck und einen Topf. So konnte sie heute Abend vielleicht endlich mal wieder etwas kochen. Sie schaute auf die Uhr. Es war beinahe acht Uhr, also ging sie zurück ins Wohnzimmer.

Ihr Mann hatte mittlerweile die Augen aufgeschlagen. »Was veranstaltest du hier?«, fragte er, als sie die Thermoskanne neben ihn auf den Tisch stellte.

»Ich räume ein wenig auf«, antwortete sie und setzte sich auf die Couch.

Er brummte und streckte sich, ohne vom Sessel aufzustehen. Dann schaute er sich im fahlen Dämmerlicht um. »Ein wenig ist gut. Hast ziemlich schnell die Lust verloren, hm?«

»Ja. Nein, eigentlich nicht, mir ging nur das Spülmittel aus. Du solltest mal die Küche sehen. Heute koche ich uns möglicherweise was.«

»Ah. Da bin ich aber gespannt.«

Martha knetete ihre zitternden Hände. Eine Weile saß sie einfach nur da und sagte nichts. Ihr Herz raste und sie musste sich darauf konzentrieren, zu atmen. *Ein und aus. Ein und aus.* Sie schloss die Augen und redete sich ein, dass es schon nicht so schlimm werden würde. Bestimmt vermisste er ihn genauso sehr wie sie selbst. »Ich wollte mit dir sprechen«, presste sie schließlich hervor.

»Hab mich schon gewundert, warum du hier sitzt, wie bestellt und nicht abgeholt. Und worüber?«

»Ich weiß, wo Marek ist«, platzte sie heraus. Jetzt gab es kein Zurück mehr. Er schien sie nicht zu verstehen, schüttelte nur den Kopf und schloss die Augen wieder.

»Es ist mein Ernst. Ich habe ihn gefunden.«

»Mhm«, machte er, als hätte sie ihm mitgeteilt, dass es heute Kartoffeln statt Nudeln zum Abendessen geben würde.

»Ja. Er ist groß geworden.« Sie hielt ihre zitternde Hand in etwa auf die Höhe von Mareks Größe, obwohl ihr Mann sie nicht einmal ansah.

»Natürlich ist er das. Ich bitte dich. Wie alt ist er jetzt? Kinder wachsen nun mal.«

Die Kälte in seiner Stimme trieb Martha die Tränen in die Augen. »Verstehst du nicht, was das bedeutet?«, versuchte sie erneut, ihm irgendeine Emotion zu entlocken. »Wir können ihn zu uns holen. Er wird endlich wieder zu Hause sein. Wir werden eine Familie sein.«

Mit einem Ruck fuhr er im Sessel herum. Unwillkürlich wich Martha vor ihm zurück.

»Wir hatten eine Abmachung, oder?«, fragte er.

»Nein. Ja. Aber es hat sich doch alles geändert. Dieses Mal ...«

»Du weißt, dass es nicht funktionieren wird.«

»Du lässt mich ja nicht ausreden«, fuhr sie ihn an. Wie konnte er das jetzt nur so drehen, als wäre alles ihre Schuld? Sie hatte nur das Beste für ihre Familie gewollt. »Dieses Mal wäre doch alles anders. Er ist schon groß. Ich könnte es. Ich weiß es!«

»Das habe ich alles schon mal gehört, weißt du? Es war von Anfang an keine gute Idee.«

»Aber du warst dafür. Du warst einverstanden!« Sie packte sich an die Brust, weil die Leere in ihr sie zu überwältigen drohte. Vor ihm wollte sie nicht weinen, wollte stark sein und zeigen, dass sie sich um alles kümmern konnte. Das musste er doch sehen!

Ihr Mann schüttelte den Kopf. »Nein, so war es nicht. Du hörst mir nicht zu.«

»Ich kann ihn beschützen«, schrie Martha. »Warum willst du mich denn einfach nicht verstehen?« Sie sprang so heftig vom Sofa auf, dass sie mit ihrem verletzten Knie gegen den Tisch stieß. Vor Schmerz stieß sie einen Schrei aus.

»Setz dich wieder«, sagte ihr Mann.

»Ich will mich aber nicht hinsetzen.«

»Wir müssen uns aber etwas ansehen.«

Martha starrte auf die Fernbedienung, die neben ihm auf der Armlehne lag. »Ganz bestimmt nicht«, sagte sie, da sie ahnte, worauf er hinauswollte. Bevor er danach greifen konnte, fegte Martha die Fernbedienung mit einer Handbewegung von der Lehne. Das Gerät flog durch den Raum, knallte gegen den Heizkörper und fiel zu Boden, wo sich die Abdeckung löste. Eine der Batterien kullerte heraus.

Ihr Mann sagte nichts. Stattdessen stand er auf und ging zum Fernseher und drückte manuell die Programme durch.

»Lass mich damit in Ruhe«, kreischte Martha. Ihre Stimme überschlug sich. »Ich will das nicht sehen! Ich will davon nichts hören!« Tränen schossen ihr in die Augen. Sie schlug sich mit dem Handballen so oft an die Schläfe, bis ihr ganz schwindelig wurde.

»Du bist ja völlig irre«, kommentierte ihr Mann die Aktion nüchtern.

Martha wollte etwas erwidern, doch die Wut raubte ihr die Luft. Sie schüttelte nur den Kopf und stürmte aus dem Wohnzimmer zur Haustür. Tränenblind riss sie die Klinke herunter und stürzte auf den Hausflur, wo sie einem Mann mit einem Katzenkorb in der Hand in die Arme stolperte.

»Hoppla«, sagte der überrascht, als sie sich Schutz suchend an ihn drückte. Er schaute über ihre Schulter, runzelte die Stirn und schob sie dann von sich weg, sodass er ihr ins Gesicht sehen konnte. »Alles in Ordnung bei Ihnen?« Seine Stimme klang besorgt.

»Mein Mann, er ... wir ... es gab Streit«, stammelte Martha und versuchte, sich wieder zu fangen. Mit dem Ärmel wischte sie sich die Tränen aus dem Gesicht. Als sie dabei ihre Schläfe berührte, zuckte sie zurück. »Ich hatte Angst, dass er mich schlagen würde«, fügte sie nach einer kurzen Atempause hinzu.

Der Mann zog die Augenbrauen hoch und beugte sich an ihr vorbei, um eine bessere Sicht auf die Wohnung zu bekommen. »Sicher, dass er das nicht schon hat?«

Martha drehte sich um. Zum Glück war ihr Mann ihr nicht gefolgt. »Nein, nein«, sagte sie, obwohl ihre Haut an der Schläfe glühte und vermutlich knallrot war oder sich bereits die ersten Blutergüsse bildeten.

»Ihnen geht es ganz bestimmt gut? Soll ich die Polizei rufen?« Der Mann stellte den Katzenkorb auf den Boden und das Tier darin gab ein klägliches Maunzen von sich.

»Auf keinen Fall! Lassen Sie es gut sein.« Martha hob abwehrend die Hände. Die Polizei konnte sie hier gar nicht gebrauchen.

»Sicher?«

»Aber ja. Ich habe mich nur erschreckt, weil er so gebrüllt hat. Aber um ehrlich zu sein«, sie senkte ihre Stimme, »ist er ein Weichei. Er würde mir nie etwas antun.«

Der Blick des Mannes wurde skeptisch. »Das sieht mir aber anders aus. Soll ich vielleicht mal …« Er machte eine Bewegung in Richtung Tür, als wolle er ihre Wohnung betreten.

»Tun Sie das nicht!«, rief Martha, fuhr herum und schlug sie ihm vor der Nase zu. »Das würde alles nur noch schlimmer machen«, flüsterte sie. »Aber danke für Ihre Hilfe. Ich will niemand Fremdes da mit reinziehen. Das würde alles nur noch schlimmer machen, glauben Sie mir.«

»Mh«, machte der Mann und nahm seine Katze wieder hoch. Einen Moment schaute er sie schweigend an, dann ging er auf die Treppe zu. »Also gut. Passen Sie auf sich auf, ja?«, sagte er und erklomm langsam die Stufen.

Er schaute sich noch einmal um. Martha erwiderte seinen Blick mit einem Lächeln, dann war er verschwunden. Kurze Zeit später hörte sie die Tür der Praxis. Sie befühlte ihre Schläfen, hinter denen ein dumpfer Schmerz pochte. Ihr Gesicht fühlte sich an, als würde es anschwellen. Sie sollte die Stellen dringend kühlen, damit sie nicht gleich aussah, als hätte sie eine wilde Schlägerei hinter sich. Das würde nur unnötige Fragen nach sich ziehen.

Sie ging zurück in die Wohnung und in die Küche. Natürlich hatte sie keine Eiswürfel, nur noch eine Packung tiefgefrorene grüne Bohnen, die sie sich abwechselnd an die Schläfen drückte.

War es ein Fehler gewesen, den Mann im Treppenhaus wegzuschicken? Hatte sie gerade eine weitere Chance verpuffen lassen, ihren Mann loszuwerden?

Sie schüttelte den Kopf. Marek hatte es verdient, dass sie wieder eine Familie waren. Gemeinsam noch einmal von vorne anfingen. Dafür brauchte sie ihren Mann. Sie würde es schon noch schaffen, ihn zu überzeugen.

18. Kapitel

»Wenn es für dich so schlimm ist, heute mit mir zusammenzuarbeiten, kann ich gerne wieder verschwinden.« Mario grinste und stieß Fabian gegen die Schulter.

Peitsch hatte den Kollegen für den Vormittag dazu verdonnert, gemeinsam mit Fabian und Thomas die ersten Hinweise zu dem Foto aus der Unterführung zu bearbeiten, das sie gestern Abend an die Presse weitergeleitet hatten. Am Nachmittag übernahmen dann andere Kollegen und Thomas und Fabian würden zu Frau Grieser, der Pflegemutter von Marek fahren.

»Habe schlecht geschlafen«, brummte Fabian und zuckte mit den Schultern, da Mario noch immer neben ihm stand und anscheinend auf eine Antwort wartete.

»Schlechter Sex«, formte Thomas mit den Lippen und machte eine entsprechende Handbewegung dazu.

Fabian zeigte ihm den Mittelfinger. Den ganzen Schlamassel hatte er überhaupt nur ihm zu verdanken, weil Thomas ihn auf die Schnapsidee gebracht hatte, es wäre eine guter Vorschlag, Josi als eine Art Mietminderung zu nutzen. Jetzt, wo er darüber nachdachte, klang der Vorschlag natürlich bescheuert und er konnte voll und ganz nachvollziehen, weshalb sie so beleidigt auf seinen ›Antrag‹ reagiert hatte. Er hätte all seine Ex-Freundinnen zu diesem Abendessen einladen können und der Abend wäre nicht ungünstiger verlaufen. Das würde er seinem Kollegen am liebsten an den Kopf werfen, aber Thomas würde nur seine Witze darüber machen, wenn er erfuhr, wie dämlich Fabian sich angestellt hatte. Also sagte Fabian nichts und sah sich stattdessen die Meldung an, die in den Tageszeitungen erschienen war.

Da niemand voraussagen konnte, ob sie die nächsten Stunden untätig herumsitzen oder etliche Anrufe beantworten würden, hatte Gesa Anwandler, die Assistentin des Kommissariatsleiters und gute Seele des Büros, ihnen sogar eine Kanne Kaffee bereitgestellt. Das tat sie nur in Ausnahmefällen, da sie es hasste, als Sekretärin – oder *Tippse,* wie sie es nannte – zu fungieren, obwohl dies streng genommen ihre Funktion war. Fabian hatte den Verdacht, dass sie den Kaffee eigentlich nur für Mario gemacht hatte. Seit sie erfahren hatte, dass Mario von seiner Freundin getrennt war, ließ sie keine Gelegenheit aus, ihm schöne Augen zu machen.

So oder so, das Ergebnis war, dass sie jetzt ausreichend heißen Kaffee hatten, um entweder einen arbeitsreichen oder todlangweiligen Vormittag zu überstehen.

Bisher sah es allerdings eher danach aus, als würde nicht allzu viel reinkommen. Es hatte noch keinen einzigen Anruf gegeben. Gegen viertel nach neun klingelte das Telefon zum ersten Mal. Um diese Zeit wurde es meist etwas heftiger, denn die Leute lasen in der Frühstückspause ihre Zeitung.

Fabian holte sich den Anruf auf seinen Apparat.

Der Mann am anderen Ende der Leitung räusperte sich nervös. Das ging vielen Leuten so, wenn sie mit der Polizei sprachen. Als hätten sie zu befürchten, dass ab dem Zeitpunkt der Kontaktaufnahme ihr Sündenregister aufgedeckt und geahndet wurde. »Ja, ehm ... Also, guten Tag. Ich habe die Anzeige ... also ...«, stammelte er schließlich los.

»Sie haben den Aufruf in der Zeitung gesehen?«, half Fabian ihm auf die Sprünge.

»Genau. Wegen dieser Frau.« Er klang erleichtert. Vermutlich darüber, dass Fabian ihn nicht auf seine letzte Geschwindigkeitsübertretung angesprochen hatte. »Also, die kenn ich irgendwoher. Ich habe das Foto gesehen und dachte, die Frau, die kennst du. Aber es ist mir nicht gleich eingefallen. Vorhin dann aber doch. Die war mal Putzfrau in dem Studio, wo ich trainiere.«

»Wenn Sie sagen, sie war, heißt das, sie arbeitet dort nicht mehr?«

Thomas schaute Fabian fragend an, der die Faust hob, den Daumen ausstreckte und ihn angedeutet nach unten reckte. Ein weiterer Anruf blinkte und Thomas nahm das Gespräch entgegen.

»Glaube nicht. Gesehen hab ich sie schon lange nicht mehr. Aber ich bin da auch schon wieder abgemeldet.«

»In welchem Studio war das bitte, und wie lange ist es etwa her?«, fragte Fabian, der den Daumen für die anderen sichtbar nun gleichbleibend nach unten senkte.

»Oh. Vielleicht so drei Jahre, oder so?« Die Antwort klang eher nach einer Frage und Fabian konnte deutlich einen aufgepumpten, solariumgebräunten Schönling vor sich sehen, der dümmlich mit den Schultern zuckte.

»Und der Name?«, hakte Fabian nach.

»Na, woher soll ich den denn wissen?«

»Sie kennen den Namen des Studios nicht, in dem Sie vor drei Jahren trainiert haben?«

Am anderen Ende der Leitung blieb es einen Moment still und Fabian glaubte bereits, der Anrufer hätte aufgelegt, da lachte er kurz peinlich berührt. »Ah so. Ich dachte, Sie meinen den Namen von der Frau. Das war das *MacNice* in Griesheim in der Nähe vom Bahnhof.«

Fabian notierte sich die Information, bedankte sich für den Anruf und legte auf.

»Niete?«, fragte Mario. Er drehte den Zettel so, dass er die Schrift entziffern konnte, und überflog die spärlichen Notizen.

»Würde ich mal schätzen«, sagte Fabian. »Irgendwann vor drei Jahren oder so war sie vielleicht Putzfrau in der Discounter-Mukkibude, in der er trainiert hat.« Er schüttelte den Kopf. Selbst wenn der Anrufer recht hatte, und die Putzfrau von damals die Frau von dem Foto war, würde es nicht einfach werden, mehr über sie herauszufinden. In solchen Franchise-Studios wechselten die Betreiber teilweise halbjährlich und dieselbe Fluktuation existierte in der Regel auch unter den Mitarbeitern. Dennoch war es eine Spur, der sie nachgehen sollten. Blieb abzuwarten, wie viele Hinweise sie noch reinbekommen würden und wie viele davon vielversprechend klangen.

Thomas hatte sein Gespräch mittlerweile auch beendet und Mario und Fabian schauten ihn erwartungsvoll an.

»Angeblich eine Obdachlose, die öfter an der Konstabler Wache ist«, fasste er den Anruf zusammen.

»Okay. Bei der Kleidung, die das Opfer trug, durchaus eine Möglichkeit. Aber das Kind wäre bestimmt jemandem aufgefallen.«

Thomas biss lautstark in seinen zweiten Apfel an diesem Morgen. »Ein Kind hat die Anruferin nie bei der Frau gesehen«, sagte er mit vollem Mund.

»Mal sehen, ob noch mehr in die Richtung reinkommt.«

»Wir könnten das Foto von ihr und eins von dem Jungen an die Streifen auf der Zeil weiterleiten«, schlug Mario vor und Thomas nickte. Er legte den angebissenen Apfel auf dem Schreibtisch ab und drehte sich zu seinem Computer, um die entsprechende Meldung zu tippen.

Erneut blinkte eine der Leitungen, danach noch eine. Schon der vierte Anruf und es war nicht mal zehn. Das würde offensichtlich doch ein arbeitsreicher Vormittag werden.

Mario hob abwehrend die Hände und sagte: »Muss nicht! Nur zur Unterstützung hat der Chef gesagt.« Er zwinkerte und tippte auf dem Telefon vor ihm herum, um den Anrufer zu sich zu holen.

Während Mario und Thomas die Hinweise aufnahmen, startete Fabian den Internetbrowser auf seinem Computer. Er tippte den Namen des Studios sowie »Reinigungsservice« in das Suchfeld ein. Die Ergebnisse waren größtenteils Angebote auf diversen Jobseiten. Anscheinend beschäftigte das Fitnessstudio keine Putzfirma, sondern stellte die Reinigungskräfte selbst ein. Sofern sie damals nicht schwarz beschäftigt gewesen war, was gerade in diesen Billigstudios häufig der Fall war, sollte das Studio noch Unterlagen über die Frau haben. Also suchte Fabian nach der Nummer der *MacNice*-Filiale und rief bei dem Standort in Griesheim an.

Wie befürchtet hatte der Betreiber erst vor Kurzem übernommen und nach eigener Aussage noch keine Übersicht über die Unterlagen. Er versprach, sich zu melden, sobald er etwas in diese Richtung gefunden hatte, was vermutlich nicht passieren würde. Der junge Mann – so hatte er am Telefon geklungen – würde in nächster Zeit andere Sorgen haben, als sich um die Daten ehemaliger Putzfrauen zu kümmern. Fabian hatte sich mal mit dem Betreiber seines Studios darüber unterhalten, wie das Geschäftsmodell ›Franchise‹ regelmäßig Existenzen zerstörte.

»Rate mal, wen ich dran hatte«, sagte Thomas, der sein Telefonat bereits abgehandelt hatte.

Fabian grinste schief. »Deine Mutter?«

»Die Frau vom Friedhof auf dem Überwachungsband. Viel konnte sie mir allerdings nicht sagen. Nur, dass die Gesuchte wohl erwähnte, dass sie auf der Suche nach ihrem Sohn sei.«

»Dann suchen wir wohl nach der richtigen Person«, entgegnete Fabian.

»Ich hab hier was Interessantes«, sagte Mario, nachdem er den Hörer aufgelegt hatte. Schnell kritzelte er noch ein paar Sätze auf den Block und stieß dann lautstark die Luft aus. »Das könnte echt was sein, Leute.«

»Dann sag uns doch endlich, worum es geht«, forderte Thomas ihn ungeduldig auf.

»Also gut. Das war ein Mann, der sitzt gerade mit seiner Katze beim Tierarzt und hatte vorhin ein merkwürdiges Erlebnis ...«

»Mit seiner Katze?«, wiederholte Fabian skeptisch. Auf die Geschichte war er gespannt.

»Ja, er war mit ihr beim Tierarzt.«

»Man geht mit Katzen zum Tierarzt?«

Mario verzog spöttisch das Gesicht. »Natürlich. Was denkst du denn? Dass der Tierarzt zu den Leuten nach Hause kommt?«

Fabian zuckte mit den Schultern. »Bei Katzen und so was ehrlich gesagt ja. Ich meine, die sind ja nicht so mobil wie Hunde ...«

Thomas prustete ein gekünsteltes Lachen hervor. »Typisch Metzgerssohn. Für dich sind Tiere wohl nur Essen, hm? Natürlich sind Katzen mobil, man steckt sie in einen Korb und dann kann man mit ihnen auch zum Arzt fahren. Warst du noch nie mit Josi und Lumpi beim Tierarzt?«

»Okay, schon gut, ich bin da völlig unbedarft. Josi erledigt solche Dinge alleine und ich kenne Katzen nur von Bauernhöfen, und da waren es meist flohverseuchte Viecher, um die sich niemand gekümmert hat und die davongerannt sind, sobald ein auch nur annähernd menschenähnliches Wesen in die Nähe kam.«

»Könnten wir jetzt zurück zum eigentlichen Thema kommen?«, beschwerte sich Mario und trommelte mit den Fingern auf den Tisch. »Der Mann ist also auf dem Weg zum Tierarzt, da rennt ihm im Flur des Hauses, wo sich die Praxis befindet, eine Frau in die Arme. Die Frau von dem Foto, sagt er. Völlig panisch, hatte anscheinend Streit mit ihrem Mann, der Anrufer hörte beim Reinkommen schon, wie sie rumkreischte. Er hat ihr seine Hilfe angeboten, doch als er zur Tür wollte, hat sie

sie ihm vor der Nase zugeschlagen. Oben im Wartezimmer nimmt er sich dann die Zeitung, und da schaut ihm das Gesicht eben dieser Frau entgegen.«

»Interessant. Wo genau liegt diese Praxis?«, fragte Thomas.

»Haltet euch fest ...« Mario lehnte sich an Fabian vorbei, tippte etwas auf der Tastatur ein und GoogleMaps öffnete sich. Er zoomte die Karte näher heran und umkreiste mit dem Curser einen Straßennamen.

»Das ist nicht dein Ernst?«

Die Karte zeigte exakt die Straße in Offenbach, in der sich die Müllverbrennungsanlage befand. »Hab ich zu viel versprochen?« Mario schaute triumphierend in die Runde.

»Es lohnt sich auf jeden Fall, da mal genauer hinzuschauen«, sagte Fabian und klopfte seinem Kollegen auf die Schulter, als wäre der Anruf nur sein Verdienst.

»Dann bringen wir doch mal in Erfahrung, wer unter dieser Adresse gemeldet ist«, sagte Thomas, als die Tür aufging und Gesa Anwandler hereinkam.

»Was ist denn hier los? Warum stellt ihr eure Anrufe einfach auf mich um? Könnt ihr nicht wenigstens Bescheid sagen?«

»Wir haben nichts umgestellt«, sagte Fabian und schaute sein Telefon an.

»Und warum habe ich dann jemanden dran, der sich wegen des Aufrufs in der Zeitung meldet? Wenn ich versuche, ihn durchzustellen, landet er wieder bei mir.«

Sie stemmte die Hände in ihre fülligen Hüften und funkelte die drei wütend an.

Mario lehnte sich zu dem Apparat, den er zuletzt benutzt hatte, und sprang plötzlich auf. »Oh, Shit, sorry. Da bin ich wohl auf den falschen Knopf gekommen. Umleitung ist raus.«

Ohne noch etwas zu erwidern, stürmte Gesa aus dem Zimmer und wenige Sekunden später hatte sie den Anrufer durchgestellt.

»*Your turn*«, sagte Fabian grinsend zu Mario. »Dafür, dass du es verbockt hast.«

Ohne zu murren nahm Mario den Hörer ab. »Kripo Frankfurt, Palumbo am Apparat, guten Tag.«

Er nickte, während die Person am anderen Ende der Leitung sprach. »Genau, da sind Sie richtig.«

Da keiner von ihnen sonst gerade am Telefon war, lehnte sich Fabian nach vorne und drückte die Lautsprechertaste.

»... ziemlich sicher, dass diese Frau mich um eine Menge Geld betrogen hat.«

Fabian zog die Augenbrauen hoch.

»Inwiefern?«, fragte Mario nach.

»Sie hatte einige Jahre eine Wohnung bei mir gemietet. Damals sah sie ein wenig anders aus, aber ich meine, das ist sie.«

»Wann haben Sie sie das letzte Mal gesehen?« In der Leitung war einen Moment nur ein Rauschen zu hören. »Sind Sie noch dran?«

»Aber ja«, beeilte sich der Mann, zu sagen. »Ich überlege nur gerade. Dürfte jetzt so fünf Jahre her sein. Vielleicht sechs.«

Mario winkte ab, aber Fabian bedeutete ihm, dran zu bleiben. Deswegen mochte er es nicht, wenn andere Kollegen die Anrufe ohne die ermittelnden Beamten entgegennahmen. Sie steckten weniger tief in dem Fall, sodass ihnen manches Mal der Biss fehlte, Hinweise ernst zu nehmen.

»Wie lautet der Name Ihrer ehemaligen Mieterin?«, fragte Mario also.

»Tja, wenn ich Ihnen da eine zuverlässige Antwort geben könnte. Sie hat die Wohnung unter dem Namen Melina Kowalczyk gemietet.« Er lachte höhnisch.

»Sie glauben, dass diese Angabe nicht der Wahrheit entspricht?«

Fabian entspannte sich etwas. Mario stellte die richtigen Fragen, um den Mann zum Reden zu bringen. Wenn die Menschen ins Plaudern gerieten und nicht über jeden Satz nachdachten, kamen in der Regel wesentlich mehr Informationen rüber.

»Das glaube ich nicht einfach, da bin ich mir sogar sicher. Ganz einfach weil sie und ihr Blag meine Wohnung hinterlassen haben wie den letzten Saustall, sie monatelang keine Miete gezahlt hat und ich dank ihr ein komplettes Bad sanieren musste. Sie hätten sehen müssen, was sie mit der Badewanne angestellt hat. Ist mir ein Rätsel, wie sie das hinbekommen hat.« Der Mann schnaufte wütend in den Hörer. »Jedenfalls war das eine astreine Mietnomadin und die haben doch generell falsche Namen, damit man sie nicht aufspüren kann, oder?«

»Okay, langsam. Das klingt danach, als hätten Sie eine Menge zu erzählen. Wie wäre es, Sie fangen von vorne an. Wann hat Frau Kowalczyk, so war doch der Name, den sie Ihnen genannt hat, oder? In welchem Jahr hat die Dame Ihre Wohnung angemietet? In welchem Stadtteil?« Er nickte Fabian und Thomas zu, die sich beide Zettel und Stift schnappten.

»Die *Dame,* wie Sie sagen, hat diese Bezeichnung sicher nicht verdient. Sie hat die Wohnung an der Stadtgrenze Offenbach gemeinsam mit ihrem Mann und noch ohne Kind angemietet, ich müsste den Vertrag raussuchen, um Ihnen genau zu sagen, in welchem Jahr das war. Damals war jedenfalls noch alles in Ordnung. Die beiden waren freundliche Menschen, es gab keine Beschwerden. Wissen Sie, viel hab ich ja eh nicht mit meinen Mietern zu tun. Ich wohne außerhalb und fahre nur ab und zu mal rein, wenn eben etwas ist.«

»Und wann hat es angefangen, nicht mehr in Ordnung zu sein?«

»So genau kann ich das gar nicht sagen. Irgendwann haben andere Mieter mal erwähnt, dass es wohl öfter Krach gibt bei den Kowalczyks. Mit der Zeit wurden die Beschwerden häufiger. Ich glaube, das war, nachdem das Kind auf der Welt war.«

»Haben Sie selbst mal etwas davon mitbekommen?«, fragte Mario und Fabian hob den Daumen, um ihm zu signalisieren, weiterzumachen.

»Nicht wirklich«, sagte der Mann. »Aber ganz ehrlich, Krach gibt es bei meiner Klientel öfter. Wissen Sie, ich habe zum Großteil Leute, die vom Amt bezahlt werden. Da hat man keinen Stress mit der Miete, die kommt immer pünktlich und so weiter. Manchmal hat man aber auch Pech. Was ich damit sagen will, Stress gibt es bei den Menschen immer wieder. Deswegen hab ich mir auch nichts dabei gedacht, als die Nachbarn sich hin und wieder beschwert haben.«

»Sie haben also nichts weiter unternommen?«

»Was hätte ich denn machen sollen?«, gab er patzig zurück. »Die Polizei rufen, wenn ich nicht mal selbst weiß, was los ist? Rausschmeißen ist nicht so einfach, wie Sie sich das vielleicht vorstellen. Heutzutage hat man als Mieter mehr Rechte als der Vermieter. Egal, wie sehr man sich danebenbenimmt.«

»Sie hätten das Jugendamt einschalten können«, schlug Mario vor. »Es war immerhin ein Kind im Spiel.«

»Ach, iwo. Da wird man doch nicht ernstgenommen. Und wie schon gesagt. In dem Gebäude gab es immer mal wieder irgendwelchen Zirkus. Da kann ich doch nicht wegen jeder Kleinigkeit sofort zu den Behörden rennen.«

Fabian lag die Frage auf der Zunge, warum er nicht genau deswegen hellhörig geworden war. Wenn die Nachbarschaft Krach und Ärger gewohnt war, musste es schon besonders heftig sein, damit sie sich beschwerte. Doch diese Nachfrage könnte dazu führen, dass der Mann dichtmachte, weil er glaubte, dass sie ihm vorwarfen, sich nicht rechtzeitig gemeldet zu haben.

»Also gut, Herr ...« Mario suchte mit seinen Augen den Notizzettel nach dem Namen des Mannes ab, den er nicht notiert hatte.

»Urbanski«, half der ihm aus. »Hören Sie, es besteht nicht zufällig die Möglichkeit, dass Sie mir eine Mitteilung machen, wenn Sie die Frau gefunden haben?«

»Nein, es tut mir leid. Das dürfen wir leider auf keinen Fall«, sagte Mario. »Ihnen bleibt die Möglichkeit, Anzeige zu erstatten.«

Herr Urbanski schnaufte verächtlich. »Vergessen Sie's. Man hat mir gesagt, so was wäre nach sechs Monaten verjährt. Zumindest die Schäden an der Mietsache. Ich sag ja, der Mieter wird hierzulande auf Händen getragen und der Vermieter kann sehen, wo er bleibt. Wenn ich allein an den Keller denke ... Wie sie mir den zurückgelassen hat. Da hat es gerochen, als wäre jemand drin verreckt.«

»Tja, wie gesagt, es tut mir ...«

Fabian nahm Mario den Hörer ab, der das mit einem vorwurfsvollen Gesichtsausdruck kommentierte.

»Herr Urbanski? Prior mein Name, Kripo Frankfurt. Dürfte ich Ihnen noch ein paar Fragen stellen?«, sagte er schnell.

»Na, aber hallo. Was ist denn jetzt los?«

»Sie sprachen von Verwesungsgeruch. Könnten Sie das genauer beschreiben?«

»Na, so wie es eben riecht, wenn eine Kühltruhe nicht mehr funktioniert, aber voll beladen ist oder irgendein Viech im Unrat verreckt ist. Und im Keller war es noch schlimmer. Ich will gar nicht wissen, wie viele Ratten oder sonstiges Ungeziefer sich dort getummelt haben. Der Entrümpelungsdienst hat mich ein Vermögen gekostet.«

»Sie kennen die genaue Ursache also nicht?« Er konnte die Enttäuschung in seiner Stimme nur schwer verbergen.

»So würde ich das nicht sagen. Aber nachdem der ganze Krempel mal draußen war, wurde es irgendwann besser. Die Entrümpelungsfirma meinte noch, sie hätte so was noch nie gesehen.«

Fabian spielte nervös mit dem Kugelschreiber auf der Tischplatte herum. »Es wurde alles entsorgt, was sich noch im Keller und in der Wohnung befunden hatte?«

»Na, glauben Sie vielleicht, ich hätte was von dem Kram behalten wollen? Ein paar Fotos hab ich vielleicht noch auf dem alten Handy, wenn es Sie so brennend interessiert. Die Wohnung musste ich ja weiter vermieten.« Herr Urbanski lachte abfällig.

Verdammt. So konnten sie natürlich vergessen, dort noch irgendwelche Spuren zu finden. »Und der Keller?«, fragte Fabian und Thomas und Mario schauten ihn aufmerksam an. »Haben Sie den auch renoviert?«

»Glauben Sie vielleicht, ich wäre Krösus? Im Flur musste ich sogar einen neuen Boden verlegen. Irgendwas ist da sogar unter das Laminat gelaufen. Der ganze Estrich war braun. Frage mich, was sie da gemacht hat. Wenn man es nicht besser wüsste, könnte man meinen, die hätte dort irgendwelche Tiere gehalten. Hören Sie, ich hab kaum noch Zeit. War's das dann?«

»Nur noch eine Frage«, sagte Fabian atemlos. »Welchen Boden haben Sie darübergelegt? Wäre es möglich, dass wir die Flecken untersuchen können?«

»Warum das denn?«, schnaufte der Mann. »Ich hab PVC drüberlegen lassen. Je nachdem, wie gründlich die Firma war, bekommt man den vielleicht schon ein wenig angehoben.«

»Vielen Dank. Sie haben uns sehr geholfen. Wir schicken gegebenenfalls jemanden vorbei.«

Fabian notierte sich noch die Kontaktdaten des Mannes und verabschiedete sich.

»Scheiße, Mann! Es gibt noch mehr«, sprach Thomas Fabians Befürchtung aus und Mario nickte mit aufgerissenen Augen.

»Wir müssen mit Peitsch reden. Ein Team von der Kriminaltechnik muss da dringend hin und sich die Flecken genauer anschauen. Ich verwette meinen Kopf darauf, dass es sich dabei um Blut handelt.«

Thomas warf einen Blick auf die Uhr. »Erst mal haben wir aber einen Termin. Mit Peitsch reden wir morgen.«

19. Kapitel

2013

Beim nächsten Mal wartete Martha genau an der Stelle, an der sie das Auto beinahe vom Rad gefegt hatte. Sie saß auf dem Sattel, bereit, sofort die Verfolgung aufzunehmen, und schaute erwartungsvoll die Straße entlang. Endlich entdeckte sie den grünen Mini in der Ferne und stellte den Fuß auf das Pedal. Doch anstatt weiter in ihre Richtung zu fahren, bog der Wagen eine Querstraße weiter vorne nach links ab. Martha starrte einen Moment perplex hinterher, dann trat sie in die Pedale und versuchte, ihn einzuholen. Als sie um die entsprechende Ecke bog, sah sie ihn noch in der Ferne verschwinden. So ging das die nächsten Tage. Die Blondine schien immer neue Wege zu nehmen. Es kam Martha geradezu vor, als würde die Frau ahnen, dass sie verfolgt wurde.

Auch in der Woche darauf hatte sie nicht viel mehr Glück. Sie wartete näher an dem geparkten Auto, was dazu führte, dass sie die beiden nach einigen Minuten Fahrtzeit verlor. An einem brütend heißen Tag im Hochsommer hatte Martha etwas mehr Glück. Sie schaffte es endlich, eine größere Strecke an dem grünen Cabrio dranzubleiben. Die Straßen waren beinahe leer, in Hessen waren gerade Sommerferien, und die Ampeln schienen an diesem Tag auf ihrer Seite zu sein. Der Mini schlich nahezu durch die aufgeheizten Straßen der Stadt.

An einer Eisdiele hielt die Blondine an, um Marek ein Eis zu kaufen. So hatte Martha einen Moment, um verschnaufen zu können und einen Schluck aus ihrer mittlerweile brühwarmen Wasserflasche zu nehmen.

Den brauchte sie auch dringend, denn nach der kurzen Pause bog der Mini auf die vierspurige Wittelsbacherallee ab und fuhr weiter in Richtung Nordosten. Martha musste den Radweg auf dem Bürgersteig benutzen und hatte Mühe, den Wagen nicht aus den Augen zu verlieren. Der Schweiß rann ihr in Bächen den Rücken hinab, während sie unablässig in die Pedale trat und ihre brennende Lunge ignorierte. An einer Kreuzung nahm der Mini schließlich eine Abzweigung nach rechts. Enttäuschung machte sich in Martha breit. Sie war noch ziemlich weit entfernt von der Kreuzung und die Seitenstraßen waren dermaßen verschachtelt, dass sie die beiden vermutlich wieder verlieren würde. Dennoch wurde sie nicht langsamer.

Wie sie befürchtet hatte, war der grüne Mini nirgends zu sehen, als sie endlich die Ecke erreichte. Sie radelte weiter, schaute in die Seitenstraßen, doch nichts. Wieder einmal hatte sie ihn verloren. Am Parlamentsplatz angekommen hielt Martha an und stieg vom Rad. Sie war völlig außer Atem und ihre Muskeln zitterten vor Überanstrengung. Tränen der Verzweiflung traten ihr in die Augen.

Plötzlich entdeckte sie die Frau. Sie kam aus der Einfahrt einer tiefergelegten Garage direkt auf der anderen Straßenseite. An ihrer Hand stapfte Marek neben ihr her. Der schaute sie kurz an, konzentrierte sich dann aber wieder auf seine Pflegemutter, die gerade mit ihm sprach. Sein Blick traf Martha mitten ins Herz. Ihre Lippen fingen an zu kribbeln und unbewusst ließ sie das Fahrrad los. Es fiel scheppernd zu Boden. Die Blondine sah zu ihr rüber. Martha schwankte.

»Ist alles in Ordnung bei Ihnen?«, fragte die Frau und ihre Miene wurde besorgt, als Martha in die Knie sank.

Hör auf damit, du bist viel zu auffällig, sagte sich Martha, doch sie hatte keine Kontrolle über sich. Ihr Kreislauf spielte verrückt. Alles um sie herum drehte sich.

Die Frau beugte sich nach unten, sagte etwas zu Marek, der daraufhin zum Hoftor des Hauses ging, das zu der Garage gehörte. Dann kam seine Pflegemutter auf die andere Straßenseite.

»Brauchen Sie Hilfe? Geht es Ihnen nicht gut?« Sie legte Martha eine Hand auf den verschwitzten Rücken.

»Ja ... alles ... Danke. Mir ... entschuldigung Sie«, stammelte Martha mit einem aufgesetzten Akzent und wischte sich über das Gesicht. Die Berührung der Frau konnte sie kaum ertragen. »Das Wetter ...«

»Haben Sie Schmerzen? Soll ich Sie ins Krankenhaus bringen? Sie sehen ja völlig fertig aus.«

»Nein«, wehrte Martha vehement ab. Obwohl sie versuchte, sich zusammenzureißen, konnte sie nicht verhindern, dass ihr die Tränen aus den Augen schossen. »Es ist nur ... Ich gerade habe meinen Job verloren. Und das ausgerechnet ...« Sie schluchzte, während ihr die Pflegemutter beruhigend über den Rücken streichelte. »Vor ein paar Monaten ich habe erst ein Kind bekommen. Mein Mann ... Er mich hat verlassen. Ich bin ganz allein.«

»Das gibt es gar nicht«, rief die Frau empört. »Sie wurden während des Mutterschutzes entlassen? In Deutschland ist so etwas doch nicht erlaubt. Machen Sie sich keine Sorgen, das Arbeitsrecht ist auf Ihrer Seite. Man kann doch nicht einfach eine junge Mutter auf die Straße setzen. Ich kann Ihnen einen Anwalt empfehlen, der würde so einen Fall liebend gerne übernehmen.« Sie zückte ihr Handy und wischte darauf herum.

»Ach, Sie lassen das lieber. Ich kann mir gar nicht leisten. Und Job war außerdem nicht ... Na ja, ich nicht angemeldet war.«

»Oh.« Die Frau ließ das Handy sinken. »Das ist natürlich ein Problem. Als was haben Sie denn gearbeitet? Bezahlt Ihnen der Vater wenigstens Unterhalt?«

»Putzfrau«, antwortete Martha wie aus der Pistole geschossen. »Und nein. Mein Ex nichts mehr mit mir zu tun haben will. Behauptet, der Junge ist nicht sein Kind, auf keinen Fall. Ich bin ganz alleine.« Sie wusste selbst nicht, wie sie diese Lügen einfach so aus dem Ärmel schüttelte, aber es funktionierte irgendwie, ohne dass sie großartig darüber nachdenken musste.

»Typisch. Da hat man genug Geld, sich eine Putzfrau leisten zu können, ist dann aber zu geizig, sie ordentlich anzumelden. Immer wieder dasselbe. Sogar in meinem Freundeskreis geht das so.« Die Frau bot Martha die Hand an und half ihr hoch. »Kommen Sie, ich wohne dort drüben. Sie trinken jetzt erst mal ein großes Glas Wasser und kurbeln Ihren Kreislauf wieder an. Und dann überlegen wir gemeinsam, wie es für Sie und

Ihr Kind weitergehen kann. Ich habe da vielleicht schon eine Idee ...«

20. Kapitel

Familie Grieser lebte in einem in die Jahre gekommenen, aber gepflegten Reihenmittelhaus direkt am Parlamentsplatz und nicht weit vom Zoo entfernt. Die kleinen Gründerzeithäuschen waren umringt von großen Mehrfamilienhäusern und lagen etwas von der Straße zurückgesetzt. Als sie darauf zugingen, entdeckten sie eine Frau mit einer Tasse in der Hand hinter einem der Panoramafenster, die sich über den tieferliegenden Garagen der jeweiligen Partei befanden. Bevor sie nach der Hausnummer schauen konnten, winkte die Frau ihnen zu und verschwand aus dem Sichtfeld.

»Wir werden wohl erwartet«, brummte Thomas, als sich schon die Haustür öffnete.

»Herr Wendtner, Herr Prior?«, rief die Frau und winkte erneut. Ihre kurzen braunen Haare lagen adrett am Kopf an, ihre Lippen waren knallrot geschminkt und sie trug einen dunkelblauen Hosenanzug. Insgesamt wirkte sie eher, als habe sie auf einen Geschäftstermin und nicht auf die Kripo gewartet.

»Die sind wir«, antwortete Fabian und ging durch den kleinen Vorgarten auf sie zu.

»Kommen Sie rein«, sagte sie, weil es ihr anscheinend nicht schnell genug ging. »Schuhe können Sie ruhig anlassen, die Putzfrau kommt nachher ohnehin.«

Sie führte die beiden ins Wohnzimmer und wies auf den Esstisch, wo bereits eine Flasche Wasser und drei

Gläser bereitstanden. »Setzen Sie sich. Ich bin ein nervliches Wrack, sage ich Ihnen. Die ganze Nacht konnte ich kaum schlafen, weil ich mich fragte, was Sie wohl von mir wollen.«

»Hat Ihnen die Dame vom Jugendamt nichts gesagt?«, fragte Fabian, während Thomas einen gierigen Blick auf die Obstschale warf. Seit er seine Obst-Diät durchzog, dank der er bisher eher zu- statt abgenommen hatte, konnte er keine Frucht unangetatscht liegenlassen.

Frau Grieser nickte erst, dann schüttelte sie den Kopf. »Nicht so richtig«, sagte sie schließlich, als sie sich mit sich selbst geeinigt hatte. »Frau Bechtold teilte mir lediglich mit, dass es um Marek geht. Ich nehme an, dass es etwas mit seinen leiblichen Eltern zu tun hat, oder?« Sie schaute kurz zu Thomas. »Bedienen Sie sich.«

Thomas nahm das Angebot nur allzu gern an und schnappte sich einen der grünen Äpfel. »Wie kommen Sie ausgerechnet darauf?«, fragte er, bevor er ein großes Stück abbiss.

»Nun, Marek ist ein braver Junge, zurückhaltend und folgsam. Wenn er etwas ausgefressen hätte, das die Kripo zu uns führt, würde mich das doch sehr wundern. Außerdem ist er erst zehn, was könnte er da schon getan haben, das Sie auf den Plan ruft?«

Fabian nickte. Das war naheliegend.

»Außerdem gibt es einen Grund, warum Marek damals zu uns kam. Ich verurteile niemanden, aber ...« Ihr Blick ging einen Moment ins Leere, dann schüttelte sie den Kopf. »Also, zumindest der Vater hat eine Bewährungsstrafe bekommen, soweit mir das bekannt ist.«

Auch damit lag sie richtig. Fabian klärte sie so ausführlich wie nötig über die Zusammenhänge auf, ohne zu viel von ihren zugegebenermaßen recht kargen Ermittlungsergebnissen zu verraten. »Und deshalb würden wir Sie gerne um Ihr Einverständnis bitten, Marek eine DNS-Probe entnehmen zu dürfen. Keine Sorge, das tut nicht weh, es ist lediglich …«

»Hören Sie, ich bin nicht von gestern. Ich weiß, dass es ganz einfach über eine Probe aus der Mundschleimhaut funktioniert und vermute, dass Sie diese Methode auch anwenden werden«, unterbrach sie Fabian schroff. Sie stand auf, rückte die Armbanduhr an ihrem Handgelenk zurecht und schaute darauf. »Es dauert allerdings noch etwas, bis er aus der Betreuung kommt. Sollen wir dann auf dem Präsidium vorbeischauen?«

Fabian ließ die Hand sinken, mit der er gerade das steril verpackte Probenröhrchen hatte herausholen wollen. »Wenn Sie nicht gerade einen wichtigen Termin haben, würden wir gerne noch einen Moment bleiben«, sagte er. »Wir hätten da bezüglich unserer Ermittlungen noch einige Fragen zu Frau Bosniak. Sie haben sie ja persönlich kennengelernt und uns würde Ihr Eindruck interessieren.«

Sie setzte sich wieder, hatte also offensichtlich noch etwas Zeit. »Das ist richtig. Ich muss gestehen …«

Aus dem Flur war ein Geräusch zu hören und Frau Grieser wandte sich dorthin. Nur einen Moment später erschien eine Frau in der Tür. Sie trug ein buntes Kopftuch, das an die Hausfrauen der Fünfzigerjahre erinnerte, und war ziemlich rundlich. Aus dem Kittel, den sie trug, schauten zu ihrer restlichen Erscheinung äußerst unpassende dünne Knöchel heraus.

»Ah, Melina, du bist es«, sagte Frau Grieser. »Du bist heute aber früh dran.« Sie wandte sich wieder an Thomas und Fabian. »Das ist meine Putzfrau, von der ich vorhin sprach.«

»Ich wusste nicht, dass du bist zu Hause und hast Besuch«, murmelte die Frau mit einem osteuropäischen Akzent. »Besser ist, ich fangen direkt an. Nachher ich habe Termin bei Doktor. Außerdem ich will nicht stören.«

»Nein, schon in Ordnung. Die Herren sind von der Polizei. Bestimmt haben Sie von dem tragischen Fall des Jungen gehört, der im Main gefunden wurde, nicht wahr? Die Herren glauben, er könnte irgendwas mit Marek zu tun haben. Können Sie das fassen?«

Konnte die Putzfrau offensichtlich nicht, denn sie riss die Augen auf und starrte Fabian und Thomas schweigend an. »Polizei wegen Marek?«, sagte sie dann. »Was hat er getan?«

Frau Grieser lachte. »Natürlich nichts, Melina. Ganz sicher hat er nichts mit dem Tod des Jungen zu tun. Marek ist ein guter Junge. Er soll lediglich eine Probe abgeben, damit man schauen kann, ob er mit dem Jungen verwandt ist.«

Diese Aussage schien die Putzfrau nicht besonders zu beruhigen. Sie vermied den Blickkontakt mit sämtlichen Anwesenden und sagte: »Ist gut. Ich mich mache an die Arbeit.« Dann verschwand sie wie von der Tarantel gestochen aus dem Wohnzimmer.

»Tut mir leid, sie ist etwas empfindlich. Also, wo waren wir stehen geblieben?« Frau Grieser schwenkte das Wasser in ihrem Glas umher und dachte nach. »Also, meine Einschätzung. Wenn ich ehrlich sein darf, stand ich der Dame zu Beginn nicht sonderlich aufgeschlossen gegenüber. Das dürfte nachvollziehbar sein.«

»Wieso das?«, fragte Thomas dazwischen und Fabian wünschte sich, er würde endlich einmal lernen, etwas geduldiger zu sein. Wenn Thomas sie ständig unterbrach, konnten sich die Zeugen nicht darauf konzentrieren, was sie eigentlich sagen wollten.

»Nun, ich hatte Marek gesehen, was die Eltern mit ihm gemacht haben, und ich kannte die Menschen dahinter nicht. Selbstverständlich besteht da zunächst eine gewisse Abneigung, so neutral man auch versucht, ihnen gegenüberzutreten.«

»Und das hat sich geändert, als Sie Frau Bosniak trafen?«

»Teilweise, ja. Sie war eine ganz patente Frau, intelligent, möchte man meinen. Keine Person, von der man erwarten würde, dass sie ihr Kind misshandelt. Aber würde man das den Menschen an der Nasenspitze ansehen, wäre Ihr Job wesentlich einfacher, nicht wahr?«

»Das können Sie laut sagen«, stimmte Thomas ihr zu. Er hatte seinen Apfel mittlerweile aufgegessen und spielte mit dem Kerngehäuse herum.

»Wie auch immer, mein erster Eindruck wurde revidiert. Ich glaube, die arme Frau stand ziemlich unter der Fuchtel ihres Mannes. Was für mich zwar ein

Widerspruch zur Intelligenz ist, aber man steckt eben nicht drin.«

»Hat sie Ihnen etwas über ihre Beziehung erzählt?«

»Zu ihrem Sohn oder zu ihrem Mann?«

»Zu einem von beiden«, sagte Fabian. Er wollte etwas über das Familienleben der Bosniaks im Allgemeinen erfahren.

»Über ihren Sohn haben wir so gut wie nie gesprochen. Er war in der Regel ja selbst anwesend und für Details habe ich mich an die Mitarbeiterinnen vom Amt gewandt. Allerdings haben wir uns das ein oder andere Mal über ihr Zuhause unterhalten.« Sie faltete die Hände unterm Kinn, schien zu überlegen. Da sie auch nach einer Weile nicht konkreter wurde, hakte Fabian nach.

»Kamen Sie darauf zu sprechen, wie sie zulassen konnte, dass ihr Mann ihrem Sohn das antut? Ich meine, der Junge war«, Fabian schaute in sein Notizbuch, das er bereitgelegt hatte, »etwa achtzig Zentimeter groß, nur rund sechseinhalb Kilo schwer. Anders gesagt, er war halb verhungert. Wie konnte sie da tatenlos zusehen?«

Während er sprach, nickte Frau Grieser bedächtig. »Das waren auch meine Gedanken. Sie können sich vorstellen, dass es mir anfangs nicht gerade leichtfiel, mich mit dieser Person überhaupt im selben Raum aufzuhalten. Dann merkte ich aber, wie liebevoll sie mit ihrem Sohn umging und wie sehr er an ihr hing, also wurde ich offener. Bei einer günstigen Gelegenheit habe ich sie genau darauf angesprochen.«

»Was war ihre Antwort?«, klinkte sich Thomas wieder in das Gespräch ein.

Frau Grieser bemerkte, dass er noch immer den Apfelrest in der Hand hielt, und schob ihm eine Box mit Papiertaschentüchern hin. »Nun, die üblichen Ausreden, würde ich sagen. Sie sagte, er hätte sie unter Druck gesetzt. Bedroht. Ich habe es als psychische Misshandlung interpretiert. Als ich fragte, warum sie ihn nicht verlassen hat, antwortete sie, dass sie ihm viel zu verdanken habe und er außerdem krank sei. Er höre Stimmen und manchmal wäre er wie ein komplett anderer Mensch. Von einer Sekunde auf die andere wurde er dann wohl aggressiv und ging auf sie und Marek los. Nach der Tat war er dann wieder das fromme Lamm, oftmals auch der reuige Sünder, der sie auf Knien anflehte, ihn nicht zu verlassen. Machte sie doch Anstalten, drohte er damit, sie und den Jungen umzubringen.«

Fabian kritzelte schnell etwas auf seinen Block, dann hob er den Kopf. »In diesem Fall kann ich nicht verstehen, warum das Jugendamt erwogen hat, die Auflagen für die Besuchstermine in naher Zukunft zu lockern. Frau Bechtold erwähnte auch nichts von einer Krankheit oder Todesdrohungen.«

»Nun, fragen Sie mich bitte nicht, wonach im Amt entschieden wird. Frau Bechtold war damals noch nicht unsere Betreuerin. Soweit ich mich erinnere, hatte sie gerade erst angefangen.«

Frau Grieser schenkte sich Wasser nach und hielt den beiden Männern die Flasche hin. Fabian schob nickend sein Glas zu ihr, Thomas lehnte ab.

»Nun, ich habe jedenfalls meine Pflicht getan und den Mitarbeiter über dieses Gespräch informiert.

Anscheinend hielt er es nicht für glaubhaft oder sah trotz allem keinen Grund, die Auflagen nicht zu lockern.«

»Und wie war Ihr Eindruck?«

»Ob er die Wahrheit gesagt hat?«

Fabian nickte.

»Das ist eine gute Frage, die ich mir anfangs immer wieder gestellt habe. Nachdem Frau Bosniak nicht mehr zu den Treffen erschien, meine ich. Ich schwankte zwischen der Sorge, ihr Mann könnte sie so unter Druck gesetzt haben oder sie ihn für so gefährlich halten, dass sie ihr Kind lieber aufgab, als sich ihm zu entziehen. Und dann wiederum habe ich mich gefragt, ob sie die Geschichte nicht einfach nur erfunden hat, um selbst als die Gute dazustehen und nicht auch von der Staatsanwaltschaft zur Verantwortung gezogen zu werden.« Frau Grieser schnaufte abfällig. »Da können Sie mal sehen: nur eine Bewährungsstrafe für den Mann. Aber gut, es ist nicht meine Sache, die Strafe festzulegen. Also, ich bin zu dem Schluss gekommen, dass niemand außer der Familie selbst die Wahrheit kennt und dass es für Marek das Beste ist, dass er nicht mehr bei seinen leiblichen Eltern bleiben muss.«

Es klingelte und sie sprang auf. »Das dürfte er sein. Jetzt haben wir uns tatsächlich so lange unterhalten, bis er nach Hause kommt. Entschuldigen Sie mich einen Moment.«

Sie ging leichtfüßig aus dem Wohnzimmer. Thomas schaute ihr hinterher und als sie nicht mehr zu sehen war, beugte er sich zu Fabian. »Hast du gesehen?«, flüsterte er.

Fabian fragte sich eine Sekunde, ob sein Kollege auf die Figur der Frau anspielte und zuckte mit den Schultern. »Was denn?«

»Pst, nicht so laut. Die Putzfrau. Sie hat die ganze Zeit gelauscht. Ganz schön neugierig.«

Fabian schaute sich automatisch um, konnte sie aber nirgends entdecken. Vermutlich war sie verschwunden, als es geklingelt hatte. Aufgesetzt tadelnd schüttelte er den Kopf und schnalzte mit der Zunge. »Ts, ts, ts.«

»Ist ja auch nicht alltäglich, dass die Kripo im nahen Umfeld ermittelt. Da kann man schon mal lange Ohren bekommen«, murmelte Thomas noch, dann kam Frau Grieser mit einem Jungen herein.

»Also gut, lassen Sie es uns hinter uns bringen. Ich habe Marek erklärt, was Sie von ihm brauchen. *No details, of course*, Sie verstehen.« Sie schaute die beiden eindringlich an. Marek sollte offensichtlich nicht erfahren, dass ihr Besuch etwas mit seiner leiblichen Mutter zu tun hatte.

Fabian holte den Beutel mit dem Röhrchen aus seiner Jackentasche, zog sich ein paar Latexhandschuhe über und öffnete die Packung. Mit dem Abstrichtupfer in der Hand ging er vor Marek in die Knie.

»Hallo, ich bin Fabian. Du darfst jetzt mal einem Polizisten die Zunge rausstrecken, was hältst du davon?«, sagte er und lächelte.

Ein Grinsen breitete sich auf dem Gesicht des Jungen aus, der dem Toten aus dem Main wie aus dem Gesicht geschnitten war. Die Ähnlichkeit wurde aufgrund des Alters noch deutlicher als auf den Bildern vom Jugendamt. Marek streckte die Zunge raus, ließ die Lippen aber geschlossen.

»Das ist schon sehr gut, aber noch nicht fies genug. Vielleicht machst du noch den Mund auf und dann kann ich schnell mit diesem Wattestäbchen an deiner Wange entlangfahren. Okay?«

Marek überlegte kurz, nickte dann und riss seinen Mund auf.

»Super«, lobte Fabian und steckte den Tupfer in die Wangentasche, kreiste ihn ein paarmal hin und her und schraubte ihn auf das Röhrchen. »Wunderbar, das war's schon.«

»Ich bringe Sie noch zur Tür«, sagte Frau Grieser bestimmt. Das Gespräch war offensichtlich beendet.

»Vielen Dank für Ihre Kooperation«, sagte Fabian, als sie in den Vorgarten traten.

»Ich hoffe, dass es Ihnen weiterhilft, auch wenn ich mir natürlich wünsche, dass es keine Übereinstimmung gibt«, sagte sie.

»Das verstehe ich«, sagte Fabian und schüttelte ihr die Hand. Dass es sich seiner Meinung nach um eine reine Formalität handelte und das Ergebnis ziemlich sicher feststand, verschwieg er.

21. Kapitel

Vorsichtig betupfte Martha ihre Schläfen mit dem Concealer. Den hatte sie sich vor einigen Jahren mal gekauft, als das Geld noch nicht ganz so knapp gewesen war und sie noch Wert darauf gelegt hatte, ihre Augenringe vor der Öffentlichkeit zu verbergen. Irgendwann war es ihr aber zu aufwendig geworden, sich jeden Morgen das Zeug ins Gesicht zu schmieren, und sie hatte es in eine Ecke des Spiegelschranks gepfeffert, von wo sie es heute Morgen wieder hervorgeholt hatte. Das Zeug war längst abgelaufen, das konnte man sowohl sehen als auch riechen, doch das war ihr egal. Sie hatte keine bessere Möglichkeit, die Blutergüsse in ihrem Gesicht abzudecken.

Die blauen Stellen schimmerten auch nach der dritten Schicht noch durch, doch sie fielen nicht mehr so sehr auf. Wenn man ihr nicht richtig ins Gesicht schaute, könnte man sie möglicherweise übersehen. Da sie immer noch nicht ganz zufrieden war, suchte sie aus dem umgestürzten Kleiderstapel im Schlafzimmer ein altes Tuch heraus, das sie sich um den Kopf band und so weit in die Stirn zupfte, dass ein Großteil der Flecken davon verdeckt wurde. Zwar hatte sie beim Putzen schon einige Zeit keines mehr getragen, in der Anfangszeit jedoch ständig, also würde sich Mareks Pflegemutter hoffentlich nicht darüber wundern. Bei Rückfragen konnte sie es auf die Kälte schieben.

Martha schaute auf den Wecker, der auf ihrem Nachttisch stand. Wie immer war sie viel zu früh fertig. Seufzend setzte sie sich aufs Bett. Vielleicht sollte sie eine weitere Tour zu den Briefkästen der Nachbarschaft machen, um sich die Zeit zu vertreiben. Sie glaubte zwar nicht, dass die Zeitungen etwas Neues über ihren Jungen zu berichten hatten, doch es konnte nicht schaden, sich zu vergewissern.

Gleich mit der ersten Titelseite wurden jedoch ihre schlimmsten Befürchtungen bestätigt. Von einem ziemlich verpixelten Bild blickte ihr das eigene Gesicht entgegen.

Die Polizei sucht diese Frau, lautete die Überschrift. Im Artikel darunter wurde behauptet, sie werde als wichtige Zeugin im Fall des ertrunkenen Jungen gesucht.

Zeugin ... Wen wollten die eigentlich für dumm verkaufen? Ihr war natürlich klar, dass die Polizei genau wusste, wer sie war und was sie getan hatte. Sofort hatte sie das Gefühl, dass die Menschen auf der Straße sie anstarrten und erkannten, wen sie da vor sich hatten. Was natürlich Unsinn war, schließlich war sie verkleidet.

Mit den verschiedenen Schichten Kleidung, die ihr mehr Fülle verliehen, der Brille und dem Kopftuch, für das sie sich heute zum Glück entschieden hatte, war sie nicht so leicht als die Person von dem Foto zu erkennen. Außerdem gab es etliche Frauen, die ähnlich aussahen wie Martha. Sie war nur eine von vielen in einer grauen Masse. Darauf hatte sie immer Wert gelegt. Keine herausstechenden Merkmale wie eine außergewöhnliche Haarfarbe oder auffällige Kleidung. Niemand aus ihrer Umgebung würde mit Sicherheit sagen können, dass sie die Gesuchte war. Wenn sie Glück hatte, würde die Polizei etliche Hinweise bekommen, die ins Nichts führten. Dabei würde sie untergehen.

Das redete sie sich zumindest ein, bis sie beim Parlamentsplatz ankam. Schon auf der Rolltreppe der Bahnstation beschlich sie ein seltsames Gefühl und sie wäre am liebsten umgekehrt. Durch das Panoramafenster sah sie von der Straße aus die beiden Männer im Wohnzimmer von Mareks Pflegemutter sitzen und ihr Herz setzte kurz aus. Wie vom Blitz getroffen blieb sie stehen. Die beiden waren Polizisten, das wusste sie sofort. Und sie waren wegen ihr hier.

Nachdem sie einige Minuten regungslos auf dem Bürgersteig vor dem Haus gestanden hatte, fing sie sich. Die Männer waren wegen Martha hier. Nicht wegen Melina, der Putzfrau. Sie konnten gar nicht wissen, dass sie und die Frau von dem Foto ein und dieselbe Person waren. Vielleicht waren es nicht mal Polizisten und sie war nur paranoid. Was auch immer es war, sie würde es nicht erfahren, wenn sie sich nicht reintraute. Also nahm sie den Schlüssel und ging auf die Haustür zu.

Sie atmete noch einmal tief durch, nahm all ihren Mut zusammen und betrat das Haus. Mit zitternden Knien schritt sie in Richtung Wohnzimmer. Sie wollte es hinter sich bringen, denn die Ungewissheit würde sie sonst noch umbringen.

»Ah, Melina, du bist es«, wurde sie von Frau Grieser lächelnd begrüßt. »Du bist heute aber früh dran.« Sie wandte sich den beiden Männern zu. »Das ist meine Putzfrau, von der ich vorhin sprach.«

Martha merkte, wie ihr unter dem Kopftuch der Schweiß ausbrach. Warum hatte die Pflegemutter über sie gesprochen, wenn sie doch nur die Putzfrau war? Nervös tupfte sie sich an den Schläfen herum und kontrollierte ihre Finger, ob sich der Concealer bereits auflöste.

»Ich wusste nicht, dass du bist zu Hause und hast Besuch«, murmelte sie mit einem aufgesetzten osteuropäischen Akzent. »Besser ist, ich fangen direkt an. Nachher ich habe Termin bei Doktor. Außerdem ich will nicht stören.«

Nicht übertreiben, ermahnte sie sich. Wenn sie plötzlich Deutsch verlernt hatte, würde Frau Grieser das auffallen.

»Nein, schon in Ordnung. Die Herren sind von der Polizei. Bestimmt haben Sie von dem tragischen Fall des Jungen gehört, der im Main gefunden wurde, nicht wahr? Die Herren glauben, er könnte irgendwas mit Marek zu tun haben. Können Sie das fassen?«

Martha hatte das Gefühl, sie müsste vor Erleichterung in Tränen ausbrechen. »Polizei wegen Marek?«, fragte sie dann, als sie realisierte, was ihr die Pflegemutter gerade gesagt hatte. »Was hat er getan?«

Frau Grieser lachte. »Natürlich nichts, Melina. Ganz sicher hat er nichts mit dem Tod des Jungen zu tun. Marek ist ein guter Junge. Er soll lediglich eine Probe abgeben, damit man schauen kann, ob er mit dem Jungen verwandt ist.«

Die Erleichterung darüber, dass die Polizisten nicht wegen ihr da waren, verflog schnell. Nervös knetete sie ihre Hände und starrte die Adern an, die bläulich darauf hervortraten. »Ist gut. Ich mich mache an die Arbeit.« Damit drehte sie sich um und ging zurück in den Flur.

Langsam. Nur langsam. Wenn du jetzt in Panik gerätst, dann werden sie das merken. Alles ist gut, versuchte sie, sich zu beruhigen, doch sie schaffte es kaum.

Ungeschickt zerrte sie den Staubsauger aus der Abstellkammer, ließ ihn jedoch zunächst stehen, um das Gespräch zu belauschen. Sie erfuhr, dass die Polizisten die DNS ihres Sohnes testen wollten. Sie verstand nicht viel von den forensischen Methoden der Kripo, aber eins wusste sie: Es würde nicht mehr lange dauern, bis sie mit Mareks Hilfe herausfanden, wer die Mutter des ertrunkenen Kindes, wer sie war. So schnell konnte die Polizei sie zwar nicht finden, denn sie benutzte ihren richtigen Namen schon lange nicht mehr. Doch was würde man mit Marek machen? Würde man ihn wegbringen, um ihn vor ihr zu verstecken?

Marthas Herz verkrampfte sich bei der Vorstellung, wieder von vorne anfangen zu müssen. Wenn sie Marek jetzt verlor, würde sie ihn vermutlich niemals wieder finden. Wo sollte sie dann überhaupt mit der Suche anfangen? Nein, das durfte sie nicht zulassen. Noch einmal würde man ihr ihren Sohn nicht wegnehmen.

Als sie Schritte auf der Außentreppe hörte, hastete Martha ins obere Stockwerk, wo sie hektisch mit dem trockenen Lappen im Waschbecken herumwischte, damit das Rauschen des Wassers das Gespräch im Flur nicht übertönte. Marek war nach Hause gekommen und seine Pflegemutter erklärte ihm kurz, was die zwei

Männer von ihm wollten, die im Wohnzimmer auf ihn warteten. Dann wurde es unten still. Vermutlich hatten sie die Tür geschlossen. Martha beeilte sich, das Bad zumindest oberflächlich sauber zu machen. Normalerweise sprach sie mit Frau Grieser ab, was am jeweiligen Tag zu erledigen war, doch heute hatte die offensichtlich anderes im Kopf gehabt. Da sie nicht untätig herumstehen wollte, holte sie sich aus dem Erdgeschoss den Staubsauger, reinigte den Flur und die Treppe und machte sich schließlich an die Küche. Als sie damit fertig war, ging sie, ohne sich zu verabschieden.

Auf dem Weg nach Hause war sie so angespannt, dass es ihr beinahe körperliche Schmerzen verursachte. Sie fühlte sich, als wäre sie einen Marathon gelaufen, als sie in Offenbach Ost die Treppen zur Unterführung herunterging und sie musste sich am Handlauf festklammern, um nicht zu stürzen. Wie in Trance wankte sie den Bürgersteig entlang, vorbei an den dröhnenden Lastwagen der Müllverbrennung. Nur am Rand ihres Bewusstseins nahm sie wahr, dass ein junges Mädchen sie auf dem Vorplatz ihres Hauses ansprach.

»Hey, ist alles in Ordnung? Sie sehen ja schlimm aus«, sagte die junge Frau und stellte sich so vor Martha, dass sie ihr den Weg versperrte. Martha schaute auf. Das Bild vor ihren Augen war verschwommen.

»Alles okay«, murmelte sie und machte einen Schritt zur Seite, um an dem Mädchen vorbeizugehen.

»Gestern ... also ich will mich ja nicht einmischen, aber wir hatten letztens in der Maßnahme einen Workshop zur Zivilcourage ...«

»Maßnahme?« Martha verstand kein Wort, sie wollte einfach nur ihre Ruhe haben. Sie musste nachdenken. Den nächsten Tag planen. Denn viel mehr Zeit würde ihr nicht mehr bleiben.

»Ja, Berufsvorbereitung und so. Ist doch egal. Also, gestern war ich in meiner Pause eine rauchen und da hab ich gehört, wie Sie rumgeschrien haben. Und jetzt ... also Ihre blauen Flecken da ...« Sie bewegte ihre Finger auf Höhe ihrer Schläfen auf und ab. »Also ...«

Martha kniff die Augen zusammen. Ohne, dass sie sich hätte kontrollieren können, hob sie den Arm und packte das Mädchen am Kragen ihrer Jacke. »Was geht dich das scheiße noch mal an?«, fauchte sie ihr Gegenüber an. »Scher dich um deinen eigenen Dreck, du kleiner Teufel. Sprich mich gefälligst nie wieder an, verstanden? Dämonisches Mistvieh.«

Dann stieß sie das verängstigt dreinblickende Mädchen von sich, stürmte an ihr vorbei und ins Haus. An ihrer Wohnung angekommen brachte sie es kaum fertig, den Schlüssel ins Schloss zu stecken. Ihre Kiefer mahlten so stark aufeinander, dass sie befürchtete, sich jeden Moment die Zähne rauszubrechen. Als sie es endlich geschafft hatte, die Tür aufzuschließen, stolperte sie in die Diele, schlug die Tür hinter sich zu und lehnte sich mit dem Rücken dagegen. Sie presste sich die Hände auf die Ohren, kniff die Lider zusammen und brüllte ihre Wut hinaus. Tränen schossen ihr aus den Augen und liefen ihre Wangen hinab.

»Was ist denn schon wieder?«, rief ihr Mann aus dem Wohnzimmer. Wenig später tauchte seine Silhouette im Türrahmen auf. »Bist du völlig von Sinnen?«

Erst jetzt bemerkte Martha, dass sie immer noch schrie. Sie klappte den Mund zu und verstummte.

»Nichts«, wollte Martha antworten, doch es kam nur ein heiseres Krächzen aus ihrem Mund. Sie räusperte sich. »Nichts«, wiederholte sie. »Nur, dass die Polizei uns unseren Jungen ein weiteres Mal wegnehmen wird. Dieses Mal vermutlich für immer. Ich kann ihn nicht noch mal aufspüren, meine Kraft ist am Ende.«

»Sie kann ihn uns nicht wegnehmen, weil er nicht hier ist. Das ist er schon lange nicht mehr.«

Martha schüttelte den Kopf. »Nein, das ist nicht wahr. Was glaubst du, wozu ich all die Jahre ...« Sie stockte. Ihr Mann wusste überhaupt nicht, dass sie Marek schon vor einer ganzen Weile gefunden und sich mittlerweile in das Leben von ihrem Sohn und seiner Pflegemutter eingeschlichen hatte. Er hatte keine Ahnung, dass sie schon lange bei Frau Grieser als Putzfrau angestellt war.

»Was ist in den letzten Jahren gewesen?«, fragte ihr Mann. »Du hast diesen Teufel da drin am Leben gehalten, nur um ihn dann wieder aushungern zu lassen, während du in deinem Bett gelegen und dem anderen kleinen Scheusal hinterhergetrauert hast.«

»Er ist kein Scheusal. Hör auf, so über ihn zu reden. Er ist unser Kind!«

»Unser Kind? Er ist die Ausgeburt der Hölle!«

Martha starrte ihren Mann fassungslos an. Er würde sich niemals ändern. Die ganze Zeit hatte er nur so getan, als würde auch er Marek vermissen. Sie hatte ihm vertraut, war bei ihm geblieben und hatte versucht, ihre neue Familie zu beschützen. Und wofür das Ganze? Dafür, dass er ihr jetzt das Messer in den

Rücken rammte, all ihre Hoffnungen zunichtemachte? Das würde sie nicht zulassen!

»Ich will, dass du gehst«, sagte sie mit fester Stimme.

Ihr Mann runzelte die Stirn. »Was meinst du?«, fragte er.

Martha machte einen Schritt auf ihn zu und stieß ihn mit beiden Händen fest gegen die Brust, sodass er ins Wanken geriet. Ihr verletztes Handgelenk pochte und ein stechender Schmerz breitete sich aus, doch sie ignorierte das Gefühl. »Verschwinde von hier. Du hast mein Leben lang genug zur Hölle gemacht. Wenn du nicht auf meiner Seite bist, dann lass mich in Ruhe.«

Ihr Mann war anscheinend so perplex, dass er darauf nichts zu sagen wusste. Stattdessen starrte er sie nur mit offenem Mund an.

Martha wich einige Schritte vor ihm zurück. »Verschwinde!«, brüllte sie noch einmal so laut, dass ihr Hals schmerzte. Dann drehte sie sich um und rannte aus der Wohnung.

22. Kapitel

Das Außenlicht ging an, als Fabian durch das Tor trat. Nur Sekunden später öffnete seine Mutter die Tür. Fabian schielte auf die Uhr. Sieben. Er war genau pünktlich.

»Soll ich demnächst eine halbe Stunde vor der ausgemachten Zeit erscheinen, damit du nicht nervös wirst?«, fragte er lächelnd. Der Geruch nach der hausgemachten Bratwurst seines Vaters strömte ihm entgegen. Erst jetzt merkte er, wie hungrig er war. Den ganzen Tag war er nicht wirklich zum Essen gekommen. Er leckte sich unwillkürlich über die Lippen und umarmte seine Mutter zur Begrüßung.

Die erwiderte die Geste nur kurz und lehnte sich dann über seine Schulter, um hinter ihn zu schauen.

»Ach«, sagte sie mit nicht zu überhörender Enttäuschung in der Stimme. »Josi hat es wirklich nicht geschafft?«

Fabian stöhnte innerlich auf und wappnete sich für die Diskussion, die vermutlich gleich folgen würde. »Nein, das habe ich doch gesagt. Sie ist mit ein paar alten Freundinnen verabredet. Aber lass mich doch erst mal reinkommen, es ist kalt.«

Seine Mutter trat zur Seite, wartete, bis er an ihr vorbeigegangen war, und schloss die Tür hinter ihm. »Hätte ja sein können, dass sie es sich anders überlegt hat. Mit den Freundinnen hätte sich sicherlich ein anderer Termin finden lassen ...«

»Und mit uns gibt es noch etliche Abendessen, an denen sie teilnehmen kann und wird. Die Verabredung stand schon länger und eine der Frauen kommt extra von Nürnberg hergefahren.«

»Schade. Ich hab extra zwei Würste mehr gemacht, nur für den Fall.«

Sie gingen gemeinsam in die Küche, wo Fabians Vater bereits am Tisch saß. »Da bist du ja«, murmelte er milde lächelnd. Das war reine Routine, denn Fabian war notorisch unpünktlich. Doch heute hatte er es offensichtlich sogar vor seinem Bruder geschafft.

»Josi ist nicht mitgekommen«, sagte Fabians Mutter zu seinem Vater. Es klang wie eine Aufforderung, als solle er sofort aufstehen und sie eigenhändig nach Neu Isenburg bringen, wo auch immer sie steckte.

»Mh«, brummte Fabians Vater. »War doch so angesagt, wenn mich nicht alles täuscht.«

Seine Mutter warf die Hände in die Luft. »Habt ihr euch gegen mich verschworen oder was? Es ist doch nicht so abwegig zu glauben, dass sie es sich vielleicht anders überlegt. Immerhin war sie erst einmal hier, seit ihr ein Paar seid. Und das, nachdem sie uns monatelang vorenthalten wurde.« Sie warf Fabian einen vorwurfsvollen Blick zu.

»Meine Güte, du tust ja geradezu so, als hätte ich dich persönlich damit beleidigt«, platzte es aus Fabian heraus. Eigentlich war es nur eine Kleinigkeit, dass seine Mutter so stichelte, aber die letzten Tage hatten ihm so viele Nerven geraubt, dass seine Zündschnur nur sehr kurz war. »Es hat nichts mit euch zu tun, dass ich sie nicht am ersten Wochenende vorgestellt habe. Und es war auch nicht ihre Entscheidung, sondern ganz allein meine. Ich wusste, wie du reagieren würdest, und wollte mir erst sicher sein, dass es auch etwas ist, das hält. Das ist alles.«

Seine Mutter schnaufte als Antwort nur einmal und sein Vater hob beschwichtigend die Hand. Zum Glück durchbrach die Türklingel die unangenehme Situation. Gerrit war da. Fabian atmete erleichtert auf. Seine Mutter drehte sich um und ging in den Flur.

»Das hat gesessen«, flüsterte sein Vater grinsend und hob kaum merklich den Daumen.

»Das wollte ich nicht«, sagte Fabian zerknirscht. Das würde sie ihm sicher eine Weile nachtragen.

»Quatsch. Sie beruhigt sich auch wieder.«

Gerrit kam in die Küche. Auch seine Frau war nicht mitgekommen, worüber ihre Mutter allerdings kein Wort verlor.

»Na, altes Haus«, sagte Gerrit und klopfte Fabian kumpelhaft auf die Schulter. »Was macht der Wohnungsmarkt?«

Er versuchte noch, seinem Bruder mit Blicken zu signalisieren, nichts in diese Richtung zu sagen, als seine Mutter bereits darauf ansprang.

»Was ist denn mit dem Wohnungsmarkt?«, fragte sie, während sie ihnen mit Gesten bedeutete, sich zu setzen.

»Fabians Bude wird doch luxussaniert«, antwortete Gerrit wie aus der Pistole geschossen.

Seine Mutter verteilte die Bratwürste auf den Tellern. »Du lieber Himmel. Wann denn? Kannst du in der Zeit überhaupt in der Wohnung bleiben?« Sie stellte die

Pfanne wieder auf den Herd, schüttete die Kartoffeln hinein und schwenkte sie in dem Fett der Würste.

»Luxussaniert ist völlig übertrieben«, wiegelte Fabian ab. »Der Vermieter lässt eine neue Heizung einbauen und spätestens im Sommer auch dreifachverglaste Schallschutzfenster.«

Fabians Mutter ließ sich mit einem Seufzer auf den Stuhl am Kopf des Tisches fallen. Sie machte ein Gesicht, als hätte Fabian vorgeschlagen, wieder in sein altes Kinderzimmer zu ziehen. So gern seine Mutter ihre Söhne zum Essen bei sich hatte, so sehr betonte sie immer wieder, wie erleichtert sie gewesen war, als beide ausgezogen waren.

»Die Wohnungen in Frankfurt sind doch jetzt schon unbezahlbar. Wie willst du dir das leisten können, wenn es noch teurer wird?«

»Das wird schon irgendwie gehen, lass das mal meine Sorge sein.«

»Er hat sogar eine Lösung parat«, plapperte sein Bruder munter weiter und ignorierte die eindringlichen Blicke, die Fabian ihm über den Tisch zuwarf. »Hast du Josi denn schon gefragt?«

Seine Mutter bekam große Augen. Ihre Hand mit der Gabel blieb auf halbem Weg zum Mund stehen. »Was gefragt?«

»Na, ob Josi ...« Endlich interpretierte Gerrit Fabians Gesichtsausdruck richtig, doch da war das Kind bereits in den Brunnen gefallen. »Ach so! Du wolltest es noch gar nicht breittreten.«

»Ja, eigentlich wollte ich das so lange für mich behalten, bis es spruchreif ist«, sagte Fabian zähneknirschend.

»Ich verstehe nur Bahnhof. Was wolltest du schon wieder vor uns verheimlichen?« Seine Mutter hatte die Gabel auf dem Tellerrand abgelegt und blickte streng zwischen Fabian und Gerrit hin und her.

»Na, dass er Josi fragen will, ob sie bei ihm einzieht. Jetzt steh doch nicht so auf dem Schlauch.«

»Oh, und das wolltest du uns nicht verraten? Fabian, du bist fast vierzig Jahre alt, warum benimmst du dich immer noch wie ein Teenager? Es gibt keinen Grund, uns so etwas zu vorzuenthalten. Ich freue mich, dass ihr zusammenzieht.«

»Das tun wir aber nicht«, platzte Fabian heraus. »Jedenfalls nicht in naher Zukunft.«

»Jetzt bin ich völlig verwirrt. Was stimmt denn nun? Herbert, sag doch auch mal was!«

»Na, du hast es doch gehört. Sie zieht nicht bei ihm ein.« Sein Vater nahm seine Bierflasche, prostete Fabian zu und setzte sie an. Er nahm einen tiefen Schluck, rülpste hinter vorgehaltener Hand und sagte dann: »Sie wird wohl noch nicht so weit gewesen sein. Unser Junge ist ja auch nicht ganz einfach, nicht wahr?«

»Nein, daran liegt es nicht. Ich habe es einfach ...« Fabian suchte nach Worten. Er hatte noch nie mit seinen Eltern über seine Gefühlswelt gesprochen und hatte eigentlich auch keine Lust darauf, dies einzuführen. »Sagen wir es so, ich hab's verbockt.«

»Willst du uns damit sagen, dass ihr euch getrennt habt? Ist sie deswegen heute nicht mitgekommen?«

Obwohl Fabian noch nicht geantwortet hatte, sah seine Mutter aus, als würde sie jeden Moment in Tränen ausbrechen. »Ich habe es ja gleich geahnt, als du gesagt hast, sie hätte keine Zeit.«

»Nein, wir haben uns nicht getrennt. Jedenfalls glaube ich das. Ich habe sie gefragt, ob sie mit mir zusammenziehen will und sie hat Nein gesagt, das wars einfach.«

»Wie kann sie da Nein sagen? Das ist doch ein völlig normaler Schritt in einer ernst zu nehmenden Beziehung.«

»Das finde ich aber auch seltsam«, pflichtete Gerrit seiner Mutter bei. »Ihr seid doch jetzt schon eine ganze Weile zusammen.«

»Erstens ist Josi nicht wie ich seit Jahren Single gewesen, sondern kam aus einer komplizierten Beziehung«, sagte Fabian und schob seinen Teller von sich. Der Appetit war ihm vergangen. Aus dem Flur drang das Piepsen seines Handys in die gespannte Stille in der Küche. »Und zweitens erwähnte ich bereits, dass ich es selbst verbockt habe. Wenn man sich so idiotisch anstellt wie ich, muss man sich nicht wundern, wenn man eine Abfuhr bekommt. Vielleicht könnten wir jetzt einfach das Thema wechseln?«

»Hast du ihr etwa gesagt, dass du wegen der drohenden Mieterhöhung mit ihr zusammenziehen willst?«, fragte sein Bruder, der sich ein Grinsen offensichtlich kaum verkneifen konnte.

Fabian senkte schuldbewusst den Kopf. »Du kennst mich wohl zu gut, hm? Aber das war noch nicht alles. Ich habe das Ganze auch noch damit eingeleitet, dass die

Idee eigentlich von Thomas kam ...« Er hob seine Hand, bevor Gerrit etwas sagen konnte. »Spar dir deine Witze. Ich weiß auch, dass dir das nicht passiert wäre, Mister Frauenversteher.« Das Handy im Flur piepste ein weiteres Mal.

»Und wie geht es nun weiter mit euch?«, fragte Fabians Mutter.

Fabian zuckte mit den Schultern. »Keine Ahnung. Das wird sich wohl zeigen. Ich werde das Thema bestimmt nicht so schnell noch mal angehen. Und wenn ich ehrlich bin, möchte ich das jetzt auch nicht mit euch besprechen. Was da war und wie wir damit umgehen, das geht nur Josi und mich etwas an.«

»Schon gut, ich habe verstanden. Ich soll mich nicht in dein Privatleben einmischen.«

Fabian schob seinen Stuhl vom Tisch zurück und stand auf. »Ich muss mal nach meinem Handy sehen, irgendwer will da was von mir.«

»Ja, das kennen wir schon«, maulte seine Mutter, was Fabian allerdings ignorierte. Es war zwar sein privates, und nicht sein Diensthandy gewesen, aber das musste sie ja nicht wissen. Im Flur zog er das Gerät aus seiner Jackentasche und entsperrte das Display.

Josi hatte ihm geschrieben.

Hey, das dauert heute etwas länger hier. Bringst du Lumpi einfach zu mir, wenn du mit ihm draußen warst?

Die zweite Nachricht lautete:

Ach, und leg bitte den Wohnungsschlüssel auf die Kommode in der Diele. Danke.

Fabian starrte auf die Buchstaben und versuchte, zu verstehen, was dort stand. Konnte man das falsch interpretieren? Meinte sie es vielleicht nicht so?

Er schüttelte den Kopf. Sie wollte ihren Schlüssel zurück. Das war eindeutig und nicht misszuverstehen. Fabian schluckte. Es war doch nur ein kleiner Streit gewesen, nichts Weltbewegendes. Warum zog sie denn sofort solche Konsequenzen? Ja, ihre Beziehung mit Elias war schwierig gewesen. Aber er hatte sich immer bemüht, ihr zu zeigen, dass es auch anders sein konnte. Kurz schwebte sein Finger über dem Anrufsymbol. Dann schaltete er das Display aus. Ein Anruf würde jetzt überhaupt nichts bringen. Eher im Gegenteil. Mit dem Handy in der Hosentasche ging er zurück in die Küche.

»Was gab es so Wichtiges, dass du unbedingt vom Tisch aufstehen musstest, während wir noch am Essen sind?«, fragte seine Mutter gereizt.

»Josi hat mir geschrieben«, sagte Fabian schnell. »Ich soll nicht vergessen, mit ihrem Hund rauszugehen. Auf den passe ich nämlich heute Abend auf, solange sie bei ihren Freundinnen ist. Deshalb muss ich jetzt auch schon wieder los.« Das war zumindest keine komplette Lüge, aber hauptsächlich wollte Fabian alleine sein und nicht weiter von seiner Mutter mit Fragen zu Josi bombardiert werden.

»Dann sieh zu, dass du loskommst, bevor er dir noch ein Geschenk auf dem Teppich hinterlässt«, sagte sein Vater, der ihn wohl nur zu gut verstehen konnte.

»Oh, da hast du recht. Einen Haufen in der Wohnung braucht niemand«, rief seine Mutter und stand auf, um Fabian zum Abschied zu umarmen. »Das nächste Mal kommst du vorher zu uns, dann können wir dir Tipps geben, wie du es am besten angehst«, murmelte sie an seinem Ohr.

Fabian seufzte, nickte aber. Dass es mit Josi vermutlich kein nächstes Mal geben würde, verschwieg er. »Ist gut«, sagte er, verabschiedete sich von seinem Vater und seinem Bruder und ging nach draußen.

Als er zu Hause ankam, konnte er sich an den größten Teil der Fahrt nicht erinnern, so sehr hatten ihn die Gedanken an Josi eingenommen. Zwischenzeitlich war er kurz davor gewesen, direkt ins *Sorriso* zu fahren, um sie zur Rede zu stellen. Da ihre Freundinnen aber nicht alles mitbekommen sollten, hatte er sich dagegen entschieden.

Sei nicht so ein Weichei, rief er sich zurecht. *Du bist jahrelang ohne Freundin ausgekommen, da wirst du jetzt nicht der hinterherheulen, die dich abgesägt hat.*

»Genau!«, bestätigte er laut und ging mit einem mulmigen Gefühl nach oben, um Lumpi zu holen.

»Hey, Kleiner«, begrüßte er den Hund, der bereits an der Tür auf ihn wartete. »Ist dringend, hm? Vielleicht ist es das letzte Mal, dass wir zusammen rausgehen, weißt du das?«

Lumpi wedelte mit dem Schwanz und hechelte, als hätte Fabian etwas Erfreuliches gesagt. »Natürlich hast du keine Ahnung, kleiner Kerl.« Er beugte sich nach unten, tätschelte dem Hund den Kopf und machte die Leine an seinem Brustgeschirr fest. Josis Schlüssel hing sowieso an seinem Bund und ihre Sachen, die sich in den letzten Monaten bei ihm angesammelt hatten, sollte sie schön selbst abholen.

Nachdem Lumpi sich erste Erleichterung an der Hausecke verschafft hatte, packte Fabian ihn in seinen Wagen und fuhr mit ihm zum Bethmannpark, wo Josi wohnte. Dort drehte er eine ausgiebige Runde mit dem kleinen Hund. Erst als dieser sehr deutlich zeigte, dass er keine Lust mehr hatte, in der Dunkelheit draußen herumzustromern, schlug Fabian die Richtung zu Josis Wohnung ein. Mit jedem Schritt wurde ihm schwerer ums Herz.

»Den Gang haben wir wohl hinter uns«, sagte er zu Lumpi und stieß ein ironisches Lachen aus. »Vielleicht darf ich dich ja trotzdem noch hin und wieder ausführen, wenn dein Frauchen mal keine Zeit für dich hat.«

Obwohl er dem Hund anfangs nicht viel hatte abgewinnen können, merkte er jetzt doch, dass er ihn ganz schön vermissen würde. Von Josi ganz zu schweigen.

Wie verlangt platzierte er den Schlüssel auf der Kommode. Bevor er verschwand, füllte er noch etwas Trockenfutter und Wasser in die Näpfe in der Küche und befreite Lumpi aus seinem Brustgeschirr, der sich vor Erleichterung sofort grunzend auf dem Boden wälzte. Fabians Blick fiel auf einen Stapel Zettel neben dem Telefon. Er kritzelte Josi eine kurze Nachricht darauf, unterdrückte den Impuls, den Schlüssel aus Gewohnheit wieder einzustecken und streichelte Lumpi noch ein Mal.

»Mach's gut«, sagte er und zog die Tür ohne weiteres Zögern hinter sich zu. Dann nahm er sein Handy und schrieb eine Nachricht an einen Freund, von dem er wusste, dass er morgen frei und somit sicher nichts gegen einen Clubabend einzuwenden hatte. Er brauchte jetzt dringend etwas Ablenkung.

23. Kapitel

Das Handy auf seinem Nachttisch vibrierte. Ohne die Augen zu öffnen, tastete Fabian danach. Als er es gefunden hatte, verstummte es. Er hob es vor sein Gesicht, aktivierte das Display und erschrak. Mit einem Ruck setzte er sich auf. Sein Kopf brummte, sein Schlafzimmer schien sich um ihn zu drehen, als säße er in einem Karussell und er musste erst einmal die Augen wieder schließen, damit er sich nicht auf der Stelle übergab. Dann schaute er noch einmal mit zusammengekniffenen Augen. Das Ergebnis veränderte sich leider nicht.

11:41

Scheiße! Mit einem Mal war er hellwach, soweit das sein dröhnender Schädel zuließ. Das erklärte auch die vielen Anrufe in Abwesenheit. Fabian entsperrte das Display. Der letzte Anrufer war Thomas gewesen und zwischendurch immer wieder Josi. Von ihr warteten zehn neue Nachrichten. Für einen Moment war er verführt, sie anzuklicken, da erschien Thomas' Nummer auf dem Display. Fabian nahm den Anruf an.

»Zum Teufel, bist du noch ganz bei Trost?«, brüllte Thomas gleich los. »Hast du eine Ahnung, wie spät es ist?«

»Ja«, murmelte Fabian und hielt das Telefon etwas von seinem Kopf weg, da er Angst hatte, dass selbiger jede Sekunde explodieren würde. »Tut mir leid. Mir geht es nicht so gut.«

»Das kann ich mir nach deiner Nachricht von letzter Nacht denken. Aber wir haben hier einen Fall zu bearbeiten. Die Kacke ist kräftig am Dampfen, also sieh zu, dass du deinen Arsch herbewegst.«

Bevor er etwas entgegnen konnte, hatte Thomas schon wieder aufgelegt. Fabian ließ sich zurück ins Kissen fallen. Ihm war schwindelig und er hatte das Gefühl, seinen Mageninhalt augenblicklich auf die Bettdecke entleeren zu müssen. Jetzt öffnete er doch WhatsApp, vermied es aber tunlichst, einen Blick auf Josis Nachrichten zu werfen. Langsam kehrte die Erinnerung an den gestrigen Tag zurück und er wünschte sich, dass er es geschafft hätte, ihn durch den Alkohol letzte Nacht gänzlich auszulöschen. Er öffnete den Chat mit Thomas und las, was er ihm um vier Uhr zwanzig geschrieben hatte.

Scheide ocj ksnb moefen mich zhr Arbeit kpfbbm bkm tprsl besjggrn

Fabian musste trotz des Katers grinsen. Das war der erste Versuch gewesen. Daraufhin folgten einige wild durcheinandergewürfelte Emojis und dann eine Sprachnachricht.

»Oh Mann, ich kannnich mehr schreiben. Bin stockevoll, sorry, Alter. Ich kann morgen nich zur Arbeit kommen. Josi und ich ... Also, esisaus. Endgültig. Du verstehstdas sicher«, lallte er mit dröhnenden Bässen im Hintergrund. Dann endete die Nachricht.

»Oh Mann«, wiederholte Fabian seine Worte von letzter Nacht. Dieses Mal aber aus Scham über sein Verhalten. So extrem hatte er die Kontrolle über sich schon lange nicht mehr verloren. Seit er mit Josi zusammen war, war sein Alkoholkonsum sogar gegen null gegangen, nur ab und zu hatten sie sich einen Wein auf dem Sofa oder einen Cocktail in der Bar gegönnt.

»Was bist du nur für ein Weichei geworden«, sagte er zu sich selbst. Bevor er Josi kennengelernt hatte, war er immer mal wieder durch die Frankfurter Clubs gezogen und am nächsten Tag ohne Probleme auf der Arbeit erschienen. Okay, er hatte sich nicht gut gefühlt, aber dermaßen zu verschlafen, während sie gerade mitten in einem wichtigen Fall steckten, das war ihm noch nie passiert.

Das muss wohl am Alter liegen, redete er sich zum Trost ein, auch wenn das nicht gerade gute Aussichten waren. Dann quälte er sich aus dem Bett und schleppte sich ins Bad, wo er mit einer eiskalten Dusche versuchte, seine Lebensgeister zu wecken. Das funktionierte eher mittelprächtig, also kochte er sich einen Kaffee, in dem der Löffel beinahe stehen blieb, und spülte damit zwei Aspirin herunter. Das machte die Sache schon etwas erträglicher, doch er konnte in diesem Zustand auf keinen Fall Auto fahren. Also rief er kleinlaut bei Thomas an und bat seinen Kollegen, ihn von zu Hause abzuholen.

»Du hast sie wohl nicht mehr alle«, blaffte Thomas ihn an. Er schien richtig sauer zu sein. Da würde sich Fabian noch einige Zeit blöde Sprüche anhören dürfen. »Ich hab dir doch gesagt, dass hier die Luft brennt. Meinst du, ich kann jetzt einfach mal ’ne Stunde damit verplempern, zu dir zu fahren, um dich wie Mama ins Büro zu bringen? Setz dich gefälligst in die Bahn und beweg deinen Arsch alleine hierher wie ein erwachsener Mann.«

»Schon gut, brüll mich nicht so an, als wärst du meine Mutter, wenn du dich nicht wie sie um mich kümmern willst.« Fabian wollte mit einem Witz die Situation auflockern, doch das gelang ihm nicht besonders.

»Haha«, machte Thomas. Er klang zumindest etwas versöhnlicher.

»Was ist überhaupt passiert?«, fragte Fabian, während er seine Schuhe anzog. Beim Runterbeugen kehrte der Schwindel zurück und er musste sich auf den Boden setzen, damit er nicht kopfüber in die Diele fiel.

»Schön, dass du dich endlich an deinen Job erinnerst. Der kleine Grieser ist verschwunden.«

Fabian runzelte die Stirn. Zunächst klingelte bei ihm nichts, doch dann erinnerte er sich an das Gespräch, das sie gestern mit der Pflegemutter von Frau Bosniaks Kind geführt hatten. »Scheiße«, entfuhr es ihm.

»Du sagst es. Wann bist du hier?«

»Gib mir zwanzig Minuten.«

Fabian brauchte eine halbe Stunde, weil ihm die Bahn direkt vor der Nase davongefahren war, obwohl der Fahrer ihn noch gesehen hatte, wie er heftig winkend über die Straße gerannt war. Er verfluchte den Mann, der das in seinen Augen aus reiner Bosheit gemacht hatte, doch so hatte er wenigstens noch die Gelegenheit, sich ein belegtes Brötchen mit Leberkäse und sauren

Gurken beim Metzger um die Ecke zu holen. Als er auf dem Kommissariat ankam, fühlte er sich dank der frischen Luft und des Frühstücks zumindest etwas fitter als noch zu Hause.

Im Büro wartete nicht nur Thomas auf ihn, sondern auch Peitsch, der ihm einen missbilligenden Blick zuwarf, als er durch die Tür kam.

»Ja, ich habe Mist gebaut«, sagte Fabian kleinlaut und hob entschuldigend die Hände. »Wird nicht wieder vorkommen, okay?«

»Geschenkt«, antwortete Thomas und winkte ab. »Dann bringe ich dich mal auf den neusten Stand. Marek Grieser ist heute Morgen nicht in der Schule erschienen. Angeblich hat seine Pflegemutter ihn telefonisch krankgemeldet. Die weiß aber gar nichts davon, weil sie bereits um sieben aus dem Haus war. Marek geht dann normalerweise alleine los. Als Frau Grieser von ihrem Termin kam, fand sie den Schulranzen ihres Pflegesohns in der Diele und rief in der Schule an. Da erfuhr sie, dass Marek angeblich krank wäre, und hat sofort die Polizei informiert.«

»Wie kann denn ein Grundschüler einfach so telefonisch abgemeldet werden?«, fragte Fabian. »Da kann ja jeder anrufen und behaupten, sein Kind wäre krank.«

»Das war auch meine erste Frage. Anscheinend ist das kein Problem für die Schule. Die Eltern sind dazu angehalten, anzurufen, damit die Lehrkräfte informiert werden. Geschieht dies nicht, wird sich telefonisch erkundigt, ob die Schüler wirklich krank sind. In diesem Fall erfolgte eine Krankmeldung über das Haustelefon von Frau Grieser, das konnte die Schule nachvollziehen.«

»Wir sind uns doch alle einig, wer es gewesen sein muss, oder?«, fragte Fabian, dem es trotz seines Katers zu langsam voranging.

»Ja und nein«, antwortete Peitsch. »Es gibt eine Zeugin, die gesehen hat, wie die Putzfrau heute Morgen ins Haus gegangen ist. Kurz nachdem Frau Grieser es verlassen hatte.«

Fabian schaute auf das Foto, das die Überwachungskameras der Unterführung in Offenbach Ost aufgenommen hatten. Gleichzeitig versuchte er, sich das Bild der Putzfrau in Erinnerung zu rufen, der sie am Vortag kurz begegnet waren. Sie war rundlich gewesen, definitiv fülliger als die schlanke, fast schon magere Frau auf dem Foto. Außerdem hatte sie eine Brille getragen. Doch es sprach nichts dagegen, dass das eine Verkleidung war, zumal sie die Haare unter einem Tuch verborgen hatte.

»Hier, das haben die Kameras an der Station Parlamentsplatz um kurz nach acht aufgenommen«, sagte Thomas und legte Fabian ein weiteres Foto hin. Es zeigte eine Frau mit ausladenden Hüften, einer Brille und einem Kopftuch. Marek stand neben ihr, sie schienen sich zu unterhalten. Fabian fielen wieder die außergewöhnlich schlanken Knöchel auf, die unter dem Mantel hervorlugten. Auch Hals und Gesicht sahen normalgewichtig aus und passten nicht zu der Körperfülle.

»Wenn sie die Mutter von Marek ist und sich in die Pflegefamilie eingeschlichen hat, würde sie selbstverständlich alles dafür tun, um ihre wahre Identität zu verschleiern«, sagte Fabian.

»So weit waren wir auch schon«, murrte Peitsch. »Hätten Sie nicht Ihren Rausch ausschlafen müssen, hätten Sie das mitbekommen. Mit dem Namen dürfte das etwas schwieriger werden. Frau Grieser hat die Haushaltshilfe, ich glaube, das ist heute der korrekte Begriff, legal als Vierhundertfünfzig-Euro-Kraft angemeldet. Eine Überprüfung beim Einwohnermeldeamt läuft.«

»Einen Namen zu fälschen, sollte wohl auch keine große Kunst sein«, sagte Fabian. Dann fiel ihm etwas ein. »Wurde eigentlich schon etwas wegen diesem ... Wie hieß er noch?« Er rieb sich über die Stirn. Seine Kopfschmerzen kehrten zurück und schienen seine Gedanken zähflüssiger werden zu lassen. »Urbantis?«

»Meinst du diesen Vermieter? Urbanski«, half ihm Thomas weiter.

»Ja, genau den.«

»Was ist mit dem? Wer ist das?«, fragte Peitsch und schaute zwischen Thomas und Fabian hin und her.

»Den hatte Mario gestern am Telefon. Auf die Anzeige hin. Er sagt, die Frau von dem Überwachungsvideo wäre mal Mieterin bei ihm gewesen. Eine Mietnomadin, um genau zu sein. Sie hat mit ihrem Mann dort gelebt, ein Kind zur Welt gebracht und irgendwann ist sie einfach verschwunden und hat totales Chaos hinterlassen. Im Flur war irgendwas durch das Laminat gelaufen und hat braune Flecken hinterlassen. Vermutlich Blut, eigentlich wollten wir heute jemanden von der Kriminaltechnik dort vorbeischicken. Bei der Mieterin handelt es sich aller Wahrscheinlichkeit nach um die von uns gesuchte Person. Ihr Name ist allerdings Melina Kowalcyk, es handelt sich anscheinend nicht um die Mutter von Marek.«

»Wie bitte?«, donnerte Peitsch plötzlich los und warf Thomas einen Blick zu, der töten könnte. »Das kann jetzt nicht Ihr Ernst sein, Herr Wendtner.«

Fabian verstand gar nichts. »Was ist los?«

Thomas lief rot an, Schweiß trat ihm auf die Stirn. »Ich ... ehh ...«, stammelte er. So hatte Fabian ihn noch nie gesehen.

»Das ist der Name der Putzfrau«, klärte Peitsch ihn auf. »Wie zur Hölle konnten Sie das übersehen, Herr Wendtner? Und Sie brauchen gar nicht so zu schauen, Herr Prior. Warum zum Teufel hielten Sie es nicht für notwendig, mich sofort darüber zu informieren? Was ist mit diesen Flecken? Ist es Blut?«

Fabian zuckte mit den Schultern und bereute es sofort angesichts des Blickes, den Peitsch ihm zuwarf. »Entschuldigen Sie. Wir wissen es natürlich nicht, aber wir befürchten, dass es noch mehr Opfer gibt. Gestern war so viel los, und da die Verdächtige dort nicht mehr wohnt und der Estrich keine Füße bekommen wird, dachten wir uns, dass es heute Morgen auch noch reicht, sich darum zu kümmern ...«

Peitsch hob die Hand, um Fabian zum Schweigen zu bringen. »Genug der Ausreden. Darüber werden wir noch sprechen. Ich hoffe, Sie waren wenigstens so geistesgegenwärtig und haben alle notwendigen Daten aufgenommen.«

Fabian nickte und Thomas suchte den Zettel raus, auf dem Mario gestern die Informationen notiert hatte. Sein Gesicht war immer noch rot und die Anspannung war beinahe greifbar.

»Also haben wir entweder zwei Täterinnen, was ich für unwahrscheinlich halte, oder eine Frau mit wechselnden Namen und Aussehen, die Kinder in die Welt setzt, um sie zu misshandeln. Und die hat sich jetzt ihren leiblichen Sohn geholt, während wir völlig im Dunkeln tappen.« Peitsch fuhr sich nervös durch die wenigen verbliebenen Haare auf seinem Kopf.

Eine Weile herrschte Stille im Raum, jeder war in seine Gedanken versunken. In Fabians Hosentasche vibrierte es. Unauffällig zog er das Handy ein Stück heraus und schielte auf das Display. Eine neue Nachricht von Josi. Er unterdrückte den Drang, sie sofort zu lesen, und stellte das Handy auf Flugmodus. Dann nahm er eine Flasche Wasser und schenkte sich ein großes Glas ein, das er beinahe in einem Zug leerte. Er fühlte sich ausgelaugt und wünschte sich nichts sehnlicher, als in sein Bett zu kommen.

»Völlig im Dunkeln tappen wir nicht«, sagte er schließlich.

Peitsch schaute ihn auffordernd an.

»Wir können das Gebiet eingrenzen. Das Opfer vom Main wurde am Bahnhof Offenbach Ost von den Überwachungskameras aufgenommen. Melina Kowalcyk wurde mit Marek ebenfalls in einer Bahnstation gefilmt. Wenn wir davon ausgehen, dass sie fußläufig in der Gegend um Ost wohnt, dann muss sie dort ausgestiegen sein.«

»Sie meinen ...«

»Mantrailer«, bestätigte Fabian. »Die könnten uns zu Marek führen.«

24. Kapitel

»Und wann fahren wir dann in den Freizeitpark?«, fragte Marek schon zum dritten Mal, seit sie auf dem Weg zu Marthas Wohnung waren.

»Das habe ich dir doch schon gesagt. Wir gehen noch kurz zu mir, ich muss ein paar Sachen einpacken und dann fahren wir los.« Sie packte seine Hand noch etwas fester und zog ihn den Bürgersteig entlang.

»Und der Park hat auch ganz bestimmt im Winter offen?«

Martha blieb stehen und schaute ihren Sohn an. Der Junge war verdammt clever für sein Alter, was sie nicht ohne Stolz feststellte. Aber in diesem Moment kam ihr das überhaupt nicht gelegen. »Der Park hat natürlich das ganze Jahr offen. Im Winter ist es da besonders schön, wenn es geschneit hat.«

»Schade, dass kein Schnee liegt«, sagte Marek und verzog die Mundwinkel nach unten. »Ich würde so gerne mal wieder rodeln gehen. Oder Skifahren. Letztes Jahr, da waren wir in Österreich und ich war den ganzen Tag nur auf dem Berg. Meine Mama hat mir einen Skikurs zu Weihnachten geschenkt.«

Marthas Herz krampfte sich schmerzhaft zusammen. *Mama.* So würde er die andere Frau bald hoffentlich nicht mehr nennen. »Los, lass uns weitergehen. Je eher ich gepackt habe, desto schneller können wir uns auf den Weg machen.«

»Müssen wir denn lange fahren?«

Seufzend schüttelte Martha den Kopf. Hörte dieses Kind überhaupt nicht mehr mit seinen neugierigen Fragen auf?

»Wie lange denn genau?«, bohrte er weiter nach. Er musste beinahe rennen, um mit ihr Schritt halten zu können.

»Meine Güte, das wirst du dann sehen, wenn es so weit ist«, fuhr Martha ihren Sohn an. »Vielleicht stehen wir ja auch im Stau, dann dauert es viel länger als die Zeit, die ich dir jetzt nenne.«

»Wenn wir im Stau stehen, dann denke ich mir immer ein Spiel aus. ›Ich sehe was, was du nicht siehst‹. Kennst du das?«

»Natürlich kenne ich das«, murmelte Martha.

»Spielst du es auch immer mit deinem Sohn?«

Hitze schoss Martha ins Gesicht. Woher wusste Marek von seinem Bruder? Dann fiel ihr ein, dass sie sich bei Mareks Pflegemutter einmal verplappert hatte. Silke Grieser hatte sie gefragt, warum sie so müde aussah und sie hatte gedankenlos geantwortet, dass ihr Sohn krank sei. Marek musste dabei gewesen sein und es sich gemerkt haben.

»Kommt dein Sohn auch mit?«

Martha schüttelte den Kopf. »Leider nein. Der muss bei seinem Papa bleiben.«

»Oh, das ist aber schade. Wie alt ist er eigentlich?«

»Wir sind gleich da«, sagte Martha erleichtert, als sie auf die Straße zu ihrem Haus abbogen. »Da vorne wohne ich.«

Marek verzog das Gesicht. »Was stinkt hier denn so?«

Automatisch sog Martha Luft durch die Nase ein, doch sie nahm den Geruch schon lange nicht mehr wahr. »Das ist die Müllverbrennung dort drüben«, erklärte sie und zog den Schlüssel aus ihrer Jackentasche. »Wir bleiben nicht lang, du bist den Gestank also gleich wieder los.«

»Hier musst du wohnen und das jeden Tag riechen? Mir gefällt es hier gar nicht. Können wir schnell gehen?«

Martha ballte eine Faust um den Schlüssel. Die Sache mit Marek gestaltete sich wesentlich schwieriger, als sie geglaubt hatte. Okay, sie hatte gesehen, in was für einer Umgebung er aufgewachsen war und was seine Pflegeeltern ihm alles boten. Aber dennoch hatte sie gehofft, dass er nicht eine solche Abneigung gegenüber seinen Wurzeln empfinden würde. Wenn das hier draußen schon losging, was würde er dann erst sagen, wenn er ihre Wohnung zu Gesicht bekam? Nervös schloss sie die Haustür auf und schaute sich noch einmal um, ob ihnen auch wirklich niemand gefolgt war. Sie konnte nichts entdecken, also zog sie Marek ins Treppenhaus. Gemeinsam stiegen sie die Treppen zum ersten Stock hinauf. Eine Frau kam ihnen entgegen, sie trug einen Hund auf dem Arm.

»Hallo«, grüßte Marek sie freundlich und versuchte neugierig, einen genaueren Blick auf das Tier zu werfen. Die Frau ging schnell an ihm vorbei. Zum Glück hatte sie offensichtlich keine Lust, dass Kinder an ihrem kranken Hund herumfummelten.

Schnell öffnete Martha die Tür zu ihrer Wohnung und schob Marek in die Diele. Zur Sicherheit schloss sie hinter sich ab und steckte die Schlüssel zurück in die Jackentasche. Dann hielt sie einen Moment die Luft an.

Aus dem Wohnzimmer war nichts zu hören. Anscheinend hatte er auf sie gehört und war abgehauen.

»Hier drin ist es ganz schön kalt«, fuhr Marek sofort mit dem Beschweren fort.

»Heizen ist teuer, weißt du? Das kann sich nicht jeder leisten und man gewöhnt sich schnell daran. Es gibt genügend Decken hier«, sagte Martha und stellte sich neben das Bild von ihr und Marek kurz nach der Entbindung. Sie hatte es extra im Flur aufgehängt und war gespannt, ob er sich erkennen würde.

Tatsächlich fiel sein Blick auf das Bild, aber wie sie befürchtet hatte, erkannte er sich nicht. »Ist das da dein Sohn?«, fragte er und zeigte auf sich selbst als Säugling.

Martha spürte, wie ihr Tränen in die Augen stiegen. »Ja«, brachte sie heraus und schluckte. Dann zwang sie sich, zu lächeln.

Marek betrachtete noch einen Moment das Foto, dann drehte er sich um und ließ seinen Blick durch den Flur schweifen. »Kann ich sein Zimmer angucken?«

»Da vorne ist es.« Martha deutete auf die Tür. Marek ging zielstrebig darauf zu und öffnete sie.

Einen Moment begutachtete er das Zimmer vom Flur aus, dann betrat er es. Martha ging ihm hinterher. Marek stand am Fenster, von dem sie gestern die vernagelten Bretter abgemacht hatte, und schaute hinaus. »Boah, von hier aus kann man ja die ganzen Laster da unten sehen.« Aufgeregt tatschte er mit dem Finger an die Glasscheibe. »Geil, da unten ist so einer, wie ich hab. Der orangene da. Meiner kann sogar Mülltonnen anheben und blinken und der hat eine Fernbedienung!«

»Wow«, antwortete Martha, da sie nicht wusste, was sie sonst dazu sagen sollte.

»Ja, den hat mir meine Mama mal zum Geburtstag geschenkt. Hat dein Sohn gar keine Spielzeugautos?« Er wandte sich vom Fenster ab und schaute sich im Zimmer um. Die wenigen Spielsachen waren in der Holzkiste neben dem Bett verstaut. Ferngesteuerte Autos waren keine darunter.

»Sag mal, weißt du eigentlich, dass deine Mama nicht deine richtige Mama ist?«, platzte es aus Martha heraus. Sie musste einfach wissen, ob Marek sich noch an sie erinnerte.

Der stand nur da und sah sie mit großen Augen an. Dann zuckte er mit den Schultern. »Ja, aber das ist mir egal.«

»Wie kann dir das egal sein?« Marthas Stimme zitterte.

»Weil meine echte Mama mich nicht mehr sehen wollte, als ich noch ein Baby war. Sie hat sich nicht um mich gekümmert, und so bin ich zu meiner neuen Mama gekommen.«

»Und das hat dir deine *neue* Mama so gesagt?«

Marek runzelte die Stirn. »Was?«

»Na, dass deine richtige Mutter dich nicht liebt.«

»Nein, hat sie nicht gesagt. Aber sie hat sich eben nicht um mich gekümmert und deshalb …«

»Nicht um dich gekümmert?«, brach es aus Martha heraus. Sie packte Marek am Oberarm und griff so fest zu, dass sich sein Gesicht vor Schmerz verzerrte.

»Aua, du tust …«

»Natürlich habe ich mich um dich gekümmert. Nächtelang habe ich wach gelegen, weil du verdammt noch mal Blähungen oder sonst was hattest und mir die Ohren vollgebrüllt hast.« Sie zerrte ihn am Arm nach oben, sodass er sich auf die Zehenspitzen stellen musste.

»Lass mich los! Aua!«, rief er, doch sie ignorierte ihn.

»Du wolltest einfach nichts essen. Was hätte ich denn tun sollen? Es in dich hineinstopfen?«

Marek schrie auf, als sie ihn zu Boden stieß. Er hielt sich den Oberarm und fing an zu weinen. Martha ging vor ihm auf die Knie.

»Tut mir leid, das wollte ich nicht«, sagte sie sanft und strich ihm über den Kopf. Sie durfte nicht so überreagieren. Natürlich musste Marek so von ihr denken, immerhin hatte er es jahrelang von seiner Pflegemutter eingebläut bekommen. Wer wusste schon, was sie ihm noch alles erzählt hatte? Diese verdammte Schlampe. Vermutlich war es von Anfang an ihr Ziel gewesen, Martha das Kind wegzunehmen. Aber das war jetzt vorbei. Jetzt waren sie und Marek wiedervereint und sie würde dafür sorgen, dass es auch so blieb.

Das wird nicht funktionieren, stichelte ihre innere Stimme.

»Sei still«, herrschte Martha sie an.

Marek vor ihr schluchzte. »Ka... kann ich jetzt na... nach Hause? Zu meiner Mama?«, stieß er stotternd hervor.

In diesem Moment rutschte Martha die Hand aus. Sie schlug ihrem Sohn mit voller Wucht ins Gesicht, sodass er nach hinten geschleudert wurde. Dann trat sie nach ihm, bis er sich zusammenkugelte, um sich vor ihr zu schützen. Sie stürmte zum Fenster, ließ den Rollladen herunter und riss so lange an dem Band herum, bis sich die Halterung aus dem Fensterrahmen löste. Der Rollladen sauste mit einem lauten Rums nach unten, verkeilte sich irgendwo und blieb schief im Fenster hängen.

»Was machst du da? Ich habe Angst im Dunkeln.«

»Angst! Dass ich nicht lache. Gestern Abend war dir das anscheinend auch egal, also versuch nicht, mich zu verscheißern, du kleiner Teufel.«

Ohne Marek noch einmal anzusehen, verließ sie das Zimmer und schloss hinter sich ab. Einerseits tat es ihr in der Seele weh, ihren Sohn in der Dunkelheit alleine zu lassen, andererseits musste er lernen, dass sein Verhalten Konsequenzen hatte. Wie konnte er es wagen, derart schlecht über sie zu sprechen, wenn er sie nicht mal kannte?

Von innen polterte es gegen die Tür. Die Klinke wurde heruntergedrückt, Marek rüttelte daran. »Lass mich raus«, rief er, die Panik in seiner Stimme war deutlich zu hören. »Bitte! Lass mich doch raus! Es ist so dunkel hier!«

»Wenn du nicht gleich still bist, dann sorge ich dafür«, knurrte Martha.

Sie ging ins Wohnzimmer. Der Fernseher lief, nur der Ton war ausgeschaltet. Ein Wunder, dass er überhaupt noch funktionierte, nachdem Martha ihn auf den Boden geschmissen hatte. Auf dem Tisch stand ein volles Glas Wasser, daneben lagen die Tablettenpackungen. Hatte er etwa doch vor, zurückzukehren? Was würde er dazu sagen, dass sie Marek zu ihnen zurückgeholt hatte?

Wäre es doch besser gewesen, vorher mit ihm über ihren Plan zu sprechen? Sie schüttelte den Kopf.

Nun war es zu spät für diese Gedanken. Sie musste die Sache jetzt durchziehen, egal, welche Hindernisse sich ihr in den Weg stellten. Sie würde ihren Sohn begleiten, wie er erwachsen wurde und irgendwann würde er vergessen, was ihm von den Griesers eingeredet worden war. Er würde sie, Martha, als seine Mutter anerkennen und eine Familie mit ihr sein. So, wie sie es sich all die Jahre gewünscht hatte.

Während sie im Wohnzimmer auf dem Sofa saß, krakeelte Marek weiter herum. Außerdem hatte er angefangen, gegen die Tür zu treten. Martha wollte den Ton des Fernsehers einschalten und suchte nach der Fernbedienung. Auf dem Tisch konnte sie sie nirgends entdecken. Ihr fiel ein, dass sie das Teil gestern bei ihrem Streit gegen die Heizung gepfeffert hatte. Sie sammelte die Einzelteile auf, setzte die Batterien wieder ein und erhöhte die Lautstärke. Mareks Gebrüll war selbst dann noch zu hören, als sie die Lautstärke ganz aufgedreht hatte. Wenn er so weitermachte, würde noch jemand aus der Praxis oder gar von draußen auf ihn aufmerksam werden. Sie musste ihn unbedingt ruhigstellen.

In der Küche durchwühlte sie die Krimskrams-Schublade nach dem Klebeband, fand es aber nicht. Sie suchte in den anderen Schränken, im Bad und im Wohnzimmer, bis sie schließlich fündig wurde. Ihr Mann musste es hier rüber geräumt haben. Sie riss zwei lange Stücke ab, stülpte sich die restliche Rolle übers Handgelenk und ging zum Kinderzimmer. Marek war anscheinend dazu übergegangen, sich dem Rollladen zu widmen, um ihn irgendwie aufzubekommen, denn das Klappern war leiser und kam nicht mehr von der Tür. Martha schloss auf, öffnete die Tür ein Stück und stellte sich in die Lücke.

Wie sie erwartet hatte, stürmte Marek sofort auf sie zu und versuchte, sich an ihr vorbeizudrängen. Doch dieses Mal war sie vorbereitet. Sie packte ihn und hob ihn hoch. Sofort fing er an, mit seinen kleinen Händen auf sie einzuschlagen, doch er konnte nichts gegen sie ausrichten. »Lass mich in Ruhe«, rief er.

Martha warf ihn auf den Boden. Der Aufprall war so hart, dass es ihm die Luft aus den Lungen presste. Seine Lippen zu einem O geformt lag er auf dem Rücken und starrte sie an. »Du tust mir weh«, japste er.

»Das hoffe ich«, knurrte sie. Sie beugte sich nach unten und presste einen der Klebebandstreifen auf Mareks Mund. Sein Schreien verebbte zu einem erstickten Grunzen. Der Junge zappelte und wollte aufstehen, doch sie packte seine Handgelenke, drehte ihn auf den Bauch und drückte ihn nach unten. Für einen Zehnjährigen wehrte er sich mit erstaunlicher Kraft, doch sie schaffte es irgendwie, den zweiten Streifen des Klebebands um seine Hände zu wickeln. So war er zumindest für den Moment fixiert.

Sobald sie ihn losließ, warf er sich allerdings auf dem Boden hin und her und trat nach ihr.

Während er weiter unter ihr wütete, riss sie weitere Streifen ab, verklebte den Mund, so gut sie es bei dem Gezappel hinbekam, und verschnürte damit seine Hand- und Fußgelenke. Endlich war er weitestgehend ruhiggestellt und Martha richtete sich wieder auf. Sie war völlig außer Atem und brauchte jetzt dringend einen Schluck Wasser. Marek ließ sie so, wie er war, auf dem Boden liegen und ging aus dem Zimmer. Dieses Mal zog sie die Tür nur hinter sich zu. Abschließen musste sie nicht, Marek würde sich nicht so leicht befreien können.

Als sie in der Küche war, ging das Poltern im Kinderzimmer weiter. Anscheinend stampfte er mit den zusammengebundenen Beinen auf dem Boden herum. Außerdem brüllte er unter dem Klebeband, sodass sie die erstickten Schreie bis auf den Flur hören konnte. Sie schloss die Augen und rieb sich die Schläfen. Dann musste sie eben anders für Ruhe sorgen.

Martha öffnete erneut die Krimskrams-Schublade und nahm die Schere heraus. Die war nicht mehr die Neuste und deshalb stumpf, aber was blieb ihr anderes übrig? Sämtliche Messer im Haushalt waren auch nicht besser und hier hatte sie immerhin zwei Schneiden. Mit der Schere in der Hand ging sie zurück zum Zimmer. Als sie die Tür öffnete, lag Marek direkt vor ihr. Tränen glitzerten in seinen Augenwinkeln und Rotz lief aus seiner Nase. Sie erinnerte sich an seine erste Erkältung, wie dieses winzige Wesen damals von einem furchtbaren Husten geschüttelt worden war. Martha atmete tief durch. Sie durfte sich jetzt nicht ablenken lassen. Ihr Griff um die Schere wurde fester. Dann bückte sie sich und richtete ihren Sohn auf.

25. Kapitel

Die gesamte Fahrt über sprachen Fabian und Thomas kein Wort. Thomas starrte mit finsterem Blick durch die Frontscheibe, als befände er sich in einem Videospiel und wäre dabei, während einer Amokfahrt flüchtende Passanten zu überrollen. An der Haltestelle Ost in Offenbach angekommen lenkte er den Wagen in der Nähe der Unterführung auf den Bürgersteig, stellte den Motor ab und schaltete die Warnblinkanlage ein. Statt auf die Straße schaute er nun in den Rückspiegel, so als wolle er unter allen Umständen vermeiden, Fabian anzusehen. Das Schweigen wurde nur vom Klacken des Blinkers unterbrochen und ohne den laufenden Motor immer unangenehmer. Irgendwann fasste Fabian sich ein Herz.

»Wirst du nie wieder mit mir reden, weil ich einmal Scheiße gebaut habe?«, fragte er. Er hatte es witzig klingen lassen wollen, doch irgendwie wirkte es eher, als wären sie ein Paar und er wollte über ihre Beziehung sprechen. »Vor Peitsch nehme ich das mit den verbummelten Telefonhinweisen und dem Namen der Putzfrau auf mich, mach dir da keine Sorgen.«

»Mh«, brummte Thomas und zuckte die Schultern.

Draußen liefen zwei türkische Frauen vorbei, die sich lautstark in einem Kauderwelsch aus Türkisch und Deutsch unterhielten.

Fabian seufzte. Ja, er hatte Mist gebaut, aber bloß, weil er einen über den Durst getrunken und ein wenig verschlafen hatte, war das noch lange kein Grund, dass Thomas so wütend auf ihn war. Bevor er Josi kennengelernt hatte, war er kein Kind von Traurigkeit gewesen und es hatte Thomas damals auch nie gestört.

»Hör mal, ich weiß, das war bescheuert von mir. Aber ich bin doch jetzt hier, oder? Selbst wenn ich heute Morgen pünktlich zum Dienst erschienen wäre, hätten wir doch deshalb die Entführung nicht verhindert.«

Anstatt auf das einzugehen, was Fabian gesagt hatte, holte Thomas sein Handy aus der Hosentasche und tippte darauf herum. Am liebsten hätte Fabian es ihm aus der Hand gerissen und aus dem Fenster gefeuert, doch er hielt sich zurück und wartete, bis Thomas auf die anscheinend so wichtige Nachricht geantwortet hatte.

»Mann, weißt du, zwischen Josi und mir gab es richtig Stress«, sagte er dann. Sollte doch Thomas die nächsten Wochen seine Witze darüber reißen. Das war immer noch besser, als hier einen auf beleidigte Leberwurst zu machen. »Sie hat mir gestern Abend geschrieben, dass ich ihren Schlüssel hinlegen soll, wenn ich den Hund zu ihr bringe. Ich hab da richtigen Mist gebaut, mit dem Zusammenziehen. Blöder als ich hätte man sich überhaupt nicht anstellen können. Ich hab diese Auszeit gestern Nacht gebraucht und dann völlig die Kontrolle verloren ...«

»Bist du jetzt fertig mit deinem Gejammer?«, fuhr Thomas ihn an.

»Ja, aber ...«

»Meine Fresse, als wärst du der Einzige, der hier Probleme hat. Ich, ich, ich! Das ist alles, was hier höre. Mimimi kann ich da nur sagen, wirklich.«

Fabian schaute seinen Kollegen mit hochgezogenen Augenbrauen an. So kannte er Thomas überhaupt nicht. »Okay«, sagte er gedehnt, weil ihm sonst keine Reaktion auf diesen Ausbruch einfiel.

»Ja«, bestätigte Thomas.

»Wenn ich nicht der Einzige mit Problemen bin, willst du mir dann verraten, was los ist?«

»Nichts«, blieb Thomas einsilbig.

Fabian schüttelte den Kopf. »Unsinn! Du gehst hier doch nicht hoch wie das HB-Männchen und willst mir erzählen, dass bei dir alles in Ordnung ist.«

Endlich drehte Thomas den Kopf und schaute ihn an. »Ich habe Jana betrogen«, platzte es aus ihm heraus.

»Oh. Okay.« Mehr wusste Fabian nicht zu sagen. Er hatte mit vielem gerechnet, aber nicht damit. Thomas und Jana waren gefühlt schon seit Ewigkeiten zusammen. Zehn Jahre waren es bestimmt, beinahe länger als Fabian und Thomas sich kannten.

»Richtige Scheiße, oder?« Thomas lachte, es klang verzweifelt. Er rieb sich über die Augen. So hatte Fabian ihn noch nie gesehen. »Willst du gar nicht wissen, mit wem?«

Fabian schaute in den Rückspiegel. Bisher war nichts von den Mantrailern zu sehen. »Ist es denn wichtig?« Er hatte keine Ahnung, wie er auf dieses Geständnis reagieren sollte. Thomas hatte anscheinend Redebedarf, aber Fabian war nicht wirklich der Typ für Gefühlsduseleien.

»Es war Nadine Wolf«, beantwortete Thomas die ungestellte Frage.

Fabian runzelte die Stirn. Bei dem Namen klingelte nichts.

Thomas seufzte genervt, als wäre es ein Vergehen, die Frau nicht zu kennen. »Die Praktikantin. Assistentin mittlerweile.«

»Du meinst ...«

»Ja, Mann. Die von Gering.«

Fabian entfuhr ein anerkennender Pfiff, der ihm einen strafenden Blick von Thomas einbrachte. »Sorry«, entschuldigte sich Fabian. »Hast du es ihr gesagt?«

»Dass ich vergeben bin? Scheiße, nein.«

»Ich meinte Jana.«

»Es ist erst gestern Abend passiert.«

Jetzt war auch klar, warum Thomas heute so empfindlich reagierte.

»Jana ist gerade für eine Woche auf einer Fortbildung. NLP oder so. Hat irgendwas mit Verkaufspsychologie zu tun. Nachdem wir uns die Tage bei der Sektion wiedergesehen haben, hat sich diese Wolf total an mich rangeschmissen. Ich war die ganzen Abende allein und da wurde ich schwach. Irgendwie hab ich wohl gedacht, dass ich etwas Aufregung im Leben brauche, was Neues, Prickelndes. Dabei war es nur langweiliger Sex, nichts Besonderes. Jetzt nervt sie mich, bombardiert mich mit Nachrichten, fragt nach einem nächsten Treffen. Vermutlich plant sie schon, wie unsere Kinder heißen sollen.« Thomas ballte die Fäuste. Hinter ihnen hielt ein Wagen an. Die Mantrailer waren angekommen. »Jedenfalls hab ich Schiss, dass sie Jana alles erzählt, wenn ich sie abweise«, fügte er flüsternd hinzu, als könnten ihn die Beamten sonst hören, die gerade den Hund aus dem Kofferraum ließen.

Fabian glaubte nicht, dass die Avancen nur von Nadine Wolf ausgegangen waren, so oft, wie Thomas in den letzten Tagen am Handy gehangen hatte. »Dann solltest du es ihr selbst sagen.« Fabian hatte eigentlich keine Ahnung, wie man in so einer Situation am besten reagierte. »Aber lass uns später drüber reden.« Er öffnete die Tür und nahm die Tüte, in der sich ein T-Shirt von Marek befand. Thomas folgte ihm. Er sah aus wie ein Häufchen Elend.

Die beiden begrüßten Sibylle Jäger, die Hundeführerin. Sie war eine Frau um die fünfzig, trug ein Karohemd mit einer Cordjacke darüber und Jeans mit Winterstiefeln. Ihr Partner, so nannten die Beamten ihre Mantrailer, war ein bayerischer Gebirgsschweißhund, der bei der Beamtin lebte. Das Vertrauen zwischen Suchhund und Führer war besonders wichtig, denn ob die Suche gelang, hing vor allem davon ab, ob der Hundeführer – oder in dem Fall die Führerin – die Körpersprache des Hundes korrekt interpretierte.

Zu dritt überquerten sie die Straße bis zum Fuß der Treppe, die zum Bahnsteig führte. Fabian gab die Tüte der Hundeführerin, die einen Plastiknapf auf dem Boden abstellte und mit Wasser befüllte.

»Feuchte Schleimhäute arbeiten besser«, erklärte sie. Nachdem er fertig getrunken hatte, öffnete sie die Tüte, stülpte sie über die Nase des Hundes und ließ ihn ein paar Züge nehmen.

»Such!«, befahl sie dann. Der Maintrailer hielt die Nase dicht über dem Boden und lief los, die Treppe rauf zum Bahnsteig.

»Er hat was«, sagte Sibylle, die seine Leine fest in der Hand hielt und ihm folgte. Oben auf dem Bahnsteig drehte er eine Runde und lief einige Male zielstrebig zu einer Säule. Schließlich drehte er um und rannte die Treppe wieder hinunter, die Hundeführerin, Thomas und Fabian hinterher.

Unten angekommen wandte er sich nach links und lief in die Richtung, aus der das Opfer gekommen war. Immer heftiger zog der Hund sie in Richtung Verbrennungsanlage. An der Ecke, an der Fabian und Thomas vor einigen Tagen am Gelände der Müllverbrennung vorbei zum Haus der Sinti-und-Roma-Großfamilie gelaufen waren, blieb er stehen und reckte die Schnauze in die Luft.

»Er hat die Spur verloren«, sagte die Führerin, als er die Nase in die Wiese am Rand des Weges steckte.

»Bestimmt eine läufige Hündin«, kommentierte Thomas ein wenig bissig und erntete dafür einen wütenden Blick von Sibylle Jäger.

»Lassen Sie ihm die Zeit. Es kann schon sein, dass er die Spur mal verliert und erst wieder aufnehmen muss.« Sie beugte sich zu dem Hund runter und forderte ihn erneut zum Suchen auf.

Der wedelte mit dem Schwanz, schnüffelte intensiver und zog plötzlich wieder an der Leine. Er leitete die drei Beamten nach rechts, weg von dem Weg in Richtung Pförtnerhäuschen. Obwohl es hier jede Menge Gerüche geben musste, die ihn von seinem Ziel ablenken konnten, schien er sich nicht beirren zu lassen. An einer kleinen Wiese vor einem zweistöckigen Gebäude hielt er an, schnüffelte noch einmal und lief auf die Haustür zu. Dort drehte er allerdings wieder ab und zog an der Außenwand entlang, schlug einen Bogen und rannte auf die Wiese, auf der Thomas und Fabian gerade ankamen. Dort hob er wieder die Schnauze in die Luft.

»Was ist denn jetzt?«, fragte Fabian.

Thomas ging auf das Haus zu und schaute die Klingelschilder an. »'Ne Tierarztpraxis«, rief er Fabian zu. »Also doch nur eine läufige Hündin.«

»Der Hund verfolgt immer den letzten Weg, den die Geruchsquelle genommen hat. Ihre gesuchte Person ist also auf jeden Fall hier vor dem Haus gewesen«, erklärte Sibylle Jäger. »Auf keinen Fall würde er sich bei der Suche von einer anderen Quelle ablenken lassen, dafür ist er viel zu gut ausgebildet.«

»Instinkte bleiben meiner Meinung nach trotzdem ein stärkerer Antrieb. Das ist immerhin nur ein Tier«, provozierte Thomas weiter.

»Moment mal«, rief Fabian plötzlich. Ihm war etwas eingefallen.

»Sitz!«, befahl die Hundeführerin und das Tier gehorchte sofort.

»Hatten wir gestern nicht einen Anruf, dass jemand mit seiner Katze beim Arzt war und die gesuchte Person im Hausflur gesehen hat?«

Thomas zog die Augenbrauen zusammen, dann schlug er sich mit der flachen Hand an die Stirn. »Scheiße«, murmelte er. »Das hab ich völlig vergessen. Peitsch wird uns umbringen, dass wir dafür einen Mantrailer angefordert haben.«

Sibylle Jäger verschränkte die Arme vor der Brust und schaute die beiden mit hochgezogenen Augenbrauen an, sparte sich aber jeglichen Kommentar.

Plötzlich öffnete sich hinter Thomas die Haustür. Fabians Hand wanderte automatisch an seine Waffe. Thomas fuhr herum. Eine Frau erschien ihm Türrahmen. Ihr Blick wanderte zwischen Thomas und Fabian hin und her und blieb schließlich an der Pistole hängen. Sie wich einen Schritt zurück. Fabian zog die Waffe und richtete sie automatisch auf die junge Frau.

»Oha«, sagte sie und hob abwehrend die Hände. »Echt jetzt? Was für ein krasses Ding.«

Das war auf keinen Fall die Frau von den Überwachungsbändern. Sie war viel zu jung. Fabian ließ den Arm sinken.

»Sie sind von der Polizei, oder? Am Telefon haben Sie doch gesagt, dass man da nichts machen kann.«

»Wovon reden Sie?«, fragte Thomas.

»Na ja, wir aus der Praxis haben doch vorhin angerufen. Wegen dem Gebrüll aus der Wohnung untendrunter. Ich mache da gerade Praktikum, wissen Sie.«

»Gebrüll?«, wiederholte Fabian.

»Ja, von dieser komischen Frau. Die hat mich die Woche schon mal richtig blöd angemacht. Hat mich am Kragen gepackt und so. Ich glaube, die ist nicht ganz dicht und heute ist sie wohl völlig durchgedreht.«

Fabian wechselte einen Blick mit Thomas.

»Jedenfalls fand ich, dass das klingt, als würde ein Kind schreien. Dabei hat sie gar keine Kinder, haben die anderen gesagt.«

»Ein Kind hat geschrien?«

»Na, sag ich doch. Für mich klang das eindeutig so, als würde da ein Junge heulen. Aber die anderen haben gesagt, dass das nicht sein kann. Bestimmt hab ich mich ...«

»Wir gehen rein«, rief Thomas und drängte sich schon an der jungen Frau vorbei. Fabian folgte ihm.

26. Kapitel

Dicke Tränen kullerten über das Klebeband, das Martha mehrmals um Mareks Kopf gewickelt hatte, um ihn so zum Schweigen zu bringen. Aus seiner Nase lief zähflüssiger Rotz, der vermutlich verhinderte, dass er richtig Luft bekam. Bei jedem panischen Atemzug bildete sich eine kleine Blase unter seinem linken Nasenloch. Die Augen waren geschlossen. Anscheinend hatte er bereits das Bewusstsein verloren.

Hektisch fingerte Martha an dem extrastarken silbernen Klebeband herum und versuchte, den Anfang zu finden. Dann fiel ihr die Schere ein, die sie neben sich abgelegt hatte. Ohne Marek aus den Augen zu lassen, tastete sie danach. Hier irgendwo musste sie doch sein. Endlich stießen ihre Finger auf den kühlen Stahl. Der Junge in ihren Armen krampfte. An Mareks Ohrläppchen schob sie die Klinge an seinem Hals entlang und zerschnitt das Band.

Mit zitternden Händen riss sie es von seiner Haut, rutschte aber dabei mehrmals ab, weil sie sich in den Finger geschnitten hatte und durch das Blut alles glitschig war. Schließlich schaffte sie es und der Mund des Jungen war frei. Marek reagierte nicht, aber immerhin atmete er. Seine Lippen zitterten, als er gierig Luft in seine Lunge sog. Dann flatterten seine Lider. Nach einer Weile schlug er die Augen auf.

»Oh, Gott sei Dank! Ich dachte, ich hätte dich verloren«, stieß sie erleichtert hervor.

Marek blinzelte sie benommen an. Sein Kopf lag schlaff auf ihrem Arm. Fast, als wäre er wieder ein Baby. Zärtlich hob sie ihre Hand an seine Wange, die langsam etwas Farbe annahm, und streichelte darüber. Dabei hinterließ sie einen blutigen Streifen auf seinem Gesicht.

»Hörst du mich?«, fragte sie. Er reagierte noch immer nicht, starrte sie nur mit leerem Blick an.

Martha merkte, wie Wut in ihr aufstieg. Verarschte er sie? War das alles nur ein billiger Trick, damit er nicht mit ihr reden musste? Oder hatte sie sich damals doch nicht getäuscht? Dabei war sie so sicher gewesen, dass er befreit war. Er hatte doch die ganze Zeit so normal gewirkt. Wie ein gesundes Kind. Hatte er sie all die Jahre, die sie ihn beobachtet hatte, nur hinters Licht geführt? Plötzlich glaubte sie, ein Flüstern zu hören.

»Was hast du gesagt?«

Wieder das Flüstern, doch sie verstand die Worte nicht. Sie waren aber auch nicht wichtig. Entsetzt warf sie den kleinen Körper auf den Boden, sodass er in einem getrockneten Urinfleck auf dem Teppich landete.

»Du kleiner Bastard«, zischte sie. »Betrogen hast du mich. Und ich wäre beinahe drauf reingefallen. Sie wohnen immer noch in dir. Verstecken sich nur.« Sie spuckte neben ihn, drehte sich um und stürmte aus dem Zimmer.

Draußen konnte sie ihre Wut nicht länger kontrollieren und trat auf den Gelben Sack ein, der immer noch umgekippt auf dem Boden lag. Wie hatte sie nur so naiv sein können? Der zweite Junge hatte ihr doch gezeigt, dass sie verflucht war. Verdammt dazu, die Ausgeburten der Hölle in ihrem Körper heranwachsen zu lassen.

Was sollte sie jetzt tun? Sie konnte nicht schon wieder einen Jungen einsperren und jahrelang mit der Angst leben, dass er ausbrechen und ... Ja, was eigentlich? Sie hatte doch gesehen, was passiert war. Aber dennoch konnte und wollte sie nicht erneut die letzten Jahre durchleben. Es hatte sie so viel Kraft gekostet.

»Was soll ich nur tun?«, fragte sie laut in die Diele.

Natürlich antwortete ihr niemand, ihr Mann war nicht da. Sie selbst hatte ihm gesagt, dass er verschwinden sollte.

Das Video, schoss es ihr plötzlich durch den Kopf. Er hatte immer das Video mit ihr anschauen wollen. Martha schloss das Zimmer ab, verstaute den Schlüssel wie immer auf dem Türrahmen und ging ins Wohnzimmer. Dort schaltete sie den Fernseher ein und zappte sich durch die Kanäle, bis sie den fand, der zum DVD-Player gehörte. Dann drückte sie auf Play.

Ihr rundes Gesicht erschien auf dem Fernseher, sie hatte rote Wangen und ein Funkeln in den Augen. Sie war schwanger gewesen, daran konnte sie sich noch erinnern und sie fand, dass man es ihr auch ansah, obwohl sie noch nicht mal im dritten Monat gewesen war. Plötzlich wurde das Bild schwarz, dann wieder heller. Der Rücken ihres Mannes. Er ging zu ihr und stellte sich neben sie. Durch den Fernseher schien er sie direkt anzusehen. In ihrem Hals bildete sich ein Kloß. Sie vermisste ihn. Hätte sie ihn doch bloß nicht weggeschickt.

»Warte«, sagte er, ging wieder auf die Kamera zu und veränderte den Bildausschnitt.

Danach war Martha bis zur Hüfte zu sehen. Sie blickte auf ihren flachen Bauch und streichelte sanft darüber. Nun liefen ihr die Tränen. Damals war sie noch so voller Hoffnung gewesen. Hatte fest daran geglaubt, dass mit diesem Kind alles anders werden würde. Dass sie zusammen ein neues Leben beginnen und den kleinen Teufel vergessen würden. Doch es hatte sich herausgestellt, dass der Junge nicht besser als sein großer Bruder gewesen war. Im Gegenteil.

Martha schüttelte den Kopf und schaltete den Ton aus, noch bevor ihr Mann zu sprechen anfing. Mit einem Mal erinnerte sie sich genau daran und sie wollte jetzt nichts davon hören. Erneut überfielen sie Zweifel. Hatte sie sich in der Kammer getäuscht? Vielleicht war Marek nur paralysiert gewesen und hatte gar nicht versucht, sie zu täuschen.

Der Teufel war jedoch listig, es war schwer, ihn zu erkennen, wenn er sich nicht preisgeben wollte. Konnte er denn in einen Körper zurückkehren, den er verlassen hatte? Würde er das wollen? Und warum? Hatte er sie die letzten Jahre nicht genug bedrängt?

Sie stand auf und tigerte im Zimmer auf und ab. Es wollte sich einfach keine Lösung zeigen, so sehr sie auch grübelte. Die Antworten auf ihre Fragen blieben ihr verborgen. Irgendwie musste sie sich beruhigen, um wieder klar denken zu können. Sie ging an das Bücherregal. Hier standen noch etliche Bände, die sie sich während ihrer Studienzeit zugelegt hatte. Die Bücher waren das Einzige, das sie bei ihren Umzügen immer mitgenommen hatte. Noch heute schmerzte es sie, dass sie wegen ihrer Schwangerschaft nie einen Abschluss gemacht hatte.

Gedankenverloren strich sie mit den Fingern über die Buchrücken und zog schließlich eines heraus. Es war eine alte Ausgabe der gesammelten Werke von Edgar Allan Poe. Sie hatte das Buch zu Beginn ihres Studiums in einem Antiquariat entdeckt und für viel Geld gekauft. Vermutlich hatte der Buchhändler sie über den Tisch gezogen, aber ihr hatten der Ledereinband und die vergilbten Seiten mit der alten Schrift so gut gefallen, dass sie es einfach hatte haben müssen. Es war, als würde das Buch allein schon eine Geschichte erzählen. Sie klappte es auf und ein Foto fiel ihr entgegen und segelte zu Boden.

Martha bückte sich und hob es auf. Es zeigte sie und Marek, außerdem ihren Mann. Sie standen auf einer Brücke vor einem See. Vorsichtig strich sie mit dem Finger eine Staubfluse weg. Sie erinnerte sich noch genau an den Tag. Ihr Mann hatte die Kamera auf der Brüstung der Brücke platziert, den Selbstauslöser eingestellt und war zu ihnen gerannt. Dann hatte er den Arm um sie gelegt, mit der anderen Hand den Kopf von Marek gestreichelt und gelächelt. Gerade rechtzeitig, denn die Kamera hatte gepiepst und in diesem Moment auch schon das Bild geschossen. Die Abendsonne hatte sie geblendet und Martha hatte die Augen zusammengekniffen. Deshalb schaute sie auf dem Bild, als hätte sie schreckliche Bauchschmerzen. Ihr Mann hatte sich immer darüber lustig gemacht.

Sie legte das Foto auf den Tisch und betrachtete die Stelle des Buchs, aus der es gefallen war. Es war der

Beginn des Gedichtes *Traumland.* Schon die ersten Worte sorgten dafür, dass ihr eine Gänsehaut über den Rücken jagte.

Auf Pfaden, dunkel, voller Grausen,
Wo nur böse Engel hausen,
Wo ein Dämon, Nacht genannt,
Auf schwarzem Thron die Flügel spannt,
Aus letztem düsterm Thule fand
Ich jüngst erst her in dieses Land –
Aus Zauberreich, so wild und weit,
Fern von Raum, fern von Zeit.

Marthas Blick verschwamm. Jetzt erinnerte sie sich, warum sie damals das Foto in das Buch gelegt hatte. Und auf einmal wusste sie genau, was sie zu tun hatte. Sie würde dafür sorgen, dass sie alle wieder zusammen wären. Und der Teufel würde sie dort nicht holen können.

27. Kapitel

Fabians Magen rebellierte, als er die ersten Schritte in die Wohnung machte. Die Luft hier drin war abgestanden und roch unangenehm nach Schimmel und Unrat gemischt mit den Ausdünstungen von Exkrementen. Es war dunkel, alle Zimmertüren bis auf eine waren geschlossen und auch aus dem Raum am Ende der Diele drang kaum Licht. Fabian betätigte den Lichtschalter, den er zu seiner Rechten entdeckte. Flackernd sprang eine Leuchtstoffröhre an.

Der Teppich unter ihren Füßen war fleckig, ebenso die vergilbte Tapete. An der Wand hingen einige ältere Fotos von Martha Bosniak oder Melina Kowalcyk, wie sie sich nun nannte, und einem Mann. Auf manchen war ein kleiner Junge zu sehen, vermutlich Marek. Bis auf das Dröhnen der anliefernden Lastwagen der Müllverbrennung war kein Geräusch zu hören.

»Frau Bosniak, sind Sie zu Hause? Hier ist die Polizei«, rief Thomas zu Fabians Erleichterung. Er selbst hätte keinen Ton rausgebracht, ohne dass sein Schädel explodiert wäre.

In der Wohnung rührte sich nichts. Nach und nach öffneten sie die Türen der einzelnen Zimmer. Fabian warf einen Blick in die zugemüllte Küche und musste würgen. Aus dem Raum kam ihm ein intensiver Gestank entgegen. Der Müll stapelte sich teilweise hüfthoch an den Wänden. Die Stühle waren mit Bergen von Prospekten belegt und auf dem Herd standen ineinander gestapelte Töpfe und Pfannen. Nur eine kleine Fläche der Arbeitsplatte war frei und erstaunlicherweise sogar sauber. Ein Wasserkocher, eine Thermoskanne und diverse Packungen Tee standen dort, außerdem ein Frühstücksbrettchen und eine Packung Schwarzbrot sowie ein Messer.

»Niemand hier«, presste er hervor und trat zurück in die Diele.

Thomas stieß die Tür auf, vor der er stand. Vor dem Fenster in dem Zimmer war der Rollladen teilweise heruntergelassen und hatte sich auf der einen Seite verkantet. Im Licht, das durch die Ritzen fiel, erkannte Fabian ein Kinderbett und eine große Truhe. Hier musste sie den Jungen all die Jahre festgehalten haben. Isoliert von der Welt, im Halbdunkeln, Hunger leidend, misshandelt.

Ob vor Wut darauf, dass jemand so etwas einem Kind antat, oder wegen der Handvoll Aspirin, die er vorhin eingeworfen hatte, Fabian fühlte sich plötzlich klarer im Kopf. Er drehte sich um und ging durch die Diele. Auf der rechten Seite befand sich noch ein verdrecktes Badezimmer, links ein im Vergleich zu Küche und Bad relativ sauberes Schlafzimmer. Das Doppelbett war nur zur Hälfte benutzbar, die andere war belegt mit Kleidung, die auch über den Boden verteilt war.

Der letzte Raum war das Wohnzimmer. Die Fenster waren mit Spannbettlaken verhängt, weswegen es auch hier nicht richtig hell war. Der Fernseher war eingeschaltet und zeigte ein Standbild von Martha und dem Mann, der auch auf einigen der Flurbilder zu sehen gewesen war. Risse zogen sich über den Bildschirm, als hätte jemand vor Wut darauf eingeschlagen. Vor dem Fernsehschrank stand ein Sessel, der in all dem Chaos erstaunlich neu und unbenutzt aussah, mit einer ordentlich zusammengefalteten Decke auf der Lehne. Auf dem Tisch daneben lag ein aufgeschlagenes Buch. Ein Foto, das vermutlich als Lesezeichen benutzt worden war, klemmte zwischen den Seiten, ein leeres Glas stand daneben.

»Sie ist nicht hier«, stellte Thomas überflüssigerweise fest. »Verdammte Scheiße, wir sind zu spät. Und alles, weil du gestern Nacht saufen warst.«

Fabian protestierte nicht, obwohl es ganz sicher nicht seine Schuld war, dass sie Martha nicht erwischt hatten. Marek war bereits seit Stunden entführt gewesen, bevor sein Verschwinden überhaupt aufgefallen war. Nachdem sie davon erfahren hatten, hatte Fabian keine zehn Minuten gebraucht, um sich aus dem Bett zu schälen, zwei Aspirin mit einer Flasche Wasser runterzuspülen, sich eine Katzenwäsche unter der Dusche zu gönnen und vor der Tür zu stehen und auf die Bahn zu warten. Nur das Zähneputzen hatte er vergessen, wie ihm jetzt unangenehm bewusst wurde.

Fabian beugte sich vor, um das Arrangement auf dem Couchtisch genauer zu betrachten, während Thomas die Laken von den Fenstern nahm und sie öffnete. Neben dem Tisch fand er eine Flasche Wodka, halb geleert, außerdem eine Flasche Wasser. Kühle Luft strömte in den Raum und Fabian atmete tief durch.

»Schauen wir doch mal, was sie sich da angesehen hat«, sagte Thomas und nahm eine der Fernbedienungen vom Sessel, um das Video zu starten.

Fabian betrachtete die Gegenstände auf dem Tisch genauer. Das Foto zwischen den Seiten zeigte Martha, ihren Mann und ein Baby auf einer Brücke vor einem Gewässer. Der Mann lächelte stolz, er hatte die Hand an das Gesicht des Babys gehoben. Martha stand mit finsterer Miene daneben. Er nahm das Foto hoch und drehte es um. *Eine Familie zusammen vereint,* stand in krakeligen Buchstaben auf der Rückseite. Der Kuli, mit dem die Worte vermutlich geschrieben worden waren, lag unter dem Bild. Fabian schob das Foto in eine Beweismitteltüte und steckte es ein. Dann schaute er sich das Buch genauer an.

Traumland lautete die Überschrift der aufgeschlagenen Seite. Ein Gedicht, irgendwas Schauriges, es ging um den Tod und die dunklen Pfade, die ein Mensch auf seinem Weg dorthin begehen musste. Ein Wort fiel ihm in Verbindung mit dem Tod immer wieder ins Auge. Wasser. Er nahm das Buch hoch und fegte dabei etwas vom Tisch, das wohl darunter gelegen hatte. Als er sich danach bückte, wurde ihm schwindelig und er tastete blind auf dem Boden nach dem Gegenstand. Er fand ihn und richtete sich auf. Es war ein leerer Tablettenblister. Rohypnol.

»Scheiße«, entfuhr es ihm. Er wedelte mit dem Blister in der Luft herum. »Sie hat Tabletten genommen. Oder noch schlimmer, dem Kind gegeben.«

»Das hier bringt uns nicht weiter.« Thomas stoppte das Video. Fabian hatte überhaupt nicht mitbekommen, was darauf war, so vertieft war er in das Arrangement gewesen. »So ein Dreck. Die Zeit läuft uns davon.«

Fabian schaute noch einmal auf das Buch und das Foto. »Wasser«, murmelte er. *Stummer Wasser Einsamkeiten, die in Tod und Stille liegen …* Diese Zeile war ihm besonders ins Auge gesprungen. Wasser, Tod. Ihr Sohn. »Vielleicht ist sie am Main«, sagte er.

»Verdammt, aber ja!«, rief Thomas. »Da, wo ihr anderes Kind gestorben ist. Auf geht's!« Er drehte sich um und lief an Fabian vorbei, der ihm etwas langsamer folgte. Sein Kopf pochte noch immer, gerade, wenn er rannte, doch er gab sich die größte Mühe, den Schmerz zu ignorieren.

Den Wagen ließen sie stehen, die Stelle, an der die Leiche des Jungen entdeckt worden war, erreichten sie schneller zu Fuß. Nach wenigen Minuten passierte Fabian außer Atem das Tor des Friedhofs und steuerte auf den Main zu. Seine Lunge brannte. Thomas, der schneller gewesen war, winkte schon von Weitem ab. »Hier sind sie nicht«, rief er Fabian entgegen.

»Vielleicht sind sie schon ins Wasser gegangen und wurden abgetrieben«, japste Fabian, als er bei seinem Kollegen ankam. Er nickte in Richtung des Firmengeländes. Auf der Laderampe saßen ein paar Jugendliche um ein Handy herum, das laut Musik abspielte und dabei klang wie eine Blechbüchse. Ein eindeutiger Geruch nach Marihuana zog Fabian entgegen, als sie sich den Jungs näherten.

»Ey, was wollt ihr«, rief einer der Jungs, der wie die anderen nicht älter als vierzehn zu sein schien.

»Wir suchen jemanden«, sagte Fabian, ohne zu erwähnen, dass sie von der Polizei waren. »Wie lange seid ihr schon hier?«

»Schon ’ne Weile«, sagte einer der Jungs.

»Geht euch gar nix an«, blaffte ein anderer.

»Oh, das glaube ich schon«, sagte Thomas und zog seine Marke ein Stück aus der Hosentasche. Plötzlich kam Bewegung in die Gruppe. Derjenige, der den Joint hatte, versuchte vergeblich, ihn in der hohlen Hand zu verbergen.

»Hört mal, euer Gras interessiert uns gerade überhaupt nicht«, beschwichtigte Fabian die Jugendlichen. »Wir wollen nur wissen, ob hier eine Frau vorbeigekommen ist. Mit einem Kind.«

Keiner der Jungs sagte etwas. Einer zuckte schließlich mit den Schultern. »Wir haben nichts gesehen«, sagte er.

»Nein, niemand«, bestätigte derjenige mit dem Joint.

»Dank euch«, sagte Thomas. Sie drehten ab und gingen zurück in Richtung Friedhof.

»Mist, verdammter. Sie können überall sein. Ich gebe eine Fahndung raus.« Thomas nahm sein Handy aus der Tasche und wählte eine Nummer.

Währenddessen schaute sich Fabian das Foto noch einmal an und rief sich das Gedicht in Erinnerung. Martha hatte in dem Buch gelesen, bevor sie vollgepumpt mit einer Überdosis eines starken Beruhigungsmittels gemeinsam mit Marek die Wohnung verlassen hatte. Von einem Teich war die Rede gewesen, wo Dämonen und Leichen wohnen. Und plötzlich glaubte er zu erkennen, auf welcher Brücke das Foto aufgenommen worden war.

»Zum Auto«, rief er Thomas zu und setzte sich in Bewegung. »Ich weiß, wo er ist. Und dieses Mal wirklich!

28. Kapitel

Der kleine Körper in Marthas Armen wurde langsam schwer. Marek hatte das Bewusstsein verloren und sie musste ihn mittlerweile tragen. Eigentlich hatte sie ihn mit dem Medikament nur ruhigstellen wollen, damit er sich draußen nicht wehrte, doch sie hatte es mit der Dosis wohl ein wenig übertrieben. Trotz der Anstrengung fühlte es sich irgendwie gut an, ihn festzuhalten, an ihrem Herzen zu tragen. Es war beinahe wieder so wie damals, als er noch ein Baby gewesen war.

Eine eiskalte Böe fuhr ihr unter den Mantel und ließ sie frösteln. Es war an der Zeit. Sie musste es jetzt durchziehen. Auch sie bemerkte langsam die Wirkung des Medikamentes in ihrem Körper, wurde müde und ihre Glieder schwer. In Gedanken ging sie die Strophen des Gedichtes noch einmal durch, während sie wie paralysiert nach unten auf das dunkle Wasser starrte.

Bei den Wäldern, bei den Sümpfen,
Wo bei schwarzverfaulten Stümpfen
Molch und Kröte lauernd schleichen;
Bei den Pfuhlen und den Teichen,
Wo gefräßige Dämonen
Gierig bei den Leichen wohnen

»Eure Gier wird bald gestillt sein«, murmelte sie und merkte, wie eine Träne ihre Wange hinabrann.

»Fräulein, Sie müssen hier aufpassen!«

Martha fuhr zusammen und hob den Kopf. Auf der Brücke, die im Wind leicht schwankte, stand ein älterer Mann mit einem Hund an der Leine und schaute sie besorgt an.

»Die Steine da sind verdammt glitschig. Nicht, dass Sie mit dem Kind noch abrutschen und hinfallen. Bei den Temperaturen unterkühlt man im Wasser schneller, als man *Hilfe* sagen kann.«

»Mhm«, machte Martha.

»Ist mit Ihrem Kind alles in Ordnung? Hat der Junge sich verletzt?«, fragte der Mann und machte ein paar Schritte auf sie zu, wobei er Marek neugierig beäugte. Der Köter zerrte an der Leine. »Aus, Blacky. Bei Fuß!«

Martha drehte sich von ihm weg, sodass er möglichst wenig von dem Jungen erkennen konnte. »Alles gut«, sagte sie. »Er ist ... ehm ... behindert, kann nicht so lange laufen. Wir waren spazieren und er ist müde geworden. Jetzt muss ich ihn tragen.«

Der Mann kam noch näher. Martha hätte ihn am liebsten angebrüllt, dass er sich verpissen sollte, doch sie hatte Angst, dass dann genau das Gegenteil passieren würde. Wenn sie sich zu auffällig verhielt, würde er am Ende noch die Polizei rufen.

Der Hund war mittlerweile bei ihr angekommen und sprang an ihren Beinen hoch.

»Aus, Blacky! Das kannst du nicht einfach bei fremden Menschen machen«, sagte der Mann, als würde seine beschissene Töle jedes Wort verstehen. Er zog ein wenig an der Leine und der Hund taumelte zurück.

Plötzlich stemmte das Tier sich nach vorn, legte sich flach auf den Boden und röchelte.

Auch das noch, dachte Martha. *Jetzt macht der hier einen auf sterbenden Schwan.*

»Oh, da siehst du's. Jetzt hast du dich wieder zu sehr aufgeregt.« Der Mann ging neben dem Vieh in die Knie, ächzte dabei wie ein alter Dielenboden und streichelte dem Tier beruhigend den Rücken. »Er hat Herzhusten«, erklärte er, als hätte Martha sich nach dem Befinden des Viehs erkundigt. »Ist schon alt. Stolze sechzehn. Hat immer wieder Wasser in der Lunge. Vermutlich ist er bald am Ende angekommen, sagt der Tierarzt. Meine Frau sagt, wir sollten ihn einschläfern.«

Gute Idee, dachte Martha. »Oh«, sagte sie, weil sie hoffte, der Mann würde merken, dass sie kein Interesse hatte. Das Gegenteil war der Fall. Er wurde nicht müde, sie weiter zu belästigen.

»Wissen Sie, irgendwo hat sie ja recht. Wir haben wenigstens die Möglichkeit, unsere geliebten Tiere von ihrem Leid zu erlösen. Aber Blacky ist wie ein Familienmitglied. Man tötet doch nicht einfach sein Kind, oder? Blacky ist für uns wie ein Kind, seit unsere aus dem Haus sind.«

Martha starrte den Mann an, der seinem Hund beruhigend den Rücken tätschelte, als hätte er sich verschluckt. Ahnte er etwa, was sie hier vorhatte? Sie schüttelte den Kopf. Nein, das konnte nicht sein. Ans Weitergehen schien er jedoch nicht zu denken. Marek wurde in ihrem Arm immer schwerer und schwerer und sie wusste nicht, wie sie es unfallfrei den Abhang hinunter schaffen sollte. Sie hatte das Gefühl, ihn jetzt schon kaum noch halten zu können.

»Sie sollten ihn besser nach Hause bringen. Die Kälte ist bestimmt nicht gut für ihn«, sagte Martha. Der Köter hatte sich einigermaßen beruhigt und wedelte schon wieder mit dem Schwanz.

»Da haben Sie recht. Aber im Sommer ist es auch nicht besser. Für das Alter gibt es keine perfekte Jahreszeit mehr, wissen Sie. Davon kann ich ein Lied singen ...«

Untersteh dich!, warnte Martha ihn in Gedanken.

Als hätte er sie gehört, richtete sich der Mann plötzlich auf. »Sie sollten auch nicht mehr so lange hierbleiben mit dem Jungen. Im Schlaf kühlt man schnell aus.«

»Ja«, sagte Martha.

»Alles Gute für Sie und den Jungen.« Der Mann schaute sie noch einmal kurz eindringlich an, dann drehte er sich um und ging den Weg zurück über die Brücke in Richtung Parkplatz.

»Dito«, murmelte Martha noch, doch er hörte sie sicher nicht mehr. Sie wartete noch, bis er außer Sichtweite war, dann trat sie an einen der weniger steilen Felsen und ließ Marek dort hinab. Schwerfällig folgte sie ihm. Mittlerweile hatte sie kaum noch Kontrolle über ihren Körper. Hoffentlich schaffte sie es noch nach unten.

Für das Herz voll tausend Wehen
Ist es hier ein friedvoll Gehen –
Für den Geist, den Schatten bannt,
Ist's ein paradiesisch Land!

Als ihr diese Zeilen durch den Kopf gingen, fühlte sich Martha auf einmal ganz leicht. Gleich war es so weit. Bald wären sie wiedervereint. Eine Familie. Glücklich bis in die Unendlichkeit.

29. Kapitel

2012

Martha trat auf die Straße und atmete tief durch. Die Luft im Jugendamt war so stickig gewesen, dass sie zwischenzeitlich geglaubt hatte, sie würde jeden Moment umkippen. Nun war ihr übel und sie fühlte sich zittrig. Ein wenig erinnerte sie das Gefühl an damals, als sie mit Marek ...

Sie hielt inne und griff sich unwillkürlich an den Bauch. Als sie ihre Hand dort bemerkte, nahm sie sie sofort weg, als habe sie etwas Heißes angefasst. Konnte das möglich sein? Ihre letzte Periode war nicht ungewöhnlich lange her, aber sie war irgendwie seltsam gewesen. Viel weniger Blut als sonst und auch die Schmerzen hatten sich in Grenzen gehalten, so wie auch schon den Monat zuvor. Da sie viele zusätzliche Schichten übernommen und wenig geschlafen hatte, hatte sie es darauf geschoben. Sie versuchte, sich zu erinnern, wie es damals bei Marek gewesen war, konnte sich aber nicht mehr entsinnen. Wenn sie ganz sicher gehen wollte, würde sie einen Test kaufen müssen.

Aber die Sicherheit, die der Test mit sich bringen würde, brächte möglicherweise auch die Notwenigkeit einer Entscheidung. Was, wenn er positiv ausfiel?

Der Stärke ihrer letzten Blutungen nach zu urteilen, wäre sie bereits im zweiten Monat und ihr bliebe nicht viel Zeit, sich Gedanken darüber zu machen. Wobei es eigentlich keine Frage war. Jetzt ein Kind – das war nahezu undenkbar. Erst vor sechs Monaten hatte man ihr Marek weggenommen und zu einer Pflegefamilie gebracht. Seit knapp drei Monaten durfte sie ihn regelmäßig einmal die Woche unter Aufsicht des Jugendamtes sehen. Wie eine Verbrecherin wurde sie in einen Raum mit vielen Glasscheiben geführt, eine schlecht gelaunte Mitarbeiterin saß stets bei ihnen.

Und da lag schon das nächste Problem. Würde man ihr das Kind auch wegnehmen, obwohl es mit ihm überhaupt keinen Vorfall gegeben hatte? Wohin sollte man einen Säugling geben, wenn sie doch wieder die Kontrolle verlor? Ein Baby brauchte doch seine Mutter, es musste gestillt werden. Menschen, die als Baby keine Muttermilch bekamen, wurden später im Leben anfällig für Krankheiten. Das sagte zumindest ihre Tante immer und die musste es als Krankenschwester doch wissen, oder nicht?

Wieder erwischte Martha sich dabei, wie sie ihren Bauch befühlte. Eigentlich brauchte sie keinen Test, sie war sich sicher, das Ergebnis bereits zu kennen. Und wenn sie ehrlich zu sich war, wusste sie auch, wie sie letztlich entscheiden würde. Sie konnte nicht noch ein Kind verlieren, auch wenn es noch gar nicht auf der Welt war.

Martha schaute auf, als der Bus, den sie eigentlich hatte nehmen wollen, an ihr vorbeifuhr. Sie war so in Gedanken gewesen, dass sie ihn gar nicht bemerkt hatte. Aber das war nicht schlimm. Sie musste ohnehin noch bei der Apotheke vorbei. Auch wenn sie selbst den Test nicht wirklich brauchte, sie wollte doch etwas

Handfestes haben, bevor sie mit ihrem Mann über diese Neuigkeit sprach.

Zu Hause angekommen verschwand sie mit dem Test direkt im Bad. Ihr Mann klopfte von außen an die Tür.

»Alles in Ordnung bei dir?«, fragte er.

»Jaja«, rief Martha schnell. »Mir ist nur etwas schlecht. War anstrengend heute. Ich komme gleich.«

Sie wartete, bis seine Schritte sich entfernten, und packte den Test aus. Die Verpackung knüllte sie zusammen und verstaute sie unter der Schmutzwäsche. Da würde sie ihr Mann so schnell nicht entdecken. Martha pinkelte auf den Teststreifen und legte ihn auf die Umrandung des Waschbeckens. Die Wartezeit auf das Ergebnis erschien ihr wie eine Ewigkeit. Ihre Wangen schienen zu glühen und sie spritzte sich etwas kaltes Wasser ins Gesicht, um sich abzukühlen. Da es nichts half, ging sie ans Fenster, öffnete es und hielt ihren Kopf in den Luftzug. Mit geschlossenen Augen atmete sie tief in den Bauch, versuchte, sich zu entspannen. Dann sah sie auf den Test. Es waren eindeutig zwei Streifen zu erkennen. Positiv.

Ihr Herz raste und ihr wurde schwindelig. Eigentlich sollte sie sich freuen, doch die pure Angst beherrschte sie. Wie in Trance wickelte sie den Test in Klopapier und warf ihn in den Mülleimer. Obwohl sie das Ergebnis vorher schon gekannt hatte, musste sie es erst mal sacken lassen.

»Du bist ja ganz blass«, sagte ihr Mann, als sie ins Wohnzimmer kam und sich aufs Sofa fallen ließ. Er rutschte auf den Platz neben ihr und legte den Arm um ihre Schulter. »Willst du darüber reden?«

Martha starrte auf ihre Hände, ihr Blick verschwamm. »Ich bin schwanger«, hörte sie sich sagen, doch es klang, als käme es von einer anderen Person.

Einen kurzen Augenblick versteifte sich ihr Mann, dann nahm er ihre Hand. »Bist du sicher?«, fragte er.

»So sicher man sich sein kann. Ich habe einen Test gemacht.«

»Das ist ...« Er fasste unter ihr Kinn und drückte ihren Kopf sanft nach oben. »Schau mich bitte mal an.«

Martha hob den Blick.

»Du weißt, dass ich immer hinter dir stehe.«

Sie nickte.

»Wir haben eine schwierige Zeit hinter uns und sind noch nicht am Ende angelangt ...«

»Ich will das Kind bekommen«, unterbrach sie ihn, da sie wusste, worauf das hinauslaufen würde. »In letzter Zeit geht es mir gut. Ich bin stabil.«

»Das kann sich ändern.«

»Es wird sich nicht ändern. Dieses Mal wird alles anders. Ich kann es schaffen«, beteuerte sie. *Der Teufel wird uns kein zweites Mal heimsuchen,* fügte sie in Gedanken hinzu. Sie konnte auf keinen Fall mit Pavel darüber reden, dass sie noch immer überzeugt davon war, dass in ihren ersten Sohn der Teufel höchstpersönlich eingefahren war. Wenn er davon wüsste, würde er sich unter keinen Umständen überzeugen lassen, einen zweiten Versuch zu wagen.

Seufzend nahm er den Arm von ihrer Schulter und rieb sich über das Gesicht.

»Du musst an mich glauben. Bitte!«, flehte sie.

»Sie werden es uns wieder wegnehmen. Willst du das noch einmal durchmachen?«

Martha schaute ihn mit großen Augen an. »Genau davor habe ich auch Angst ...« Sie knetete ihre Hände. Plötzlich kam ihr eine Eingebung. »Wir müssten es eben für uns behalten«, sagte sie verschwörerisch. »Niemand darf davon erfahren.«

Ihr Mann sah sie entgeistert an.

»Nun guck nicht so. Es ist doch ganz einfach. Ich gehe einfach nicht zum Arzt. Früher haben die Frauen auch ihre Kinder alleine bekommen. Ohne medizinische Versorgung.«

»Und wie soll es dann weitergehen? Willst du das Kind für immer verstecken?«

Martha schüttelte entschieden den Kopf, obwohl das in ihren Ohren gar nicht so verkehrt klang. Ein Kind, das nur für sie da wäre. Es würde sie niemals verlassen. »Da fällt uns schon was ein. Es gibt doch im Internet alles zu kaufen. Bestimmt findet man dort einen Arzt, der einem nach der Geburt was ausstellt. Wir könnten sagen, wir hätten das Kind in deiner Heimat bekommen und wollen es nachträglich hier anmelden.«

»Glaubst du vielleicht, das Jugendamt würde nicht merken, dass du schwanger bist? Wie willst du das verheimlichen?« Er war von ihr abgerückt.

Martha rutschte ihm hinterher. »Ich gehe nicht mehr hin«, sagte sie sofort, ohne dass sie wusste, woher diese plötzliche Gewissheit kam. »Wir bekommen Marek eh nicht mehr zurück. Die beobachten mich da, als wäre ich eine Verbrecherin.«

»Das bist du ja auch. Ich habe Bewährung bekommen, weil ich die Schuld auf mich genommen habe ...«

»Dafür kann ich dir gar nicht genug danken.«

»... und jetzt willst du das alles einfach wegwerfen? Unseren Sohn aufgeben?«

»Wir geben ihn nicht auf, wir opfern ihn für den größeren Zweck.«

»Nein! Das ist reiner Egoismus.«

Martha wurde wütend. Warum musste er sich nur so querstellen? In ihrem Bauch wuchs heran, was sie verloren hatten. Sie könnten noch einmal von vorne anfangen, alles besser machen. Und er wollte es ihr verwehren.

»Wenn du nicht für mich bist, dann bist du gegen mich«, fuhr sie ihn an. »Und wenn du gegen mich bist, dann will ich dich nicht länger hier haben. Ich kann das auch alleine durchziehen. Die Polizei würde sich bestimmt freuen, noch mehr über deine Gräueltaten zu erfahren. Vielleicht hast du mich ja vergewaltigt. Immerhin bin ich schwanger. Entscheide dich, auf welcher Seite du stehst.«

»Aber ... Martha?« Er war sichtlich verwirrt. »Ich stehe doch nicht auf irgendeiner anderen Seite. Ich will doch nur das Beste für uns. Für das Kind und vor allem für Marek. Überleg doch mal, wenn wieder so etwas ist wie beim letzten Mal passiert und ich für ein paar Monate zurück in die Ukraine zu meiner Familie muss?«

»Dein Vater kann nicht noch mal im Sterben liegen.«

»Ich habe auch noch eine Mutter ...«

»Entscheide dich«, wiederholte sie.

Ihr Mann atmete tief ein und aus. »Also gut. Natürlich will ich dich nicht verlieren. Unser Kind auch nicht.«

Martha versuchte sich an einem Lächeln, obwohl in ihrem Inneren ein Sturm tobte.

»Eine Bedingung habe ich jedoch.«

»Bist du in der Position, Forderungen zu stellen?«, fragte Martha streng. Sie gefiel sich in ihrer Rolle.

»Lass mich bitte ausreden.« Er stand auf und ging an den Wohnzimmerschrank, wo er die Digitalkamera herausholte. »Du musst mir ein Versprechen geben. Und damit du dich auch daran erinnerst, wenn sich dein Zustand wieder ändert, nehmen wir es auf.«

Martha schaute ihn einen Moment an, dann nickte sie langsam. »Das Video bleibt aber in meiner Verwahrung. Damit du mich nicht damit erpressen kannst.«

»Alles klar«, sagte er erleichtert.

Erneut lächelte Martha ihn an. Dieses Mal meinte sie es ehrlich. Sie hatten eine Zukunft. Eine, in der sie Marek irgendwann überwinden würde, denn sie würde etwas viel Besseres haben.

Ein Kind, das nicht vom Teufel besessen war.

30. Kapitel

Mit schlitternden Reifen kam der Wagen auf dem Schotterplatz neben dem Geflügelzuchtverein zum Stehen. Ein Handy klingelte.

»Scheiße, das ist Peitsch«, sagte Thomas, während Fabian die Tür aufstieß. »Da muss ich ran.«

»Mach du, ich suche nach den beiden«, rief Fabian und rannte den Weg entlang in Richtung Grüner See.

Aus der Ferne erkannte er den sogenannten Canyonsteg, eine Brücke, die den Namen trug, weil sie zwischen zwei steil abfallenden Felsen an einer schmalen Stelle über den See gespannt war. Der aus Holzplanken bestehende Steg schwankte bedrohlich, als Fabian ihn betrat, und unwillkürlich krallte er sich am Handlauf fest. Er konzentrierte sich auf die Ferne und nicht auf das Wasser, das er durch die Ritzen zwischen den Dielen sehen konnte. Es ging gerade mal fünf Meter nach unten, doch das reichte aus, um seine Höhenangst zu triggern. Seine Hände wurden feucht und alles in ihm weigerte sich, auch nur einen Schritt mehr auf der Brücke zu machen. Er versuchte es zu ignorieren und lehnte sich über das Geländer, um den See abzusuchen.

Eine dünne Eisschicht zog sich über die Oberfläche des Sees und der kalte Wind schmerzte in seinen Augen. Weit und breit konnte er niemanden entdecken. Vielleicht hatte er sich schon wieder getäuscht und noch mehr Zeit verschwendet. War das überhaupt der See von dem Foto? Oder lag er mit dem Gedicht völlig daneben?

Vielleicht waren sie längst zu spät. Sein Blick glitt über die Wasseroberfläche und dann entdeckte er sie. Vielleicht 200 Meter entfernt stand sie am Ende einer steilen Böschung bis etwa zur Hüfte im Wasser. Und sie hielt etwas umklammert. Marek!

»Frau Bosniak«, rief er einem Impuls folgend und hätte sich am liebsten auf die Zunge gebissen. So konnte er sich ihr nicht mehr unbemerkt nähern. »Martha! Tun Sie das nicht. Kommen Sie da raus!«

Das Schwanken der Brücke ignorierend rannte er den Weg zurück. Direkt am Steg führten nur steile Felsen zum Wasser, also musste er weiter. Als der Abhang flacher wurde, schlug er den Weg in den Wald ein, der den See umgab. Auf einem der Steine rutschte sein Fuß weg und Fabian lehnte sich unbewusst nach hinten, um nicht kopfüber die Böschung hinabzustürzen. So landete er unsanft auf dem Hintern, rappelte sich sofort wieder hoch und kletterte weiter. Endlich erreichte er eine ebene Stelle, sodass er rennen konnte und kurze Zeit später an dem Abhang ankam, den sie heruntergekraxelt sein musste.

Die Frau hatte die Augen geschlossen, sie schien ihn trotz des Rufens nicht bemerkt zu haben. »Frau Bosniak! Kommen Sie aus dem Wasser!«, rief er ihr zu. Instinktiv wanderte seine Hand zum Halfter. Er öffnete den Druckknopf und umfasste den Knauf seiner Waffe.

Sie hob langsam den Kopf und öffnete die Augen. »Gehen Sie weg. Ich muss es tun. Die Dä... Dämonen! Sie wollen es so«, lallte sie. Plötzlich schien sie munter zu werden. Sie sah Fabian an und schüttelte sich kurz.

»Wo... woher kennen Sie meinen Namen?«, fragte sie etwas deutlicher.

»Mein Name ist Fabian Prior. Ich bin von der Kripo und will Ihnen helfen. Kommen Sie raus zu mir, dann können wir über alles reden.« Verzweifelt versuchte Fabian, zu erkennen, ob Marek in ihren Armen noch atmete. Die Lippen von Martha Bosniak waren bereits blau. Wie lange stand sie schon in dem eiskalten Wasser und wie lange konnte ein Kind diese Temperaturen überleben? Fabian konnte bei dem Jungen keine Regung ausmachen. Möglicherweise hatte nicht nur sie von den Tabletten genommen, deren leere Verpackung sie gefunden hatten.

»Es muss sein. Alles ... verloren.«

»Wir haben das Video gesehen«, wechselte Fabian die Taktik. Er nahm die Hand von der Waffe. Momentan konnte er damit nichts ausrichten. Die Gefahr, dass er nicht sie, sondern den Jungen traf, den sie an ihre Brust gedrückt hatte und der beinahe ihre komplette Vorderseite verdeckte, war viel zu groß. Doch selbst wenn er sie traf, würde sie mit dem Jungen umfallen und der möglicherweise ertrinken, bis Fabian die beiden erreicht hatte.

»Video«, wiederholte sie. Der Griff um die Schultern des Jungen lockerte sich nicht, doch etwas in ihrem Blick veränderte sich. Er driftete ins Leere und sie hörte ganz plötzlich auf zu zittern.

»Sie haben darauf ein Versprechen gegeben, erinnern Sie sich?« Thomas hatte Fabian auf der Fahrt zum See über den Inhalt der Aufnahme informiert. »Sie wollten sich Hilfe suchen, damit keines Ihrer

Kinder mehr leiden muss. Dieses Versprechen haben Sie Ihrem Mann gegeben. Martha, Sie können nichts dafür. Sie sind krank. Man verurteilt auch keinen Menschen, der sich den Arm gebrochen hat. Auch für Ihre Krankheit gibt es Ärzte. Lassen Sie uns Ihnen dabei helfen, einen zu finden. Beenden wir das hier, damit nicht noch jemand zu Schaden kommt.« Er hob langsam seinen Fuß vom Boden und schob ihn kaum merklich nach vorne, sodass er sich ihr Zentimeter für Zentimeter näherte. *Rutsch jetzt bloß nicht aus,* mahnte er sich zur Vorsicht. Noch ein Schritt. Vielleicht kam er nah genug heran, um mit einem Sprung bei ihr zu sein und sie zu überwältigen. Mittlerweile war ihr Griff um den Hals des Jungen nicht mehr ganz so fest. Fabian erkannte die blauen Lippen, die kaum merklich zitterten. Er war also noch am Leben.

»Ich will nichts wissen von dem Video«, kreischte Martha, machte einen Schritt zurück und versank noch etwas tiefer im Wasser. Das Ufer war hier steil und man konnte schnell nicht mehr stehen. »Sie ... Sie wollen mir das nur einreden. Ich bin nicht ... krank! Die Dämonen ...« Ihr Kopf sackte kurz zur Seite. Dann schreckte sie wieder auf und starrte Marek in ihrem Armen an. »Nein! Sei still. Sei endlich still!«

»Natürlich sind Sie das nicht. Das war mein Fehler. Entschuldigen Sie bitte, ich wollte Sie nicht beleidigen. Sie sind nur etwas verwirrt. Und das bekommen wir zusammen wieder hin. Lassen Sie Ihren Sohn los. Sie lieben ihn doch.« Aus dem Augenwinkel sah Fabian Thomas, der auf sie zukam. Mit den Lippen formte der stumm das Wort »Neuigkeiten«.

Martha schüttelte den Kopf. Ihr gesamter Körper zitterte. »Nein, nein, nein! Sie waren es. Dämonen ... Ich konnte es nicht verhindern ... nicht beschützen. Sie haben ... Besitz ergriffen ... Aber jetzt kann ich es. Ich weiß es. Bin stark genug ...«

»Wir wissen das mit Ihrem Mann, Martha«, rief Thomas, der mittlerweile bei ihnen angekommen war. »In dem Keller hat die Kriminaltechnik Blut gefunden«, flüsterte er in Fabians Richtung. »Eine Menge Blut. Derjenige, zu dem das gehörte, hat das auf keinen Fall überlebt.«

Martha machte drei weitere Schritte rückwärts und zerrte den Jungen mit sich. Sie schwankte gefährlich. Kurz befürchtete Fabian, dass sie eine Untiefe erreicht hatte, und sah sie schon im Wasser versinken. Doch sie stabilisierte sich.

»Verdammt, ich hatte sie fast«, fuhr Fabian Thomas an. »Hättest du nicht deinen Mund halten können? Mit Druck kommen wir hier nicht weiter.«

»Du hattest deinen Versuch, jetzt bin ich dran«, entgegnete Thomas, und bevor Fabian ihn zurückhalten konnte, rief er: »Warum haben Sie ihn getötet? Weil er Ihren Kindern das angetan hat?«

»Unsinn«, nuschelte Martha und Fabian stimmte ihr im Geiste zu. Sie wussten doch genau, dass ihr Mann vermutlich überhaupt nichts getan und lediglich beim Jugendamt die Schuld auf sich genommen hatte.

»Was ist Unsinn, Martha? Dass Sie ihn umgebracht haben? Oder haben Sie ihn im Keller nur zerstückelt? Was ist passiert? Sagen Sie es uns, Martha!«

»Er kann nicht to... tot sein.« Mittlerweile konnte man sie kaum noch verstehen. »In un... unserer Wohnung ... schauen Sie nach!« Sie begann, manisch mit dem Oberkörper vor- und zurückzuschaukeln und dabei laut zu summen.

»Dort waren wir gerade, Martha. Es ist vorbei. Geben Sie auf, dann muss dem Jungen nichts passieren. Sie lieben ihn doch.« Fabian musste Thomas' Taktik nun wohl oder übel mittragen. Wenn sie zwei verschiedene Ansätze verfolgten, würden sie die Frau nur noch mehr verwirren.

»Ruhe. Bitte sei... seid doch ruhig«, flehte Martha und fuhr mit den immer seltsamer klingenden Geräuschen fort. Das Summen hatte sich mittlerweile in eine Art hysterisches Kichern gewandelt, wobei sie ihren Kopf mit halb geschlossenen Augen kreisen ließ.

»Wenn ich ›Jetzt‹ rufe, springst du!«, nuschelte Thomas in Fabians Rücken.

»Spinnst du?«, zischte Fabian. Auf keinen Fall konnte er einfach ins Wasser gehen. Wenn er einen Kälteschock bekam und sich nicht bewegen konnte, würde das niemandem helfen. Im Gegenteil, möglicherweise würde er Martha viel zu spät erreichen und beide ertranken, während seine Muskeln von der Kälte unbeweglich waren. »Kommen Sie zu mir. Beenden wir die Sache hier. Für Ihren Sohn«, startete er einen letzten Versuch.

»Mein Sohn?« Sie hielt in der Bewegung inne und starrte Fabian mit einem irren Blick an. »Er ist scho... schon lange ... nicht mehr bei uns. Sie haben seine Se... Seele gegessen. Nichts übrig.«

»Und dann haben Sie die Kontrolle über sich verloren«, sagte Fabian. Seine Schuhspitze berührte bereits das Wasser. »Es war niemand da, der Ihnen geholfen hat.«

Die Frau hörte mit dem Kopfkreisen auf und hob den Blick gen Himmel. Ein zufriedener Ausdruck breitete sich auf ihrem Gesicht aus. »Still. So schön still. Endlich ...« Dicke Tränen lösten sich aus ihren Augenwinkeln und rannen ihr übers Gesicht. Sie hob die Hand aus dem Wasser, um sich über die Wange zu wischen, die dadurch noch feuchter wurde.

»Jetzt!«, rief Thomas und sprang hinter Fabian die Böschung herunter.

Ohne noch einmal über die Temperatur nachzudenken, spurtete Fabian ins Wasser. Er stürzte nach vorne, tauchte unter. Die eisige Kälte raubte ihm den Atem. Seine Hände erreichten Martha, bevor die sich darüber bewusst wurde, was gerade geschah. Er packte sie am Arm, stemmte sich mit den Füßen in den felsigen Untergrund und zerrte sie zu sich. Sie machte einen Schritt nach vorne, stolperte und fiel. Dabei ließ sie Marek los. Fabian streckte die Arme aus, die bereits taub wurden. Er verfehlte das Kind knapp. Noch einmal griff er nach, doch der Junge ging vor seinen Augen unter. Ohne zu zögern, holte er so tief Luft, wie seine Lungen es im bitterkalten Wasser zuließen, tauchte unter und tastete den Grund ab. Dann fühlte er einen Arm. Er umfasste ihn, so fest er konnte, und stapfte rückwärts. Der Weg fühlte sich wie eine Ewigkeit an. Er zog den Jungen zum Ufer, während Thomas ebenfalls ins Wasser sprintete, um sich um Martha zu kümmern. Das Kind atmete nur noch schwach.

»Scheiße ... Mann! Wir br... brauchen ei... einen Rettungswag... wagen«, rief Fabian bibbernd und zog seine Jacke aus, die vollgesogen mit eiskaltem Wasser an seinem Körper klebte. Dann legte er sich zu dem Jungen auf den Boden und umarmte ihn, um ihn mit seinem Körper zu wärmen. Mareks Muskeln krampften. Weißer Schaum lief aus seinem Mund.

»Ist bestellt«, japste Thomas, der Martha mittlerweile ans Ufer gezogen hatte.

»Bleib b... bei mir«, rief Fabian Marek zu, der heftig mit den Zähnen klapperte. Er schloss die Augen, versuchte, die Kälte zu ignorieren und seine Energie darauf zu verwenden, tief und regelmäßig zu atmen. Irgendwann fasste ihn jemand an der Schulter. Er hob den Kopf. Ein Sanitäter.

»Lassen Sie uns an den Jungen«, sagte er und Fabian versuchte, sich zur Seite zu rollen. Er hatte kaum noch Gefühl in seinen Gliedmaßen, so durchgefroren war er. Es dauerte nicht lange, da trafen weitere Sanitäter ein. Marek wurde weggebracht und Fabian zunächst mit einer Wärmedecke versorgt.

»Wird er es schaffen?«, fragte er mit zitternder Stimme. Auch seine Zähne klapperten, obwohl seine Beine unter der Thermodecke langsam wieder warm wurden.

Er bekam keine Antwort. Einer der Sanitäter half ihm beim Aufstehen und führte ihn zu einem Rettungswagen, in dem außer den beiden niemand war.

»Wir müssen Sie zur Sicherheit ebenfalls ins Krankenhaus bringen«, erklärte ihm der Mann und klopfte gegen die Scheibe, um dem Fahrer zu signalisieren, dass er losfahren konnte.

»Aber ich muss wissen, was mit dem Jungen ist«, rief Fabian und versuchte, aufzustehen. Der Sanitäter legte ihm die Hand auf die Schulter.

»Sie müssen jetzt erst mal durchgecheckt werden. Um den Jungen wird sich gekümmert, das ist nicht in Ihrer Hand.«

Fabian wusste, dass weitere Proteste keinen Sinn hatten. Er lehnte sich zurück, schloss die Augen und versuchte, sich darauf zu konzentrieren, wie die Wärme zurück in seine Glieder kehrte.

31. Kapitel

Es war weit nach ein Uhr nachts, als Fabian endlich nach Hause kam. Von der Straße aus sah er das Licht in seiner Küche brennen. Unwillkürlich freute er sich, dass Josi auf ihn gewartet hatte. Dann erinnerte er sich daran, dass sie per WhatsApp mit ihm Schluss gemacht hatte. *Wie ein unreifer Teenager. Aber vermutlich habe ich diese Reaktion verdient.*

Nach diesem Tag fühlte es sich an, als wäre es eine Woche her, dass er zuletzt in seiner Wohnung gewesen war. Der Streit mit Josi schien vor Ewigkeiten stattgefunden zu haben, dabei war es doch erst vorgestern gewesen. Vor drei Tagen, wenn man es denn ganz genau nehmen wollte. Für einen Moment war er verführt, direkt umzudrehen und die nächste Kneipe anzusteuern, um dort die Erinnerungen an die letzten Stunden auszulöschen.

Marek Grieser war von den Ärzten in ein künstliches Koma versetzt worden. Er hatte mehrere Rippenbrüche, eine ausgerenkte Schulter und war stark unterkühlt. Außerdem hatte er wohl eine Zeit lang unter Sauerstoffmangel gelitten, darauf deuteten zumindest seine Hirnströme hin. Sein Körper würde Zeit brauchen, sich davon zu erholen. Ob er geistig jemals wieder vollständig genesen würde, musste sich erst noch herausstellen. Seine Pflegemutter wachte an seinem Bett und versuchte, ihm die Kraft zu geben, die er jetzt brauchte.

Martha hatte nicht überlebt. Die Medikamente in Kombination mit dem Alkohol und dem eiskalten Wasser waren zu viel für ihren Organismus gewesen. Sie war zwar im Rettungswagen noch einmal erfolgreich reanimiert worden, dann aber auf dem Weg in die Unfallklinik verstorben. Der Arzt in der Klinik hatte nur noch den Tod feststellen können.

Sie würden also nie erfahren, was genau vorgefallen war.

Nachdem die Kriminaltechnik sich durch die Wohnung von Martha Bosniak gearbeitet hatte, stellte es sich so dar, dass sie mit dem Jungen alleine dort gehaust hatte. In einem der Schränke hatten die Männer der Spurensicherung etliche Packungen starker Psychopharmaka gefunden, alle unangetastet. Martha hatte sich wohl in Behandlung befunden, aber ihre Medikamente nicht angerührt. Bis heute, als sie eine Überdosis eingeworfen hatte, bevor sie sich mit Marek auf den Weg zum Grünen See gemacht hatte. Sie konnten sich nur anhand des Videos und dem, was sie im Wasser zu Fabian und Thomas gesagt hatte, zusammenreimen, was vorgefallen sein musste.

Ihr Mann hatte mit den Misshandlungen an Marek und dessen Bruder, der offenbar niemals einen Namen bekommen hatte, nichts zu tun gehabt. Vermutlich war er kurz nach der Geburt des zweiten Kindes gestorben. Jedenfalls gingen sie fest davon aus, dass die mit Luminol nachgewiesenen Blutflecken im Flur der früheren Mietwohnung von Martha Bosniak zu ihm gehörten. Sie hofften, dass die Kriminaltechnik noch DNS sicherstellen konnte, um es zu beweisen.

Zu Beginn der Schwangerschaft hatten er und Martha das Video aufgenommen, das Thomas und Fabian in der Wohnung gefunden hatten. In der Aufnahme hatte er erklärt, dass er es als Sicherheit haben wollte, für den Fall, dass Martha wieder durchdrehte, wie er es genannt hatte. Sie hatten sich über Marek unterhalten und was mit ihm passiert war. Nicht der Mann hatte den Jungen damals so schwer misshandelt, sondern Martha selbst. Sie hatte geglaubt, dass er eine Reinkarnation des Teufels war. Als das Jugendamt ihnen den Jungen weggenommen hatte, war ihr Mann schützend vor sie getreten und hatte behauptet, er hätte die Misshandlungen vorgenommen.

Als Martha dann wieder schwanger wurde, hatte sie Angst bekommen, das Jugendamt könne ihr auch dieses Kind wegnehmen. Auf dem Video sprachen sie darüber, dass sie ihren Sohn heimlich bekommen und sich später illegal Papiere für ihn besorgen wollten. Martha hatte vor der Kamera versichert, dass sie sich, sobald sie irgendwelche Veränderungen an sich feststellte, Hilfe beim Jugendamt holen würde. Ihr Mann schwor, dass er nicht noch einmal zulassen würde, dass seinem Kind ein Schicksal wie Marek widerfuhr.

Versprechen, die sie beide offensichtlich nicht eingehalten hatten. Martha war sogar über Leichen gegangen, um es nicht tun zu müssen – zumindest vermuteten Thomas und Fabian das. Sie hatte ihren Mann umgebracht, weil sie Angst gehabt hatte, dass er ihr das Kind wegnehmen könnte. Allerdings bestand auch die geringe Möglichkeit, dass er sie und das Kind verlassen hatte. Eine recht unwahrscheinliche, wie Fabian fand, denn immerhin hatte er sich vorher bemüht, eine Wiederholung der Vorfälle zu verhindern.

Fabian gab sich einen Ruck und schloss die Haustür auf. Er hatte wenig Lust, allein in seiner Wohnung zu sein, aber noch weniger hatte er Lust, sich schon wieder zu betrinken. Sein Kopf dröhnte noch immer, sein ganzer Körper schmerzte. Außerdem war er müde und brauchte dringend etwas Schlaf.

Als er oben in seine Wohnung trat, kam jemand aus der Küche. Josi!

»Du siehst ja mal richtig scheiße aus«, begrüßte sie ihn.

»Danke. Du ganz und gar nicht«, murmelte Fabian, der nicht fassen konnte, dass sie wirklich vor ihm stand. Lumpi kam schwanzwedelnd zu ihm gelaufen und sprang an seinen Beinen hoch. Fabian bückte sich und tätschelte dem Hund den Kopf.

»Was machst du hier?«, fragte er.

»Redest du jetzt mit dem Hund oder mit mir?«

Fabian grinste, obwohl ihm gar nicht danach zumute war. »Ein bisschen mit euch beiden.«

»Ehrlich gesagt frage ich mich das auch. Also, was ich hier mache. Was ist das bitte für eine dämliche Art, mit mir Schluss zu machen? Bist du zwölf oder was? Ein Zettel. Ich glaub, ich werd nicht mehr. Will ich mit dir Schluss machen, ja, nein, vielleicht?«

»Aber ... Was?« Fabian verstand kein Wort. »Hör mal, ich wäre heute beinahe in einem zugefrorenen See ertrunken, mein Kopf ist vermutlich etwas zu langsam.«

Josi hielt ihm einen Zettel hin. Fabian erkannte seine Schrift und dann erinnerte er sich. Er hatte ihn gestern

Abend geschrieben, bevor er sich mit seinem alten Kumpel getroffen und sich das Hirn weggesoffen hatte. »Hm«, brummte er.

»›Hm‹ ist gut. Ziehst du echt wegen so eines kleinen Streits den Schwanz ein und wirfst das alles weg?«

»Aber du hast doch ... Du wolltest doch deine Schlüssel zurück und dich trennen.« Fabian holte sein Handy raus und öffnete den Chat mit ihr. Er scrollte die zwanzig ungelesenen Nachrichten nach oben, um zu der vom letzten Abend zu gelangen. »Hier«, sagte er und hielt ihr das Handy hin.

»Ja, ich weiß, was ich geschrieben habe. Da steht kein Wort davon, dass ich mich trennen will. Die Schlüssel habe ich für meine Mutter gebraucht. Ich hab doch nur zwei. Sie wollte sich um Lumpi kümmern, solange ich in Nürnberg bin. Da musste ich ihr natürlich einen Schlüssel geben.«

»Aber warum bist du dann hier und nicht bei Karin?«

»Glaubst du etwa, dass ich, nachdem ich deinen Zettel gelesen habe, noch Lust darauf hatte? Ich habe den ganzen Tag versucht, dich zu erreichen, um das zu klären. In Nürnberg wäre ich vermutlich verrückt geworden.«

Nur langsam realisierte Fabian, was für einen Bullshit er da verzapft hatte. Nicht Josi hatte sich wie ein Teenager verhalten, sondern er, indem er ihr zugetraut hatte, dass sie auf so miese Art mit ihm Schluss machte. »Oh, Mann. Ich bin wirklich ein dummer Vollidiot, oder?«, murmelte er verlegen.

»Hast du etwa wirklich geglaubt, dass ich in dieser Nachricht mit dir Schluss gemacht habe? Hältst du mich für so feige?«

»Ich weiß auch nicht, was ich gedacht habe. Du bist am Abend davor so wütend abgerauscht und irgendwie ... Es tut mir leid.«

Josi kam zu ihm und umarmte ihn. »Mir tut es auch leid«, murmelte sie. Er legte seinen Kopf an ihre Schulter, atmete ihren Duft ein. Die Anspannung fiel von ihm ab.

»Lass uns nicht mehr so dumm streiten, okay?«

Er löste sich von ihr und nahm ihren Kopf zwischen seine Hände. »Nie wieder«, versprach er. Dann küsste er sie.

Epilog

2013

Seit einer halben Stunde trug Pavel unermüdlich das schreiende Baby in der Diele auf und ab. Martha saß auf dem Sofa und hatte den Kopf in den Händen vergraben. Es schien ihr in den letzten Wochen nicht gut zu gehen. Auch wenn sie das nicht zugeben wollte, waren die Zeichen eindeutig. Sie schlief kaum und wälzte sich die halbe Nacht neben ihm im Bett hin und her. Außerdem war sie dünnhäutig, jedes Wimmern des Babys brachte sie auf die Palme. Heute hatte Marek – sie hatte darauf bestanden, ihm denselben Namen wie seinem Bruder zu geben – Blähungen und schrie deshalb schon den ganzen Morgen, was sie besonders reizbar machte. Jetzt endlich schien der Junge müde zu werden, das Gebrüll wurde zu einem Wimmern und immer wieder fielen ihm die Augen zu.

Als er glaubte, Marek wäre endlich eingeschlafen, legte Pavel ihn vorsichtig auf seiner Krabbeldecke ab. Erleichtert zog er sich einen Küchenstuhl unter dem Tisch hervor. Das kratzende Geräusch, das dabei entstand, ließ das Baby aufschrecken. Sofort fing er wieder an zu wimmern. Martha sprang vom Sofa auf und raufte sich die Haare.

»Ruhe, verdammt noch mal«, knurrte sie und ging auf das Baby zu. Tiefe Ringe zeichneten sich auf der blassen Haut unter ihren Augen ab.

»Ist gut, ich kümmere mich darum«, versuchte Pavel, sie zu beruhigen. Er sah an ihrem Gesichtsausdruck, dass er wenig Aussicht auf Erfolg hatte.

»Gut? Nichts ist gut!«, kreischte Martha und stürmte auf Marek zu, der mittlerweile wieder lautstark weinte. »Seit Tagen terrorisiert er uns. Ich kann das nicht mehr ertragen.«

Pavel stellte sich zwischen sie und das Baby. »Das macht er doch nicht mit Absicht. Er hat Bauchschmerzen.«

»Und ich bekomme Kopfschmerzen von all dem Lärm. Das muss ein Ende haben.« Sie starrte ihn mit einem irren Blick an, bei dem ihm Angst und Bange wurde. Sie war nicht sie selbst.

Es war wie damals. Er hatte einige Monate bei seiner Familie verbracht, als sein Vater im Sterben gelegen hatte. Als er nach Hause zurückgekehrt war, hatte er seine Frau völlig verwahrlost vorgefunden. Anscheinend hatte sie wochenlang nicht geduscht. Marek, ihr erster Sohn, war bis auf die Knochen abgemagert gewesen und außerdem, so hatten spätere Untersuchungen gezeigt, misshandelt worden. Martha hatte ständig davon gefaselt, dass der Teufel in ihn gefahren wäre und sie nur versucht hätte, ihn auszutreiben. Nur einen Tag später hatte ein Mitarbeiter der Familienhilfe vor ihrer Tür gestanden, weil Martha die Vorsorgeuntersuchungen verpasst hatte. Natürlich hatte man ihnen den Jungen aufgrund seines Zustandes sofort abgenommen.

Martha drängte sich an Pavel vorbei. Er hielt sie am Arm fest und zog sie von dem Kind weg. »Das kann ich nicht zulassen.«

Martha schlug auf ihn ein. »Lass mich sofort los. Bitte, ich kann das einfach nicht mehr.«

Marthas Flehen erreichte ihn nicht. Er führte sie zum Tisch und deutete auf den Stuhl. »Setz dich. Es wird Zeit, dass wir uns das Video anschauen.« Das war seine letzte Hoffnung, sie doch noch zur Besinnung zu bringen. Das Schreien des Babys wurde lauter.

»Ganz sicher nicht. Dein verschissenes Video kannst du dir in den Arsch schieben. Ihr habt euch alle gegen mich verschworen. Einen Pakt mit dem Teufel bist du eingegangen.« Ihre Stimme überschlug sich. »Lass mich vorbei und wir haben endlich unseren Frieden!«

Pavel schüttelte den Kopf. Martha machte einen Schritt auf ihn zu. Instinktiv hob er die Hände und schubste sie. Der Stoß war heftiger als geplant und brachte seine Frau aus dem Gleichgewicht. Sie taumelte nach hinten und knallte mit der Hüfte an die Tischkante. Mit der Hand stützte sie sich ab, um nicht zu stürzen, doch der wacklige Tisch kippelte und sie fiel ungelenk zu Boden.

»Bitte, lass mich in Ruhe!« Martha kauerte sich zusammen und hielt ihre Arme schützend vor den Kopf.

»Du kommst mit mir und siehst dir das an«, brüllte Pavel und packte ihren Arm. Sie hatte es ihm versprochen. Ihm hoch und heilig geschworen, dass es nicht noch einmal vorkommen würde. Und er war so dumm gewesen, ihr zu vertrauen und zu glauben, dass ein bescheuertes Video sie daran erinnern würde, dass diese Dämonensache nur in ihrem Kopf existierte.

»Du kannst mich nicht dazu zwingen!« Martha wand sich und strampelte, doch er ließ nicht locker. Er verlor die Beherrschung. Blind vor Wut zerrte er sie auf die Füße, umfasste mit beiden Händen ihren Kopf und bog ihn nach oben, sodass sie gezwungen war, ihm ins Gesicht zu schauen. Sein Herz raste. »Und wie ich das kann. Du wirst schon sehen.«

Marthas griff nach seinen Händen, versuchte, seine Finger umzubiegen. »Du tust mir weh!« Sie schloss die Augen und zog weiter an seinen Händen, doch er ließ nicht locker. Wie im Wahn schlug sie nach ihm, trommelte mit ihren Fäusten auf seine Brust und wand sich.

»Beruhige dich doch«, rief er, doch schien nicht zu ihr durchzudringen.

»Lass ... mich sofort los!«

»Sieh es dir an«, presste er zwischen den zusammengebissenen Zähnen hervor.

Seine Frau warf ihm einen hasserfüllten Blick zu. Das Geschrei des Babys war mittlerweile ohrenbetäubend. Pavel drehte sich zu Marek um. Sein Kopf war schon ganz rot, die kleinen Lippen zitterten und dicke Tränen kullerten über seine Wangen.

»Ist gut, ich tu's ja«, lenkte Martha plötzlich ein.

»Na also«, sagte er. Er ließ sie los, woraufhin sie sich unvermittelt auf die Knie fallen ließ. Pavel war so überrumpelt, dass er kaum reagieren konnte.

»Hast du dir wehgetan?«, fragte er und beugte sich zu ihr runter, da rammte sie ihm mit voller Wucht ihre Stirn mitten in die Weichteile. Stöhnend krümmte er sich über ihr zusammen. Sie wich ihm aus und kroch an ihm vorbei in Richtung des Babys, ehe sie sich aufrappelte. Pavel schnappte nach Luft und versuchte, den Schmerz wegzuatmen.

Währenddessen stürzte Martha über den Windeleimer, der mitten im Zimmer stand, und fiel der Länge nach hin. Pavel nutzte die Gelegenheit, lief an ihr vorbei zu Marek und hob ihn hoch.

»Du wolltest nicht hören, also wird es Zeit, dass du dich verabschiedest«, sagte er und trug den Jungen in den Flur. Martha brauchte Hilfe, und solange sie das nicht einsah, war sie eine Gefahr für das Leben ihres Sohnes. Er würde es nicht noch einmal zulassen.

»Das wirst du nicht tun«, kreischte seine Frau. Sie rannte hinter ihm her, packte ihn am Pullover und zerrte an ihm. Pavel ging einfach weiter. Der Stoff dehnte sich, die Nähte knackten. Als der Bund in seinen Hals einschnitt, blieb er stehen.

»Gib ihn mir, sofort.« Sie streckte ihm zitternd die Arme entgegen. »Bitte, gib ihn mir.« Plötzlich war ihre Stimme ganz weich. Wenn er es nicht besser wüsste, hätte er geglaubt, sie hätte sich von jetzt auf gleich beruhigt.

Marthas Blick irrte durch den Raum und blieb am Tisch hängen. Pavel wurde klar, was sie dort anschaute. Die Schere! Das würde sie doch nicht wirklich tun? Beinahe gleichzeitig streckten sie die Hand danach aus. Er war schneller. Gerade, als sie die Klingen mit den Fingern berührte, erwischte er den Griff und riss das Werkzeug an sich.

Ein Jaulen entwich Marthas Kehle. Sie stürmte auf ihn zu. Bevor er ausweichen konnte, rammte sie ihm die Schulter in den Magen. Prustend taumelte er nach hinten und ließ die Schere fallen. Aus dem Augenwinkel sah er, wie Martha sie aufhob, weit ausholte und sie erbarmungslos in seinen Oberschenkel rammte. Pavel brüllte auf. Ungläubig starrte er auf sein Bein. Ein roter Fleck breitete sich auf dem Jeansstoff aus. Da sie schon wieder nach der Schere griff, zog er sein Knie hoch und rammte es ihr ins Gesicht. Ihre Zähne schlugen aufeinander, doch sie ließ nicht von ihm ab. Sie zog die Schere aus seinem Bein und stach erneut auf ihn ein.

Pavel sank auf die Knie und legte Marek auf dem Boden ab, damit er ihm nicht runterfiel. Die Schere fuhr in seine Hüfte. »Hör auf«, rief er.

»Lass mich zu dem Teufel«, sagte Martha atemlos. »Ich muss zu ihm, es beenden.«

Pavel wehrte den nächsten Hieb, der auf Marek zielte, mit seinem Unterarm ab. Verzweifelt versuchte er, Martha festzuhalten, doch ihr Arm war voller Blut und glitt ihm aus den Händen. Damit sie nicht an ihn rankam, legte er seinen Oberkörper schützend über das Baby und stützte sich mit den Unterarmen ab.

Dieses Mal rammte sie ihm die Schere in den Rücken. Wieder und wieder stach sie zu. Ein stechender Schmerz breitete sich in seinem Brustraum aus. Das Atmen fiel ihm schwer. Als sie die Schere aus ihm herauszog, warf er sich herum und trat nach ihr, verfehlte sie jedoch. Pavel lag jetzt auf dem Rücken, ein seltsames Pfeifen erklang bei jedem Atemzug. Sie hatte anscheinend seine Lunge verletzt.

Martha schaute auf Marek herab, blickte schwer atmend zwischen ihm und ihrem Sohn hin und her.

»Tu das nicht«, flüsterte er flehend, als sie erneut die Schere hob. Martha schüttelte langsam den Kopf.

»Ich habe dich gewarnt«, murmelte sie atemlos. »Wenn du nicht auf meiner Seite bist, bist du gegen mich.« Damit hob sie die Schere und rammte sie ihm direkt in den Hals.

Pavel presste seine Hände auf die Wunde, aus der das Blut sprudelte. »Du bringst mich um«, wollte er sagen, doch er spuckte nur einen Schwall Blut. Er drehte seinen Kopf und schaute Marek Nummer zwei an.

Ich habe versagt, verzeih mir, dachte er noch, dann wurde es schwarz um ihn herum.

Traumland – Edgar Allan Poe

Nach einer Übersetzung von 1922

Auf Pfaden, dunkel, voller Grausen,
Wo nur böse Engel hausen,
Wo ein Dämon, Nacht genannt,
Auf schwarzem Thron die Flügel spannt,
Aus letztem düsterm Thule fand
Ich jüngst erst her in dieses Land –
Aus Zauberreich, so wild und weit,
Fern von Raum, fern von Zeit.

Ewig bodenlose Schlünde,
Klüfte, Schlüfte ohne Gründe,
Unbegrenzte Wassermassen,
Die sich nie in Ufer fassen,
Wälder, die kein Ende nehmen,
Die – titanenhafte Schemen –
Tropfend stehn in Nebeltau,
Endlos wuchtend, endlos grau!
Berge, endlos niederfallend,
Meere, in kein Ufer wallend,
Meere, die urewig fluten,
Himmel, die urewig gluten,
Weiher, die unendlich breiten
Stummer Wasser Einsamkeiten,

Die in Tod und Stille liegen
Und den Schnee der Lilie wiegen.
Bei den Weihern, die da breiten
Stummer Wasser Einsamkeiten,
Die in Tod und Trauer liegen
Und den Schnee der Lilie wiegen;

Bei den Bergen, bei den Flüssen,
Die so ruhlos murmeln müssen;
Bei den Wäldern, bei den Sümpfen,
Wo bei schwarzverfaulten Stümpfen
Molch und Kröte lauernd schleichen;
Bei den Pfuhlen und den Teichen,
Wo gefräßige Dämonen
Gierig bei den Leichen wohnen;
Bei den trüben Sündenquellen,
Die in giftigen Dünsten schwellen –
Trifft der Wandrer voller Bangen
Alles, was schon lang vergangen:
Totenhemden, die sich blähen,
Schemen, die aus Schatten spähen,
Freunde, lang schon aus dem Leben,
Erd – und Himmel übergeben.

Für das Herz voll tausend Wehen
Ist es hier ein friedvoll Gehen –
Für den Geist, den Schatten bannt,
Ist's ein paradiesisch Land!
Doch wer wandert durch dies Grauen,
Wage niemals aufzuschauen,

Nie den schwachen Blick zu heben
In das Weben und das Beben,
Senke das bewimpert Lid,
Daß es kein Geheimnis sieht.
So des Königs Machtbefehle.
Und so darf die trübe Seele
Hier nur im Vorübergehen
Durch getrübte Gläser sehen.

Auf Pfaden, dunkel, voller Grausen,
Wo nur böse Engel hausen,
Wo ein Dämon, Nacht genannt,
Auf schwarzem Thron die Flügel spannt –
Aus jenem letzten Thule fand
Ich jüngst erst heim in dieses Land.

Edgar Allan Poes Werke. Gesamtausgabe der Dichtungen und Erzählungen, Band 1: Gedichte, Herausgegeben von Theodor Etzel, Berlin: Propyläen-Verlag, [1922], S. 17-18, 113-115

Eine Bitte

Liebe Leserinnen und Leser,

ich bedanke mich bei Ihnen dafür, dass Sie mein Buch gekauft und gelesen haben. Natürlich hoffe ich, dass es Ihnen gefallen hat. Sollte dies nicht der Fall sein, freue ich mich über Ihre Rückmeldung, denn nur durch Kritik können sich Autorinnen und Autoren weiterentwickeln und erkennen, was sie falsch gemacht haben.

Ebenso wichtig wie die ehrlichen Rückmeldungen der Leserinnen und Leser sind die Bewertungen auf den Verkaufsportalen. Sie sind Anreiz für die Kaufentscheidung vieler Menschen. Leider gibt es dort immer weniger Rückmeldungen von den Leserinnen und Lesern. Woran das liegt, kann ich nur mutmaßen. Ich weiß lediglich, dass es beinahe allen Autorinnen und Autoren so geht. Vielleicht glauben viele Leserinnen und Leser, dass ihre Meinung nicht von Interesse wäre oder nicht wichtig oder sie glauben, sie hätten nicht genug zu dem Buch zu sagen.

Das stimmt allerdings nicht. Auch eine kurze Bewertung, in der Sie ausdrücken, warum Ihnen das Buch gefallen hat (oder eben nicht), reicht aus, um anderen Leserinnen und Lesern die Kaufentscheidung zu erleichtern und außerdem dem Autor oder der Autorin eine Freude zu machen.

Denn nur für Sie schreiben wir, für die Leserinnen und Leser. Sie können mir glauben, dass ich mir jede einzelne Rezension durchlese und mich darüber freue.

Selbst wenn sie nicht so positiv ausfällt, wie man es sich erhofft, kann man doch meist daraus etwas lernen.

Ich würde Sie also bitten, sich doch die Zeit zu nehmen, kurz auf das Verkaufsportal zu gehen, auf dem Sie mein Buch erworben haben, und mir ein oder zwei Sätze zu meinem Buch zu schreiben. Denn mehr muss es gar nicht sein. Sie müssen keinen Roman verfassen, um Ihre Meinung auszudrücken, Sie müssen auch nicht den Inhalt nacherzählen oder sich etwas aus den Fingern saugen. Sagen Sie einfach kurz, ob es Ihnen gefallen hat und ob Sie mein Buch weiterempfehlen würden. Das genügt schon, wenn Ihnen nicht mehr einfallen sollte. Gerne erfahre ich aber auch, was genau Ihnen gefallen oder nicht gefallen hat, doch das liegt bei Ihnen.

Vielen Dank für Ihre Zeit.

Danksagung

Mehr als ein Jahr ist vergangen, seit Fabian und Thomas zum letzten Mal ermitteln durften. Viel ist passiert in dieser Zeit, sowohl in meinem Leben als auch im Leben der beiden Protagonisten. Ich muss gestehen, dass mir dieses Buch so einige Probleme bereitet habe. Den Titel und das Cover und auch die Grundidee für die Geschichte hatte ich bereits direkt nach dem letzten Teil. Zwei Dinge davon blieben so, wie ich es mir vorgestellt habe. Leider waren das nur Cover und Titel. Ich kann gar nicht mehr zählen, wie oft in im Storyverlauf etwas umgeschmissen, ganze Kapitel gelöscht und neu geschrieben und Teile aus dem Buch herausgestrichen habe. Ich hoffe sehr, dass es sich gelohnt hat und Ihnen der vierte Fall trotz des heiklen Themas Kindesmisshandlung spannende Stunden bereitet hat. Es war mir ein Anliegen, dass sich die schlimmsten Szenen nur in Ihrer Fantasie abspielen, explizite und blutige Grausamkeiten wären hier nicht angebracht gewesen.

Sollte Sie noch Fragen an mich haben, schreiben Sie mir gerne eine Mail, besuchen Sie mich auf meiner Homepage oder folgen Sie mir auf Facebook (es gibt dort immer mal wieder kleinere oder größere Gewinnspiele, melden Sie sich einfach in der Mailingliste an, wenn Sie nichts mehr verpassen wollen):

melisa.schwermer@gmail.com
www.melisa-schwermer.de

https://www.facebook.com/melisa.schwermer

Ich bin immer bemüht, so schnell und ausführlich wie irgendwie möglich zu antworten, auch wenn es manchmal einige Tage dauern kann.

Da ich mich mit dem Buch so schwer getan habe, gilt mein Dank dieses Mal ganz besonders meinen Beratern. F. hat mir unersetzbare Tipps für die Ermittlungen von Fabian und Thomas gegeben und kritische Nachfragen gestellt, die mich genauer haben arbeiten lassen. Vielen Dank auch dafür, dass ich kein schlechtes Gewissen haben muss, wenn ich mal wieder die ein oder andere Frage stelle. Vielen Dank auch an die wunderbare Susanne Pavlovic, die mich darin bestärkt hat, meine erste Idee für die Geschichte zu verwerfen und etwas Besseres draus zu machen und an Simona Turini, die Lektorin dieses Falls, die mich bei den Ungereimtheiten und Timing-Fragen beraten hat. Die Arbeit mit dir hat sehr viel Spaß gemacht. Jasmin und Sandra haben dann noch die restlichen Fehlerchen gesucht und hoffentlich auch alle gefunden. Was noch im Buch verblieben ist, liegt ganz allein an mir. Danke liebe Mika, dass du dir ständig mein Gejammer anhörst, was bei diesem Buch in Hülle und Fülle vorhanden war, und dass mich wieder aufbaust, wenn ich gerade ein Tief habe. Ich weiß, das kann wirklich anstrengend sein und ich weiß es sehr zu schätzen, dass du so viel Geduld mit mir hast.

Ein großes Dankeschön geht auch an meine lieben und wunderbaren Vorableserinnen Dana D. (x2), Susanne B., Emi, Heike D., Nadine H., Yvonne R., Tani W., Bettina R., Katharina S., Diana Q., Stefanie L. und

Natascha M. Eure Anmerkungen helfen mir ungemein weiter und die Rückmeldungen haben mir gerade bei diesem Buch so viel Mut für die Veröffentlichung gemacht. Nach all den Veränderungen, die ich an dem Buch vorgenommen habe, wusste ich überhaupt nicht mehr, ob ich noch auf dem richtigen Weg bin oder mich komplett verrannt habe. In solchen Momenten braucht man Menschen wie euch. Ihr bereichert meine Arbeit, vielen Dank.

Ein letzter Dank geht wie immer an Stefan, meinen Lebensgefährten, der all meine Launen erträgt. Ich liebe dich sehr.

Bis zum nächsten Mal,
Ihre Melisa Schwermer

Weitere Bücher der Reihe in der Reihenfolge des Erscheinens:

So bitter die Schuld

Inhalt:

Als Josi erkennt, wer die bis zur Unkenntlichkeit entstellte Leiche ist, reißt es ihr den Boden unter den Füßen weg. Dieser Tote ist ihr bester Freund Dirk. Was hat ein geheimnisvoller Brief mit dessen Tod zu tun? Die Erklärung reicht zurück bis in Josis Vergangenheit im Kinderheim. Wenn Josi dieser nicht auf die Spur kommt, werden noch mehr Menschen sterben.

So dunkel die Angst

Inhalt:

Ein mysteriöser Entführungsfall stellt Fabian Prior und Thomas Wendtner vor ein Rätsel. Von einem angeblichen Kinobesuch mit Freunden kehrte die sechzehnjährige Sophie nicht wieder nach Hause zurück. Jahre später steht sie plötzlich völlig verwahrlost vor der Tür ihrer Eltern. Offensichtlich konnte sie ihrem Peiniger nur knapp entkommen. Doch etwas scheint an ihrer Geschichte nicht zu stimmen. Was verschweigt sie den Ermittlern?

So kalt der Zorn

Inhalt:

In einer regnerischen Novembernacht wird in einem Frankfurter Park ein Mann brutal erschlagen. Die Ermittlungen führen Fabian Prior und Thomas Wendtner schnell ins Rotlichtmilieu. Während sie nach der mysteriösen Frau suchen, die den Toten zuletzt gesehen hat, wird der Ehemann der hochschwangeren Rebecca aus der gemeinsamen Wohnung entführt. Nur kurz darauf erhält sie verstörende Nachrichten von dem Täter mit Bildern ihres gefesselten Ehemanns. Als Prior und Wendtner dem Täter gefährlich nahe kommen, verschwindet auch Rebecca. Werden die Ermittler es schaffen, sie aus den Fängen des Psychopathen zu befreien und das Leben der werdenden Mutter und des Babys zu retten?

Leseprobe „Gequälte Seelen"
(Kein Titel der Prior-Reihe)

1. Kapitel

Fassungslos starrte er auf die Leiche zu seinen Füßen. Ein Rinnsal Blut, das aus dem winzigen Loch an ihrem Hinterkopf austrat, lief an ihrer Kopfhaut herunter und versickerte in ihren kupferfarbenen Haaren. Ihre Augen waren noch immer wie im Moment des Todes weit aufgerissen. Jetzt ging der Blick ins Leere.

Er versuchte, das Zittern seiner Hände unter Kontrolle zu bringen. Seine Stirn war schweißnass und sein Herz raste. Es war unmöglich, dass sie wirklich tot war. Dabei hatte er sich doch genau an den Ablauf gehalten. Und doch lag sie nun da und rührte sich nicht.

Ihr Herz schlug nicht mehr, obwohl er über zwanzig Minuten versucht hatte, sie wiederzubeleben. Vergebens. Sie ließ ihn einfach im Stich. Wo zur Hölle war ihm bloß der Fehler unterlaufen?

Er wischte sich mit dem Ärmel über die Stirn und zog sich dann Latexhandschuhe über. Es fiel ihm schwer, einen klaren Gedanken zu fassen. Wo sollte er jetzt bloß die Leiche entsorgen? Er konnte sie ja nicht einfach hierlassen. Mit einem solchen Ausgang hatte er überhaupt nicht gerechnet, einen Fehlschlag für ausgeschlossen gehalten. Somit hatte er sich für diesen Fall auch keinen Plan zurechtgelegt.

Vorsichtig löste er die Fesseln, die ihre dünnen Handgelenke kaum gehalten hatten. Er musste sie säubern und alle Spuren entfernen, die die Polizei zu ihm führen konnten. Sorgfältig wischte er sie mit einer Desinfektionslösung ab, die er zur Wundversorgung geholt hatte. Währenddessen überlegte er, wie es nun weitergehen sollte.

Er brauchte so schnell wie möglich einen Ersatz. Ein neues Mädchen, mit dem er noch mal von vorne beginnen konnte.

2. Kapitel

Lars umklammerte mit der einen Hand die Heckenschere und hielt sich mit der anderen an der Leiter fest. Die Anweisungen der alten Frau Bühler blendete er völlig aus, während er neugierig über die Hecke linste. Auf der gegenüberliegenden Straßenseite war eine junge Frau vor dem Gartentor des Nachbarn stehengeblieben, hatte einen kleinen Spiegel aus ihrer Tasche geholt und überprüfte nun ihr Aussehen.

Lars betrachtete sie interessiert. Ihre Haare leuchteten in der Sonne beinahe orangefarben. Sie erinnerte ihn ein wenig an die hübsche Nachbarin. Er hatte schon öfter versucht, ein Gespräch mit ihr anzufangen, doch meistens ignorierte sie ihn oder wimmelte ihn schnell wieder ab. Dabei wollte er sie doch nur in Ruhe anschauen, nicht nur flüchtig, wenn er sie im Innenhof traf. Einmal, es war Winter gewesen und schon früh dunkel geworden, da hatte er vor ihrem Fenster gestanden. Sie war in der Küche gewesen, nur ein Handtuch um sich gewickelt und hatte zu lauter Musik getanzt. Dabei hatte sie gelacht und gesungen. Plötzlich war ein Mann gekommen und hatte sie umarmt, geküsst und ihr unter das Handtuch gefasst. Leider waren die beiden dann in einen der anderen Räume verschwunden, sodass Lars sie nicht weiter hatte beobachten können.

Ein Schweißtropfen lief ihm über die Stirn und tropfte von seiner Augenbraue auf die Wange. Er wischte ihn mit dem Handrücken weg. Für Mitte Mai war es zu sommerlich. Die Sonne brannte, und Lars war viel zu heiß in seinem dunklen Longsleeve und seiner Jeans. Zu Hause hatte er sich etwas Kurzes anziehen wollen, aber seine Mutter hatte es ihm verboten, damit er sich nicht in der Sonne verbrannte.

Die Frau auf der anderen Straßenseite hatte offensichtlich keine Mutter, die sich so um sie sorgte. Sie trug nur eine winzige Jeans, deren Beine kurz unter den Pobacken abgeschnitten waren, dazu ein weißes Top, das knapp unter den Brüsten endete, sodass man ihren kompletten Bauch sehen konnte. Eigentlich sah sie aus, als wäre sie gerade auf dem Weg ins Schwimmbad.

Fehlt nur noch ein riesiger Sonnenhut, dachte Lars. So wie die Frau, die auf dem Eingangsschild beim Freibad abgebildet war. Sie trug einen leuchtend weißen Badeanzug und hatte einen großen Strohhut auf dem Kopf, eine Sonnenbrille auf der Nase und lag am Beckenrand, wo sie auf das strahlend blaue Wasser blickte.

»Hallo?«, rief Roswitha Bühler und schnipste mit den Fingern. Als Lars sie fragend anschaute, verdrehte sie die Augen. »Du hast mir überhaupt nicht zugehört, oder? Eigentlich habe ich keine Zeit, alles noch mal zu erklären. Achte bitte einfach darauf, dass die Hecke am Ende gerade ist und da vorne«, sie wedelte mit der Hand in Richtung Hoftor, »... das Amselnest auf keinen Fall zerstören. Außerdem nur die jungen Triebe schneiden. Eigentlich ist das Stutzen von Hecken oder Bäumen zurzeit verboten. Hast du das verstanden?«

»Amselnest«, wiederholte Lars. »Nicht kaputtmachen. Nur Triebe abschneiden, schön gerade machen. Hab ich kapiert.«

Roswitha Bühler seufzte. »Gut. Ich gehe jetzt eine große Runde mit meinem Harry. Das Haus schließe ich ab. Dein Geld liegt hinten auf dem Gartentisch, da steht auch eine Flasche Wasser für dich. Bestelle deiner Mutter bitte einen lieben Gruß von mir. Ich hoffe, es geht momentan mit ihrer Gesundheit einigermaßen.«

Lars nickte nur, weil er nicht wusste, was er darauf antworten sollte. Roswitha Bühler blieb noch einen Moment stehen und starrte ihn durchdringend an. Dann drehte sie sich um und ließ ihn allein. Im Weggehen murmelte sie kopfschüttelnd: »Na, hoffentlich wird das was.«

Lars ignorierte den Ausspruch. Hecke schneiden, das war einfach. Das konnte jedes Kind. Er hatte schon ganz andere Sachen hinbekommen. Im Kino seiner Eltern zum Beispiel musste er immer genau darauf achten, dass die Becher unter der Getränkemaschine nicht zu voll wurden oder aufpassen, dass niemand ohne Karte die Treppe zu den Vorführsälen raufging.

Außerdem erledigte er ständig kleinere Arbeiten in den Gärten von Leuten, die seine Eltern kannten. Früher war er traurig gewesen, dass er nicht Automechaniker hatte werden können, denn er liebte Autos und hätte gerne mehr darüber gewusst. Heute aber war er eigentlich ganz zufrieden. Er war seinen Eltern eine große Hilfe, gerade jetzt, wo seine Mutter an Krebs erkrankt war, und die älteren Menschen brauchten schließlich auch jemanden, der ihnen die Gärten in Ordnung brachte.

Kaum war Roswitha Bühler außer Sichtweite, stieg Lars auf die nächste Stufe der Leiter, um noch besser über die Hecke sehen zu können. Die Frau auf der anderen Straßenseite war verschwunden. Ein wenig enttäuscht machte Lars sich wieder an die Arbeit. Er hätte sie gerne noch ein wenig länger angeschaut.

Gewissenhaft suchte er die Oberseite nach herausstehenden Trieben ab und kürzte sie auf die Länge der älteren Äste. Mit jeder Minute, die er auf der Leiter stand, schien die Sonne heftiger zu werden. Der Schweiß lief ihm über die Stirn und an den Schläfen hinab, und das Longsleeve klebte an seinem Rücken.

Er warf einen Blick über die Schulter zum Haus und überlegte, ob er sich die Flasche Wasser holen sollte. Er wollte aber auf keinen Fall verpassen, wie die Frau aus dem Haus kam, also machte er mit trockener Kehle weiter: Leiter schieben, raufsteigen, einen Blick zum Haus gegenüber werfen, hellgrüne Triebe suchen, abschneiden, einen Blick zum Haus werfen ...

Als er gerade beim Amselnest angelangt war und der Vogel wild schimpfend aus der Hecke flatterte, nahm er hinter einem der Fenster im Erdgeschoss gegenüber eine Bewegung wahr. Kurz darauf öffnete sich die Tür, und die Rothaarige von vorhin trat mit einem älteren Mann im Schlepptau ins Freie.

»... Danke, Herr Professor Haubold. ... wirklich sehr weitergeholfen ...« Ein leichter Wind war aufgekommen und trug ihre Stimme zu Lars herüber. Der Alte begleitete die Rothaarige zum Hoftor, die Frau trug ein Buch unter ihrem Arm. Der Mann sagte etwas zu ihr, sprach dabei aber so leise, dass Lars es nicht verstehen konnte. Daraufhin lachte sie glockenhell und warf ihre kupferfarbenen Haare zurück.

Lars stieg von der Leiter. Er beobachtete durch die Zweige, welche Richtung die Rothaarige einschlug, und wartete noch einen Moment, bis der Nachbar von Frau Bühler wieder im Haus verschwunden war. Sobald er hörte, wie drüben die Haustür zugeworfen wurde, legte er die Gartenschere vor der Hecke ab und lief nach rechts über die Wiese.

Dort kletterte er über den Zaun und schlug die Richtung ein, in die die Frau verschwunden war. Zwei Seitenstraßen weiter hatte er sie eingeholt und verlangsamte sein Tempo. Mittlerweile war ihm so warm, dass seine Hose an den Beinen festklebte, und der Durst wurde immer heftiger. Er ignorierte das Gefühl und konzentrierte sich stattdessen auf den Hintern der Rothaarigen, der in einigen Metern Entfernung vor ihm mit jedem Schritt hin und her schwang.

Lars ging schneller, um sie noch besser sehen zu können. Ihre tollen Haare, ihre zarte Figur und ihren wunderschönen Hintern, von dem zwei lange schlanke Beine abgingen. Die gelockten Haare wippten auf und ab und glänzten so sehr in der Sonne, dass Lars am liebsten hingegangen wäre, um sie zu berühren. Nur kurz meldete sich sein Gewissen und sagte ihm, dass er eigentlich die Hecke von Frau Bühler schneiden sollte. Bestimmt bekam er Ärger, wenn sie vom Spaziergang mit Harry kam und sah, dass er nicht mehr da war. Doch irgendwie schaffte er es nicht, sich von der Frau zu lösen. Er wollte ihr zumindest noch ein bisschen länger hinterhergehen, sie anschauen. Dann würde er sofort zum Haus von Frau Bühler zurückkehren, endlich etwas trinken und seine Arbeit gewissenhaft zu Ende bringen.

Vor der Rothaarigen tauchte die Haltestelle auf, an der Lars immer in den Bus einstieg. Die Frau wurde langsamer und Lars ebenfalls. Hoffentlich wollte sie nicht den Bus nehmen. Doch er hatte Glück. Sie wühlte nur in ihrer Tasche, zog eine Flasche heraus und trank einen Schluck. Dabei ging sie weiter und ließ schließlich die Haltestelle hinter sich. Lars leckte sich über die trockenen Lippen. Er hätte jetzt auch gerne etwas zu trinken.

Ein paar Meter dahinter blieb sie dann plötzlich doch stehen und schaute sich um. Hatte sie ihn etwa bemerkt? Lars blieb ebenfalls stehen und drückte sich ein wenig in die Hecke, die sich zu seiner Rechten befand. Tatsächlich machte sie kehrt und ging den Weg zurück. Lars merkte, wie sein Herz anfing zu rasen.
Sie kam direkt auf ihn zu. Er starrte auf ihre Brüste, die bei jedem Schritt leicht auf und ab wippten. In seiner Hose wurde es eng und er stellte die Beine über Kreuz, damit man nicht auf den ersten Blick sah, dass er einen Ständer hatte. Doch die Rothaarige wollte gar nicht zu ihm. Sie stellte ihre leere Wasserflasche auf den Mülleimer der Bushaltestelle und schlug dann wieder die andere Richtung ein.
Gerade als Lars sich ebenfalls wieder in Bewegung setzen wollte, stoppte ein Wagen neben ihr. Das Fenster auf der Beifahrerseite wurde heruntergelassen und sie beugte sich nach unten, wo sie ihre Arme auf der Autotür abstützte. Lars löste sich aus der Hecke und ging zur Bushaltestelle, um ihren Hintern besser sehen zu können, den sie gerade wunderbar rausstreckte.
»... eigentlich nicht nötig, ich habe es nicht mehr weit. Vielen Dank für das nette Angebot Herr Professor Haubold«, sagte die Rothaarige, als er nah genug an sie herangekommen war. Dann drehte sie sich um und schaute ihm direkt ins Gesicht.
Lars spürte, wie ihm die Hitze in den Kopf stieg, und senkte sofort den Blick. Er fühlte sich ertappt, dabei hatte er doch gar nichts gemacht. Ein lautes Brummen gefolgt von einem Zischen direkt neben ihm ließ ihn aufschrecken. Der Bus hatte an der Haltestelle gehalten

und öffnete die Türen. Lars schaute den Fahrer an, der seine Sonnenbrille nach unten schob.

»He, was ist mit Ihnen? Steigen Sie ein oder was? Ich hab nicht ewig Zeit.«

Lars schüttelte verwirrt den Kopf, aber der Fahrer schaute ihn so missmutig an, dass er auf ihn hörte. Er griff in seine Hosentasche, holte das lose Kleingeld heraus und stieg in den Bus.

»Eine Haltestelle«, murmelte er dem Fahrer zu.

Der schüttelte nur brummelnd den Kopf und deutete nach hinten. Lars folgte seinem Blick und entdeckte einen Automaten, der etwa in der Mitte des Busses angebracht war.

»Da musst du dir ein Ticket ziehen«, sagte der Fahrer.

Lars nickte.

Während sich die Türen schlossen und der Fahrer anfuhr, stolperte Lars den schmalen Gang entlang zum Ticketautomaten. Jetzt erst bemerkte er, wie sehr er nach Schweiß stank. Kein Wunder, er schwitzte sich in den langen Klamotten zu Tode. Er lächelte der alten Dame entschuldigend zu, die ihn pikiert anstarrte, und suchte sich auf der Liste unter dem Display die Nummer für sein Ticket raus. Er hatte keine Ahnung, wie der Name der nächsten Haltestelle war, also zog er einfach eine Fahrkarte, die bis in die Innenstadt gültig war. Kaum hatte er sein Kleingeld in den Münzschlitz geworfen, da hielt der Bus schon wieder an. Der Fahrer öffnete die hintere Tür und beobachtete Lars durch den Rückspiegel, wie er noch auf sein Ticket wartete.

»Wir haben nicht ewig Zeit«, brüllte er durch den Bus, als Lars sich nicht bewegte.

»Aber ... mein Ticket«, antwortete Lars. Er konnte doch nicht aussteigen, bevor er eine gültige Fahrkarte hatte.
»Mach, dass du rauskommst, du Querkopf«, rief der Fahrer.
Lars warf noch einen Blick auf den Automaten und stolperte dann die Stufen hinunter. Mit den Händen in den Hosentaschen beobachtete er, wie sich zischend die Tür schloss. Seine Finger fuhren über eine harte Plastikkante. Er zog den Gegenstand aus der Tasche und betrachtete ihn. Es war die Plastikhülle, in der sein Monatsticket steckte, damit es nicht so leicht zerknitterte, wenn er es mit sich herumtrug. Er hätte im Bus überhaupt keine Fahrkarte bezahlen müssen. Gerade als er dem Busfahrer winken und Bescheid sagen wollte, fuhr der Bus an und brauste davon.
Lars starrte ihm hinterher. So ein Mist. Jetzt konnte er sein Geld nicht mehr zurückbekommen. Immerhin stand neben der Bushaltestelle ein Getränkeautomat. Lars hatte das Gefühl, keinen Schritt mehr machen zu können, ohne vorher etwas getrunken zu haben. Er klaubte sein Kleingeld aus der Hosentasche zusammen und schaute die Preise an. Dann zählte er sein restliches Geld und rechnete. Es langte nicht. In der Hoffnung, sich verzählt zu haben, fing er noch mal von vorne an.
Am Ergebnis änderte sich jedoch nichts. Es fehlten ihm 20 Cent für das günstigste Getränk. Ihm lief das Wasser im Mund zusammen, während er die Capri Sonne durch die Plexiglasscheibe anstarrte.
Ernüchtert ließ Lars sich auf die blau angestrichene Gitterbank in der Haltestelle fallen. Wenn er schon nichts zu trinken bekam, brauchte er wenigstens eine

kurze Pause. Er schaute sich um, in der Hoffnung, zufällig jemanden zu entdecken, den er aus dem Kino kannte und den er nach den fehlenden zwanzig Cent fragen konnte, doch es war niemand zu sehen. Mit dem Longsleeve wischte er sich den Schweiß von der Stirn und stand dann auf, um zum Garten von Frau Bühler zurückzugehen. Es war zwar noch ziemlich weit bis dorthin, aber immerhin wartete dort eine Flasche Wasser auf ihn.

Lars war gerade mal ein paar Meter gegangen, da entdeckte er den Wagen von gerade eben. Hinter der Windschutzscheibe erkannte er die orangeroten Haare der hübschen jungen Frau. Lars blieb stehen und schaute dem Auto hinterher, das in die nächste Seitenstraße einbog. Er wechselte die Straßenseite und blieb an der Ecke stehen.

Einige Häuser weiter blieb der Wagen stehen und die Beifahrertür öffnete sich. Tatsächlich stieg kurz darauf die Rothaarige aus dem Wagen. Ihr Haar leuchtete in der Sonne. Sie schaute sich um und winkte dann dem Wagen, der wendete und schließlich an Lars vorbeifuhr. Dann ging sie zu einem blau angestrichenen Haus, schloss die Tür auf und verschwand im Innern. Lars' Herz raste und der Durst war auf einmal wie weggeblasen. Er ging in die Straße, um sich das Haus genauer anzusehen. Friedrichstraße 35. Dort wohnte sie also.

41777433R00174

Printed in Poland
by Amazon Fulfillment
Poland Sp. z o.o., Wrocław